报告文学

雄风北来

刘国强 著

北方联合出版传媒（集团）股份有限公司
春风文艺出版社
·沈 阳·

图书在版编目（CIP）数据

雄风北来 / 刘国强著 . — 沈阳：春风文艺出版社，2020.5（2022.2 重印）
　ISBN 978-7-5313-5800-8

Ⅰ . ①雄… Ⅱ . ①刘… Ⅲ . ①报告文学 – 中国 – 当代 Ⅳ . ① I25

中国版本图书馆 CIP 数据核字（2020）第 072231 号

北方联合出版传媒（集团）股份有限公司
春风文艺出版社出版发行
http://www.chunfengwenyi.com
沈阳市和平区十一纬路 25 号　邮编：110003
永清县晔盛亚胶印有限公司印刷

责任编辑：张玉虹	责任校对：于文慧
装帧设计：杨光玉	幅面尺寸：155mm×230mm
字　　数：278 千字	印　　张：18.75
版　　次：2020 年 5 月第 1 版	印　　次：2022 年 2 月第 2 次
书　　号：ISBN 978-7-5313-5800-8	
定　　价：66.00 元	

版权专有　侵权必究　举报电话：024-23284391
如有质量问题，请拨打电话：024-23284384

目　录

序　章　投资正过山海关 —— 1

第一章　用理想剪裁天下 —— 6

第二章　撑起一方天 —— 72

第三章　"乾坤"掌中握 —— 101

第四章　能源主力 —— 187

第五章　本钢"三剑客" —— 218

第六章　蓝色交响曲 —— 251

尾　声　而今迈步从头越 —— 290

序　章　投资正过山海关

不惊扰别人的宁静，就是慈悲；不伤害别人的自尊，就是善良。人活着，发自己的光就好，不要吹灭别人的灯。

最近，在"唱衰东北"的调子下，网络上不少人跟着起哄，频频以局地、偏角、片面甚至戴有色眼镜的腔调继续为"唱衰东北"添砖加瓦的时候，2018年，沙特阿美、恒大、阿里巴巴等商业巨头纷纷布局东北辽宁，英特尔二期正式投产，恒力石化投料开车，华晨宝马第三工厂签约，2019年，以华为、京东、腾讯等为主力，域外企业抢占东北的势头仍在加快提速、威猛发力。数百家企业正指点江山、整装待发，迈向东北，钟情辽宁。

生活的天空不可能永远清澈透明，有风雨也是常事。但只要向阳而生，保持内心的天空始终晴朗，便不再惧怕路途上的风雨。

那么，由"投资不过山海关"变成"投资正过山海关"，这背后有着怎样的故事？隐藏着什么"秘密"？释放着什么经济信号？辽宁作为关内进入东北的门户，又是东北地区省际规模头牌重地，为什么发生"急转弯"式的变化？这里到底发生了什么？

我们选取六家不同性质、行业和规模的企业，从千千万万个为东北振兴发展而殚精竭虑、日夜奋战的人中选取少许典型人物，如同从一群"巨无霸"身上选取几星活体切片，在无边浩大的森林里摘下几片树叶，从奔腾的大海里收集几朵浪花，虽然微不足道，却是具体而真实的。

有了阴影，光明才更加耀眼。

这些人物和故事，恰好出现在东北和辽宁经济虽然不尽如人意却在悄然触底反弹的时候。或者说，正是他们一如既往地坚守和打拼，始终不离不弃地奋战在第一线，逢山开道，遇水架桥，以不屈，以毅力，以智慧，以汗水，以血肉，以坚忍，将成排成排的困难打回原形、驱逐出境，将"不可能"变成"可能"，曾经一蹶不振的辽宁经济才穿透厚厚的黑夜，露出活力的曙光。

这曙光绝非偶然出现，而是绕了大半个地球或者更远的路，从被遮盖的泥土和数尺厚的旧叶里拱出来的——

辽宁，意为天辽地宁，多么壮阔磅礴又有深厚内涵的字眼！

"辽老大"这支"威武之师"曾经那样令世人羡慕，名扬海内外！

1949年7月9日，辽宁鞍钢成为共和国工业起锚的圣地。新中国的20多万钢铁工人聚集在这里，进行一次庄严的宣誓。毛泽东主席派人送来一面大红锦旗，上面写着"为工业化中国而奋斗"。中国工业的号角，在这里第一次嘹亮地吹响！

辽宁的英雄儿女在东北，不，在中国，在世界，曾以独特的豪迈、智慧和劳动成果著称于世，第一枚国徽、第一架喷气式战斗机、第一艘万吨远洋巨轮、第一炉不锈钢水……1000多个新中国工业史上的第一在辽宁诞生，辽宁以创造无数个世界第一，填补太多的产业空白，产生无数的先进典型，树起无数的行业标杆，为新中国形成独立完整的工业体系，有着"共和国工业长子""共和国装备部"的出色贡献，傲然立于中华大地上。

新时期以来，辽宁在全国的经济名次渐次后退，呼风唤雨能力和影响力渐次减弱，吸引力和美誉度亦渐次逊色——辽宁曾是中国工厂倒闭最多、下岗工人最多的省份，几万十几万几十万人的国营大企业一个又一个轰然倒地，在一家工厂上班的数代人瞬间丢了饭碗，惊慌失措……

没有什么能够打败一个永不言弃的人，只要方向足够明确，信念足够坚定,全世界都会为你让路!

在沈阳塔湾二手车市场,我曾采访一对卖盒饭的下岗夫妻。每天起大早择菜、洗菜,然后做菜、装盒再装上三轮车骑到二手车市场叫卖。怕熟人看出来"太掉价",阔大的口罩几乎遮盖整个面颊,只露出两只忽闪忽闪的大眼睛。丈夫下岗前为公司正处级总经理,妻子任另一家倒闭工厂党委宣传部部长。现在,夫妇二人以汗水点亮未来、再振雄风,开了家很火的饭店。

有志者总是出人意料,旧鞋在他们手中化成燃烧的向日葵。要得到你想要的东西,最可靠的办法是让你自己配得上它。

沈阳铁西区某大工厂倒闭后,大厦倾覆无完卵,许多祖孙三代人在同一个工厂工作的家庭,悲惨若"火烧蜂巢"!我从千千万万个这样的家庭中随手"拎出"一例:孙氏全家老少三代八口人顿时生活"断供",六位成年人一块在马路边胸前挂牌等零活,成了刷墙工。不分早晚,"活就是命令"。小辈两口子才三十岁出头,嫌干这活"矮一截"却又没有拿得出手的专业,那个夕阳照射满身泥浆的黄昏,又累又饿的大小伙子将刷浆工具狠狠摔在地上要"罢工",七旬的奶奶扑通一声给孙子跪下。这一跪,即将陨落的家族太阳再次冉冉升起,人生的岁月和历史被彻底改写,枯木发新枝,干河又汪洋,居然跪出一个目前在沈阳市威名远扬的装饰装修公司!

每个人都有缺点,如果你害怕它、回避它,它就永远是你的硬伤;只要正视它、克服它,它就会成为你向上攀登的垫脚石。

在措手不及的工厂倒闭潮汹涌扑来时,一些人被拍在沙滩上,再也没有起来。这并不奇怪,也并非不能人文。任何国家任何地区的人们都有不同的认知和行为,排浪总要分前后,赛场上有人夺冠也必然有人垫底,这应该算得上是普遍规律。虽然这都是下岗惹的祸,可把这些统统归类为"东北问题"是有失公允的。

背运好比一口大锅,当你走到锅底时,无论朝哪个方向努力,都是向上的。

经受了火的洗礼，泥巴也会有坚强的体魄。

我要强调的是，无论多难，更多的辽宁人没有后退，他们仍然恪守初心，坚信虽然蒙上灰尘却仍然结实、总有一天会闪光的理想。他们扑打掉身上的脏土，舔去伤口上的血迹，继续上路。他们选择了坚守，选择了再创业，用智慧和勤劳的双手推开一扇有朝霞的窗。

投资的朋友来了，我欢迎。你走，我不送，因为，欢迎有朝一日你再回来！这片黑土地有独特的魅力，也有独特的劣势。多数辽宁人理想未泯，相信未来，相信现在的劣势迟早有一天会翻盘的。能不能翻盘，什么时候翻盘已经不重要了，因为，心怀翻盘梦想可能难以翻盘，而随手丢了翻盘的机会，则永远都不会翻盘！

什么叫"投资不过山海关"？请看看地图，东北周边有那么多国家，如果投资从北边来，还用过山海关吗？事实上也是，这些国家有数十家投资商在东北安营扎寨、合资合作。

"投资不过山海关"只是个顺口的概念，即便在最困难的时候，仍有许多国内外企业扎根在辽宁，在最困难的时候仍然履行合作协议和"感情协议"。据悉，在东北经济一头扎进低谷时，仍有过千家国内外投资企业"安居"在东北、在辽宁，并取得不菲的业绩。

"投资不过山海关"只是外埠来东北投资企业数量上的简约概括，是东北、辽宁经济的一个侧面，绝非全部。因为，这只是一个地区和省份发展的诸多侧面和数字之一。

"投资不过山海关"虽有一定的负面导向，但辽宁人从来没有被吓倒，更没有放弃，更多的辽宁儿女挺起胸膛，选择扎根在故乡的黑土地，为家乡的发展竭尽全力。

诚然，造成这种局面，辽宁人是有责任的。我们在很多方面做得不够好。我们面对现实，我们面对我们的差错、失误乃至过失，我们整理队伍，制订新的奋斗方案，我们抖擞精神再出发，我们要翻过眼前的困难和阻碍，我们一定要开创出崭新的未来！

生活的色彩不是注定的。你把它抹成灰白，它就反馈给你淡漠；你将它涂成火红，它就赠予你热烈。真正点亮生命的不是明天的景色，而是美好的希望。

现在，在我创作这部纪实文学的时候，伴随国家新一轮振兴东北老工业基地政策的感召，"投资正过山海关"的势头滚滚而来……

虽因时间所限，我只写了六家企业，不可能全景式展现辽宁企业和振兴东北经济主力的全貌，却一叶知秋、一鳞识鱼、片瓦断代。人所共知，东北辽宁，曾经以"中国重工业之都"闻名于世。现在，尽管许多企业不在了，许多企业转行、转产，许多行业也没有过去那样"整体组团"光耀中国、光耀世界，但，当年这毕竟是为新中国贡献产业最多、产品最全、产量最大的"共和国工业长子"，大工业的老底还在，大工业的风俗还在，人们热爱工业的氛围还在，大家期待工业崛起的雄心还在，更为重要的是，在中国工业大幅度变革的今天，东北，辽宁，仍然是中国工业大工匠最多的地方，这就是老本，这就是底气，这就是再次翻身、再振雄风的"硬通货"。

因为采写企业太少，我无法全景式描绘辽宁大工业波澜壮阔的大风景，也难以展现经纬交织、鲜活生动的多元风貌。那么，我索性化繁为简，将主要镜头聚焦那些正在一线拼搏的大工匠。如果说文学是人学，那么，工业学也是人学。有他们夯实基础，有他们研发创新，有他们领衔奋斗，才掀起、推动了辽宁工业振兴的主潮，也是他们，用滴滴汗水和老茧高高托举的智慧穿透云雾缭绕的暗夜，迎来朝霞四射的曙光。

在东北，在辽宁，正是因为有了这些"技术大工匠"和"管理大工匠"坚持理想、不懈努力和顽强的奋斗精神，这片热土才再次升温，再次强力吸引全中国、全世界的目光，我们终于看到久违的喜悦——"投资正过山海关"……

第一章　用理想剪裁天下

2019年8月19日上午,我被一个视频吸引,股神沃伦·巴菲特先生春风满面,笑容灿烂,边说边比画,一会儿摊开两手以示坦诚,一会儿又端缩双肩以示快乐,眼神滴溜溜转,厚嘴唇灵巧张合,像中国快板书道具小竹板"碎嘴子"那样,以快捷而又喜气洋洋的方式送来美好的祝福。

我看到字幕上打出的时间,这是2009年8月25日,时逢大连大杨集团有限公司成立30周年,沃伦·巴菲特在遥远的西半球专门贺喜:

> 我很高兴通过这段视频与中国的朋友再次相聚。两年前我拜访了大连,大连这座城市以及我见到的每个人,使我的这次旅行非常成功和愉悦。我希望不久再次回到大连。
>
> 那次旅行的一个亮点是与李女士的结识,了解大杨创世,这家由她建立的了不起的公司,想一想30年前还仅仅是几台缝纫机,现在已年产500万套西装,这是了不起的成就。这个故事应该给中国人和全世界的人以启迪。我把这个故事讲给很多的美国人听,他们都很敬佩大杨创世30年的成就。
>
> 我要告诉大家,我现在有9套创世的西装,我扔掉了以前所有的西装。我的合伙人查理·芒格、我的律师都穿创世西装,现在比尔·盖茨也穿创世的西服。他们了解李女士的成

就，都很喜欢她。事实上，我认为比尔·盖茨和我应该开一家男装店，卖李女士的西装。我们会是出色的推销员，因为我们真的太喜欢创世西装了。

  我们收到的这些产自中国的西装，从来不需要一点改动，它们太合身了。已经好久没人夸我穿得帅了，但自从穿上李女士的西装，我们不断得到朋友们的夸奖。我想比尔·盖茨和我真的应该开一家服装店，卖大杨的西装，说不定我们会更富有。

  我想借这个机会说，大杨创世30年，真的了不起。我祝愿你们下一个30年再创辉煌。我希望10年后再回大连，庆祝你们的40周年庆。同时真的希望有机会再和大连的朋友们相聚，和大家共度美好时光。

  非常感谢李女士，感谢大杨创世为人们树立的典范：在一个人的生命周期里，究竟可以成就怎样的事业。

2019年9月21日，大连大杨集团成立40周年，89岁高龄的沃伦·巴菲特精神抖擞，身着大杨集团生产的创世牌西装，身披西半球即将落下的夕阳，逢东方的太阳高高升起的早晨，在北京时间6时28分，再次发来视频道喜：

恭喜李董事长！

  12年前我们在大连相识，那是我人生中非常幸运的日子。我非常羡慕您所取得的成绩，也很高兴看到我们的关系多年来一直这么融洽。现在您带领几千员工生产出最好的西服产品，正如我身上穿的这件。我每天都会穿创世西服，创世西服已经占据了我整个衣橱。我的很多朋友也都穿创世西服，这让他们显得更有品位和智慧。

  我想借此机会表达我对您的敬佩之情，同时恭贺大杨集团成立40周年。您一定要请我去参加大杨50周年的庆典，那个时候我虽然将是99岁了，但是我觉得我一定可以到场的。

再次对大杨集团40周年庆典表示祝贺！

巴菲特非常尊重的"李董事长"叫李桂莲，为大连大杨集团有限责任公司董事长。

原本，朋友间或单位间发个视频志喜也没有什么特别，但，二者反差之大，似乎毫不相关却又如此紧密，这就特别了。

巴菲特在遥远的西半球美国，李桂莲在东半球的中国；巴菲特从事金融职业，为著名的世界股神，李桂莲为乡镇企业带头人，以服装业著称；巴菲特为哥伦比亚大学经济学硕士，李桂莲只读了四年小学……

然而，巴菲特却对李桂莲"情有独钟"，从认识起，他亲笔给李桂莲写了七封信。七封信表达一个内容，他钦佩李桂莲的人格魅力和宏大的事业格局。许多大学请巴菲特讲学，无论走到哪里，他都要讲一讲李桂莲的创业故事，并称"这是全美国也很少找到的故事"，号召美国的年轻人要向李桂莲学习。

2007年至今，巴菲特每年的年会，都要邀请李桂莲参加。

巴菲特的年会规模近5万人，多数人会后用餐自理，只留下40多人参加巴菲特的私人宴会，李桂莲必然是座上宾。

巴菲特把比尔·盖茨等好朋友介绍给李桂莲，边介绍边眉飞色舞地比画，指着自己身上穿着的创世牌西服，夸这是世界上最好的西装，号召朋友们都穿创世西装。巴菲特的公司从律师到高管，都穿创世服装。

欧洲首富、非洲首富、亚洲首富、大洋洲首富都来了，世界三分之二的财富都在这个聚餐的宴会里。巴菲特说："这个圈子，信誉没一点问题。我们之间的经济往来，从来不写合同。在这里，哪怕有人一次不讲信誉，这个圈就不带你玩了。"

现摘录网上2009年9月18日香港《文汇报》的一段话：在上海上市的成衣生产大连大杨创世集团，日前获得股神巴菲特高调追捧……

消息一出，大杨创世股价应声飙升，更连续三个交易日飙升10%而涨停，事件反映巴菲特一言一语对投资者信心的影响力。

我闻知觉得奇怪，亏我还是辽宁人，竟然不知道这样的传奇故事。李桂莲说："好产品是干出来的，不是说出来的。"

巴菲特和李桂莲相识12年来，每次参加年会会后的"小圈子宴会"都要精挑细选，人员都有变化，邀请李桂莲却雷打不动。巴菲特友好地说："如果李董事长忙可以不去，但要派大杨集团的朋友们参加。"在巴菲特心中，在全球很有影响力的一年一度的盛会，怎么可以少了李桂莲和她的创世服装？

李桂莲时刻驾驭企业发展的主旋，在高音区放宽能量，既要防止喊破音，也要避免尖厉失真的声音；在低音处则收紧"散音"，集中能量"冲高"，在深厚雄浑中展现挺拔的嘹亮。

创世服装不仅受到国家元首和世界大亨们的喜爱，也在世界各国有着非凡的影响力。在亚洲日本，平均每四个日本人，就有一人穿创世服装。日本有人口1.27亿，有25%，近3000万人穿创世服装。在欧洲，创世服装年销售200万套以上。在美国，华尔街的两家分公司风生水起……

李桂莲两次荣获全国劳动模范称号，为第七、八、九、十届全国人大代表，率领她的企业摘取50多次国家级荣誉。

早在20世纪90年代，李桂莲就与鲁冠球、吴仁宝、卢志敏、常忠林、钟作良、肖水根等被评为全国十大农民企业家，并且是这个风云人物群体中唯一的女性。

春秋代序，白羽化雪。而今，当年的十大企业家有的折戟沉沙，有的因病辞世，只剩下三人健在。七旬有五的李桂莲却逢山开道，遇水架桥，越战越勇，率领她的企业抢占全球制高点。

2005年起，大杨创世开始私人定制，全国超前，世界领先。

目前大杨集团智能化水准稳居同行业世界翘楚地位，产品出口占95%，年出口600万套西装，是全球最大的单量单裁服装企业。

"领先半个身位"的战略家

我查过诸多资料，针对企业家的组成要素众说纷纭。不过有一点却是公认的，那就是诚信和诚实。"诚"字当头不一定走得远，没有"诚"字却一定走不远。如果说"诚"是一片沃土，在这片沃土上可以种植任何东西，那么，没有"诚"字的土地犹如毒粉末，将成为任何物种的杀手。

现在，我们从另一个角度看，设若"诚"字为宝塔牢固的地基，那么，高高的塔尖则为战略。没有战略眼光的人，可以挣许多钱，但只是大了"塔肚子"，永远上不了塔尖。

从财富聚集量上说，李桂莲算不上惊世大亨，但，她可以说是具有战略眼光的企业家。40年探索与发展，许多风云企业烟消云散，许多名噪一时的人物折戟沉沙，李桂莲领衔的大杨集团却冲过无数的暗礁险阻、惊涛骇浪，过污塘而不染，走险桥而不坠，日益身强体壮，稳健前行，扶云直上，始终是中国改革开放的弄潮儿，勇立涛头，"领先半个身位"。

1989年，企业有了一定数量的财富积累，李桂莲不是想自己的腰包越大越好，而是想到跟她打拼了十多年的工人们。这些农民没有养老保险，他们老了怎么办？

当时国家没有如今这样健全的社会养老保险制度，李桂莲郑重承诺：公司出钱，给200多名老工人办理了人寿保险，解决他们的后顾之忧。国家出台养老保险政策后，所有工人都入社会保险。

当时领导层也有争议："国家对企业没有这样的规定，我们也不必花这钱。"

"全中国的企业这样多，没有这么办的，我们也没必要尽这样的义务。"

"从现在开始公司交钱给工人参保，一直到退休，数目不小啊！"

"不管多少钱也要拿,"李桂莲说,"工人们辛辛苦苦地工作,我们应该解决他们的养老问题。要让工人们心里有底,我们大家一起干事业,也一起分享劳动成果。"

这件事引起了轰动效应,农民身份的工人们万般感动,"自己上班挣着工资,人家还管着养老,全国私企头一份啊!"

国家健全了社会养老体系后,大杨集团的工人全部入列。先前办理人寿保险的工人仍未入现行社会养老保险体系,公司"兜底"每人每年补助13000元,将养老保险进行到底。

按部就班不会出错,但很难出彩。

2000年年初,在公司发展如火如荼的时候,李桂莲却看到潜在的危机,感到公司的传统管理会跟不上时代步伐,"未来企业发展,要放眼全国,放眼世界,要靠高科技管理团队,现有的班底肯定不行。"她决定培养年轻人才。

早在几年前,李桂莲就招收一大批本科大学生和研究生入职,她组建了"新生代委员会",挑选了7名核心培养成员,给这些年轻人压担子,放手锻炼。

2009年,李桂莲觉得时机成熟了,为了给年轻人成长腾出空间,她主动带头辞去总经理职务,让位给研究生学历、领衔甩掉公司大算盘、顺利推行财务电算化、在企业管理上很有才气、表现出众的胡冬梅。

公司再召开业务会议,会前李桂莲主动问胡冬梅:"需要我参加吗?需要我参加我就参加,不需要我参加我就不参加。"

为了"不挡道",每次开会,李桂莲都挑选边位坐下。开会时,她尊重主持人,尊重年轻人,放手培养年轻人,绝不抢话、抢风头。

但是,几位年过50岁的副总"非常伤心"——

"董事长不要我们啦?流泪流汗这么多年,怎么狠心将我们一脚踢开?"

"这不是过河拆桥、卸磨杀驴吗?"

"企业效益也直线上升,我们干得好好的,怎么说撤就撤?"

人才辈出,后浪前涌,李桂莲对与自己搭档多年的副手非常满意,个人关系也非常好,可这跟现代企业发展有关系吗?核心领导层带个什么样的头,关系到企业未来的发展大计,未来的竞争是科学智能和科学管理的竞争,也是国际化、全球化的竞争啊!就拿企业上市和将要实施的工厂智能化来说,眼下这些滞后的管理班底,"谁都冲不上去"!

大家也犹豫,李桂莲向来重感情,善待搭档,也善待每一位老员工。每年新旧交替时,无论多忙,她都要请老员工吃顿饭,面对面座谈,问询每位员工家里有什么事,感谢他们创业时的贡献,感谢他们对她的信任和支持,精心挑选礼品送给他们。每次聚会李桂莲都要让办公室全通知到,150多名退休员工,能来的都请来。时代在变,社会风尚在变,服装厂的设备、产品、科技水准和名气都在变,退休工人逐年增多,人数也在变,李桂莲年末请客的事雷打不动。这样将退休员工视为兄弟姐妹的座谈式聚会,已经坚持了40年。

李桂莲说:"想当年,没有他们的信任,从家里抬来缝纫机艰苦创业,哪有今天?"

老员工说:"这么多年来,董事长一直不忘我们,看重我们,还有什么挑?"

李桂莲非常注重大家的感受,就连工厂加班,李桂莲都会在广播中有礼在先,和风细雨地跟大家说清楚为什么要加班,请大家串开时间,照顾好老人和孩子。

对这些风雨与共的班子成员,难道就这么狠心?

一百个宣言,不如一个实际行动。李桂莲的决定又让退位的副总们震惊了:副总们退位后,年薪20万元的待遇不变,一直发到辞世。愿意兑现股票的,可以直接提现。

大家再一次不理解,个个都瞪大了眼睛:"哪有这么干的?退位了还给任职时的年薪?一直发到死?"

"全世界也找不到这样的先例啊,这样的待遇,工厂可亏大了!"

"这样的承诺，能兑现吗？"

李桂莲还是不多说，而是采用"行为语言"。她请来了律师，与每名退位的领导签订了协议。

有人立刻提现600多万，有人回家颐养天年，仍然"挣年薪"。

当年"稀里糊涂"退位的人，几年后眼见年轻人主政后的公司，年年有进步，几年一大步，把个普通的服装公司打造成同行业的领军企业，在世界同行业赫赫有名，单量单裁世界第一，经济效益和社会效益直线飞升。

"在最好的时候开始改"，这是李桂莲的战略观点之一。

在西装订单很好，企业效益扶摇直上之时，李桂莲却提出把工人们坐式作业改为站式作业，这是件惊天动地的事，多数人反对，工人更觉"难度太大"。"强力推广"后大家笑逐颜开：效率大幅度提高，有利于工人身体健康。

在传统产品"最好的时候"，2009年，李桂莲提出"单裁转型"，又遭到许多人的反对。现在市场形势这么好，这样做会丢失很多用户的！事实再次验证，李桂莲又一次超前行动，布局新的革新，抢占了国内国际同行的先机，产量和效益双双腾飞，甩比肩同行好几条街，现在成为全球最大的单量单裁服装公司。

舍得年投入上亿元资金实现智能化，又是一个超前布局。

过去人工每天完成100件衣服，忙得鸡飞狗跳。现在流水线作业每件完成精准的600道工序，每台智能机器日产5000件。

国内同行业定制服装为15个工作日，大杨创世服装为4个工作日。

原版型处理，人工要2小时，现在只需要2秒。60台价值上百万元的裁床，每台床日裁上万件，世界唯一。

大杨集团开启了智能化工厂时代，突破传统轻纺行业的发展模式，通过智能化生产线，实施大规模个性化定制。生产线已经实现了80%智能化，AVG机器人负责运送物料，车间里每个工人工作时面前都有一台电脑，工人按照电脑指令完成相应工序，然后由智能吊挂系统将成衣运走，效率比以前提高3倍以上，人力成本减少三成。以前定制一件西装需要半个月，现在仅仅需要4天，抢占了全球定制时装的高端市场。

几位退位的同志说："李桂莲董事长非常有远见卓识，她考虑问题，至少看到10年后的目标。"

"非常了不起，她不只是一个企业家，而是一个战略家。"

"她很超前，她当时决定的事，我们多数人并不看好。多年后发现，人家是对的。"

2019年8月19日，负责安排采访的小徐告诉我，公司刚刚分给他住房，100多平方米，他花了5万元。我为此惊讶，但小徐告诉我："这是公司给工人的福利待遇，以前花得更少。"

早在30年前，一套房子职工只花1万元，后来依次增长到3万、4万、5万。

原来，这是公司补助后的福利价格，低于成本。

我去了位于厂区不远的三个工人住宅楼小区，均为多层建筑，设计优美，环境优雅，花坛、健身设施穿插其间，绿树成荫。

李桂莲告诉我："农村的空巢老人和留守儿童怎么出现的？难题就是工作和房子。青年人跑很远外出打工，老人孩子就没人管了。让农民当上工人，又解决住房，让他们有事业，方便照顾老人，方便教育和培养儿女，问题就解决了。"

为此，李桂莲特别在教育上精准发力，舍得投资，不光在本地教育上投资，还资助外地教育。我采访时，李桂莲已经资助建了1所中学、24所小学。

李桂莲说："光闷头拉车不行，还要抬头看路。抬头看路不行，还要仰望高空。""在家边上出行，骑自行车就行。上沈阳就要坐高铁，上国外要坐飞机，将来登月要坐宇宙飞船，这头一条，就是要让孩子们增长见识。"

我采访时，大杨集团刚刚建好图书馆，正在筹建科技馆。李桂莲主张："把孩子憋在小圈子里不行，要让孩子们开阔眼界，知道世界上各个领域最先进、最科学的信息。"

人们往往不缺少大功率马达，却缺少正确引领航向的舵手。好舵手要有超前的预判能力，还要有纠偏能力、果断的决策能力，能正确导航思想和灵魂。

40年前，李桂莲带领85名农村妇女开始创业，脚蹬家用缝纫机，求爷爷告奶奶从国企那里捡点活干，以做套袖、坐垫求生存，那时她就放出"大话"："我们现在苦了点，这是为了好日子在奋斗。将来我们要住楼房、喝洋酒、开汽车。"

当时的杨树房村十分贫困，住破房，穿破衣，多数人家吃不起酱油。农民们一年到头看不见现钱。

李桂莲的话谁能信？有人说，人家"说几句鼓励话，千万别当真"。有人说，这叫"精神胜利法"。现在，这些情况早已成"家常便饭"。

十多年前，李桂莲在《新闻联播》中得知，时任国务院总理温家宝向国际做出承诺，中国要为优化人类生存环境做出贡献，即将在全国推行节能减排。李桂莲立刻召开公司高管会议，建议关掉洗水厂。

一石激起千层浪，会场当即炸了锅："挣钱的活，为什么不干？"

"一年挣几百万的项目，怎么能砍呢？"

"这样的厂家到处都是，没一个砍的，咱们也不能砍。"

"环保局又没下令，坚决不能砍！"

"国家号召的事，我们必须走在前面。"李桂莲力排众议，挥师前行，为优化家乡环境负责，为子孙后代负责。左手砍掉洗水厂好几百万元打了水漂，右手投资五六千万元实施煤改气，推倒大烟囱，上光伏发电，宁愿成本增加1.5倍，也要力挺节能减排。

几年后，眼见许多企业为环保付出昂贵代价，在更高的成本区位被动地拆改污染设备，甚至因此关闭工厂，当初的反对声"一面倒"，现在都赞扬李桂莲有先见之明。

李桂莲说："凡是国家号召的事，马上行动。中国改革开放，我既是参与者，也是见证者，更是受益者。必须怀着感恩的心，去做好每一件事，报效国家。"

累并快乐着

理想像长脚的云，跳上高天等你。

1979年8月，一桩新鲜事在辽宁省新金县杨树房公社不胫而走，人们像仰望高空那样仰望李桂莲，这位满脑袋"高粱花"的农村妇女，竟办起了服装厂！

彼时，杨树房公社有15家企业，当时叫"社办企业"。这些企业家家都有很硬的"后台"，最次的也是公社撑腰。农村姑娘小伙以进社办企业为荣，穿上工作服，骑上自行车（道近也骑，那是身份地位的象征），早上日头大老高从家走，下午日头大老高下班，很令人羡慕。而"爬垄沟子"的庄稼人却常年在地里摸爬滚打，起早贪黑干活，"两头不见日头"。

最大的差别在于，当工人工作轻闲，还挣现钱。少了紫外线照射和风吹雨淋，不与脏污的泥水灰尘打交道，许多人成了人们羡慕的"小白脸"。"爬垄沟子"的庄稼人，一年累到头几乎见不到现钱，许多家庭妇女连条好裤子都穿不上。

1978年12月，农村改革的劲风吹热了东北大地，李桂莲隐约感觉到中国农村将有翻天覆地的变化，一颗心如发芽的种子要破壳，要钻出地面，要拥抱阳光！

1979年1月，安徽省凤阳县梨园公社小岗队18个农民冒着极大的风险，在承包书上按下鲜红的手印，开始搞起了大包干的新尝试。彼时，这件事不亚于原子弹爆炸，一下子轰动全国！这十几个农民的冒险之举，打破了新中国农村延续数十年的"大锅饭"，其轰动效应、巨大的冲击力和影响力，远远超出农村和农民，几乎"点燃"了各行各业、每个人……

40年转瞬即逝，至今中国农村仍然沿用这种土地承包模式。

小岗村农民的做法得到党中央肯定后，与其说是给中国土地松绑，不如说是给整个中国农民松了绑。

李桂莲格外激动，土地承包到户，每家都有闲余劳动力，如果把那些"锅台转"（指在家看孩子做饭的家庭妇女）组织起来，办个服装厂，让她们有班上，有钱赚，就可以改变命运，同走富裕路。

所有伟大的梦想，都有一个微不足道的开始；每一场卓越，都始于你迈出的第一步。

1979年9月，在枫叶正红、寒霜频降的时候，李桂莲正式向公社党委书记王兴发提出申请，她要办一个服装厂。

"你在哪儿办服装厂？厂房怎么解决？"

李桂莲隔窗向前一指："我把这个破楼收拾收拾。"

"这个烂尾楼倒没什么用。可都破成那样了，连门窗都没有，能行吗？"

"废物利用嘛。"

"办服装厂不那么简单，你有机器设备吗？"

"我调查过了，现在每个家庭都有缝纫机，谁当工人，就把家里的缝纫机拿来用。"

"你有工人吗？"

"家庭妇女都闲着，将她们招进来。"

"技术呢？"

"在国营厂请几个兼职技术员，指导指导。"

"有活源吗？"

"从国营企业找。"

王兴发书记见李桂莲对答如流，知道她已经成竹在胸，也知道李桂莲"是个干茬"，当过生产队妇女队长，当过六七年生产队队长，当过大队党支部书记，多次荣获公社、县、市、省劳动模范称号，是个有主见、有见识、有能力的人。这才松了口："你这个想法，我可以带到公社党委会上研究。"

闻听李桂莲要牵头办服装厂，招收工人还要考试录取，有人讽刺道："从古到今只有升学才考试录取，没听说过招工还要考试录用。"

"一个农村妇女要办工厂，真是异想天开！"

公社党委书记王兴发还是居安思危，提醒李桂莲："要把困难估计足了，现在白手起家，条件太差，没有任何优势，要防备骑虎难下、'收不了手'。"

"收不了手"的潜台词就是，干到半道干不下去，没法收场。

李桂莲却充满了自信。

这一，同样是农民，人家小岗村18位农民干了件"捅破天"的大事，我怎么连个服装厂也干不了？这二，自己从16岁下生产队劳动起，样样活干得出彩，相信也一定能在服装厂出彩！

1946年2月24日，李桂莲出生于辽宁省新金县杨树房公社河西大队高屯小队。幼小的李桂莲，永远记住人生第一位导师、父亲李永刚的教诲："人要是不要强，活在世上就不是人。"

李桂莲11岁上学，刚读完小学四年级，母亲说："桂莲啊，别上学啦。你爸身体不太好，家里又这样困难，你回来挣点工分吧。"

李桂莲真的舍不得离开学校，她学习好，在班里当班长，又是少先队中队长。因为组织能力强，还负责做操、上体育课喊排。同学们愿意听她的，班主任韩亚范特别喜欢她。让她退学，好似从秧上硬把生瓜扯下来，李桂莲疼啊！但李桂莲还是听从了母亲的话。她偷偷抹着眼泪，把心爱的书精心地包上，收藏好，到生产队参加劳动。

班主任韩亚范找上门来："这孩子脑瓜好使，一直是尖子生，不念书太可惜了！"

母亲也犹豫了，怕耽误孩子前途，认真地征求李桂莲的意见："要不，你还上学吧？"

李桂莲没有回学校。

生产队的姑娘小子们也"勾"她："你别上学了，咱们在一起多热闹啊！在生产队，你绝对能干好！"

李桂莲向班主任行个礼："谢谢韩老师，一直对我这么好，还让我当班干部。可我爸身体不太好，也需要我。养我这么大了，也该为家里出力了。"

还有另一个因素，李桂莲心疼父亲。父亲特别要强，干什么都很像样，群众威望很高，已经是辽宁省劳动模范，辽宁省人大代表。

李桂莲相信，向父亲学习，自己在生产队也能干得很出色。

第二年，李桂莲17岁，在一次她没有参加的选举妇女队长的社员大会上，她居然以满票当选为生产队妇女队长！

李桂莲才17岁，没有选举权，也没有被选举权。可有人提议："我看李桂莲这小姑娘行，干起活来像个假小子，口才也不错。"

这个提议导火索一样"引爆"了大家，所有参会者异口同声，都说李桂莲当妇女队长"太合适了"！

李桂莲不够岁数的事也端上桌面，知情者透露："李桂莲生日大，2月份的，过了年就18岁了。"

生产队队长表态："年龄不是问题，就差两个月就到18岁了。"

把李桂莲列上候选人，大家投票，数李桂莲的票数多。

当晚，有小伙伴把这消息告诉李桂莲，李桂莲根本没信："我连会都没参加，再说，我岁数小，你这玩笑开得也不像啊。"

第二天，生产队队长跟李桂莲谈话，郑重地说了这事，诸如"妇女能顶半边天"，生产队有多少妇女，哪些活都是妇女干的，"这项工作很重要"……

李桂莲心里不是没有顾虑，弱弱地问一句："我不当妇女队长行不？"

"不行。"生产队队长态度很坚决，"既然选上了，你就得干。"

"干就得干好！"李桂莲暗暗下着决心。

李桂莲自己干在前头，样样活都带个好头，多数姐妹很支持她。但也有暗中偷懒耍滑的。比如铲地，垄台铲好了垄边铲不利索，有人甚至铲"盖扒铲"，把铲头向前一推，矮草没铲掉便埋在浮土里，外表还看不出来。李桂莲看到会当场批评指正。对耍滑的人，李桂莲很有办法，每人分几垄铲，有人第一遍没铲好，铲不净草，这几垄第二遍还由她铲。

生产队的农活很累。春天种地，苗出来就铲地。第一遍地没铲完，第二遍地又该铲了，第三遍地踩着第二遍地的脚后跟。夏天带领大家割草，把沉重的湿青草装上车，车不够用就肩膀扛，再把青草放进大粪池里沤肥。烈日暴晒下，拔地瓜地的草，汗水疾雨一样湿透了衣衫。迅速把地瓜秧子翻过来，拔净草后再翻回来。

秋天割苞米活最累，四点钟下地，天还黑着。苞米叶子上结着厚霜，一伸刀，霜呼啦啦落下，前身和裤子很快就淋湿。庄稼上的灰尘泥土增加了衣裤的厚度，太阳出来又将湿衣裤晒干，像穿了"铁甲"。日头完全沉进地平线，大家耗尽了力气，甚至都迈不动步了，李桂莲也曾灰心过："活得一点意思都没有，什么时候能熬出头呢？"

但，这话只能憋在心里，妇女队长绝对不能说泄气话。

日头快要沉下来，浑身的力气用尽了，腿都抬不动了，更不想干活。但李桂莲相信，人的精神力量是无穷无尽的。我累没劲了，别人也一样。我坚持着，坚持从坚持不住的时候开始，谁能延长坚持谁厉害。李桂莲这样一想，果然就有劲了。不少人纳闷儿，李桂莲小矮个，身体也不健壮，怎么劲儿劲儿的，总也不知道累？

只要内心晴朗，人生便没有雨天。

回家急忙吃点饭，嗷嗷喊几嗓子："看电影去喽，姐妹们，快点走啊！"只要有喜欢的电影，十里八里不嫌远。当时都是露天电影，大家步行加小跑，泥路跑出一溜烟儿。三更半夜回到家，第二天，她又生龙活虎地带领大家干活，周而复始。

扒苞米更是考验，手像机器人那样忙个不停。李桂莲的速度最快，这棒在手，那棒又拿起来，一块儿扒两棒苞米，像一对白鸽子展开双翼振翅飞。别人扒 150 棒，快手李桂莲能扒 300 棒！

李桂莲每年挣 4000 多工分，跟男劳力平起平坐。

李桂莲和姑娘们也有理想，比如，能买一双凉鞋，夏天干活别碰坏脚。下水田的时候，把凉鞋放在田埂上，多好！比如，一人买一块上海牌手表，也放在田埂上，多好！比如，中午一人分一碗土豆，皮都不扒，就相当不错了！

简单的理想，单纯的"干就要干好"，把李桂莲推上一个又一个台阶。

每一次普通的改变，都可能改变普通。

22 岁，小矮个儿李桂莲以极高的威望和人气，当选为河西大队妇女主任，很快又担当重任，任职河西大队党支部书记，主管全大队全面工作，整天与生产生活和老百姓打交道，事无巨细，工作如急流上的小船，忽上忽下忽左忽右，李桂莲撑稳船舵，带领她的团队破浪前行，整整干了 8 年！

"把工作当成自己家的事"，李桂莲投入了所有的热情和精力。

河西大队有 16 个生产队，李桂莲像熟悉自己的掌纹一样熟悉各个生产队的情况。早晨醒来第一件事，把 16 个生产队的事"过一遍电影"，分出急事难事重要事，各个击破。排出待办和潜在的"纠葛"，或抓主要矛盾，或以点带面，或辐射全局，迎头上，逐一解决。

年末会有生产队队长不干，在选出新队长之前，工作不能断档，李桂莲便"兼职"小队长。驾驭宏观，也不忘自身修为。李桂莲每次出门都背个粪筐，边走边捡粪，粪筐捡满了，走到哪儿就放在哪个生产队的粪堆。若平湖中突然翻起惊浪，有的生产队队长毫无征兆地撂挑子不干了，"我去处理！"李桂莲扔下一句话，第一时间赶去"灭火"。不时遇到"调皮捣蛋"的男队长，李桂莲风风火火赶到，三下五去二即刻摆平。

长期在农村一线打拼，经受了太多大风大浪的考验，李桂莲升华了境界，练就了本事，有着坚强出色的意志品质，从未向困难低过头。

李桂莲向工业办借了 3 万块钱，把烂尾楼铺了地面，安好门窗，把工作车间间壁好，挂上牌子，服装厂即将开张。

没有任何广告，她自己就是一个品牌，闻知李桂莲要开服装厂，妇女热烈响应，人们兴奋地奔走相告，相互传递消息，纷纷要来当工人。

李桂莲没有答应任何人，而是设了考试入厂的门槛。

"到国企上班，也没有考试的啊。"

"不知道能不能办起来，还兴师动众的。"

"工人要自己带缝纫机入厂，哪有这样办工厂的？"

有起伏的道路，才能看到更多的风景。

不管人们怎么议论，杨树房公社从来没这样热闹过，听了李桂莲在广播里讲的考试通知，全公社12个大队的600多名妇女报名应试。一时间，大街小巷上千人参与这次史无前例的活动，一人应试，至少有两人参与运输。丈夫送妻子来的，父母送女儿来的，近道的两口子抬着缝纫机来到考场，有用手推车运的，马车、牛车、拖拉机都成了运输工具，人来人往，人声鼎沸，场面比赶大集都热闹。

李桂莲严密地组织了这次考试。任何人不得说情，更不许走后门，"只认能力不认人"。

事先公布了规则：每名考生在家里用的卡布裁好衣服，带上线，限两小时在考场里做好衣服。应试者的名字保密，缝在衣服里面。李桂莲在县里请了"陌生面孔"来监考，谁都没有作弊机会。

"交卷"后，由师傅逐一打分。因为名字缝在衣服里面，不知道哪件衣服是哪个考生做的。全部考生的分打完后，打开缝在衣服里的名字，当场公布成绩。

公布完成绩，李桂莲用广播告诉大家："凡是考上的，请把缝纫机留下。没考上的，请把自己的缝纫机抬回去。"

这话如同一阵风狂猛吹来，平湖上顿起波澜。因为说话的人太多，李桂莲听不清大家都说了什么，但从表情上，她知道落选的考生很有意见。

富有爱心和基层工作经验的李桂莲十分清楚，沙子只是缩小的石头。沙子扬在身上毫发无损，拳头大的石头则会伤人。人无完人，人心难免有阴影似的大石块，要用爱将这些石块消化分解成沙子，能伤人的危险的石块也随之分解。事不宜迟，一定要把小矛盾化解掉，别伤着乡亲们。

李桂莲又在广播中给大家吃了定心丸："这次没考上的同志不要着急。以后我们服装厂业务肯定还要扩大，还需要更多的工人。今天录取的只是第一批，手艺不行的回家练练。以后我们还要招第二批、第三批……"

我现在描述当时妇女争相报考工人的火爆场面，当今的人可能不理解，其实有其特殊时代的合理性。当时农村一年到头见不到现钱，这是"刨穷根"的好机会；在那个时代，这也是身份地位的象征；赋闲的"锅台转"成为赚钱的帮手，助力家庭"打翻身仗"，能不兴奋？

即便现在招工，许多人也常常被20周岁至35周岁的年龄限制挡在工厂的大门外，如同一条鱼掐头去尾扔掉，只留下中段。而李桂莲招工，只收进厂无门的农村妇女，好比躲开鱼的中段，只收没人要的头和尾。

李桂莲承诺，第一次招收工人85名，此后会多次招工。学生毕业没一点基础的，李桂莲便举办培训班。接连办了四期培训班，培训一批进厂一批。

目标就像蝴蝶，你去追它的时候总是很辛苦，其实你只要种下很多花，蝴蝶便会自己飞过来。

伴随企业规模的扩大，企业声望的提升，招工规模也跟着水涨船高。最多的时候，工人总数能达到1.5万人。

1979年10月3日，杨树房服装厂正式开工。

面对百余人的工人队伍，厂长兼党支部书记李桂莲首次激动地向姐妹们讲话："姐妹们，党的十一届三中全会的春风唤醒了我们，党的富民政策激励我们办起了这个服装厂，我有信心办好它，也有信心带领大家共同致富。我们大家要有决心改变自己的命运，我们只要齐心合力，不怕苦，不怕累，发扬艰苦奋斗、奋发图强的精神，我们的厂子一定会办好！"

第二天，李桂莲带领大家开展"大练兵"。请来大连皮口服装厂的戚科长指导培训，有的人练带电的缝纫机，有的人练从自家带来的脚蹬"笨机"，练习做鞋垫、凳子垫、套袖、围裙和工作兜。练习了十几天，这批考试录用的工人基本上掌握了出口服装的技术要领，这才开始做在国营皮口服装厂承接的加拿大和日本伊藤万工作服裤子的订单。

工厂拉开了架子，困难一个接一个，头一道大坎，货源成了问题。

当时中国国营企业一家独大，1979年农民开办工厂，在全国也是凤毛麟角。社会上许多人不认同，国营企业也瞧不起。李桂莲只好以低人一等的姿态去国企找活干，宁可让人家在利润上扒一层皮，人家还是带搭不理。好歹有国企开了口，却提出，你们工人的水平不行，产品质量不合格，我们的产品卖不出去，会砸我们牌子。给你们点活也行，但你们的工人要送到国营企业培训。

彼时国家有很多限制门槛，乡镇企业寸步难行，李桂莲只好"遵照执行"。

尽管这样，做成衣的活还是拿不到手，只能给国企做些套袖、凳子坐垫，总比没活干强。在制作标准上，李桂莲下了一道死命令："从人家手里要活不容易，我们一定要珍惜这机会，我们的活，一定要比国营工人做得好！"

李桂莲的世界是一片遍布向日葵的原野，那里满眼阳光，绽放着希望。

她鼓励大家："万事开头难。我们先干着，打开局面后，我相信，活会很多很多。"

"打开局面"只是未来的理想，现实怎么办？用现在的话形容，便是理想很丰满，现实太骨感。现状比想象要残酷得多。尽管做些小来小去的活，还要不来钱。国营企业之间周转速度缓慢，互欠三角债，李桂莲麾下的"下游"服装厂等不起啊，从1979年10月建厂到1980年1

月，服装厂连续四个月开不出工资！

每句话里都揣着嘲讽的议论随之而起——

"一个农民，本来就是种地的，开什么工厂呢？"

"一个个老娘儿们晚上9点还不回家，不侍候老爷儿们，不管家人，不管孩子，都疯了吧？"

"干不了几天，服装厂肯定黄摊！"

上坡路起车

人生是座桥，两头都是路。

1980年2月，李桂莲从国营企业要回来一些加工款，又拆借一部分，把陈欠的工人工资悉数补发，总算稳住了军心。

当时月薪三四十元，在消费很低的农村已经算是奇迹了，这些"锅台转"出门连套不带补丁的衣裳都没有，哪见过这么多钱？手里接过一沓子钞票，妇女们个个笑逐颜开，有人高兴得直落泪。姐妹们很是感动，这，多亏了李桂莲啊！她们感恩李桂莲，也心疼李桂莲。她们亲眼看着这位小个子女人整天在忙碌，脸窄了，眼窝深了，姐妹们都很焦急。她们知道自己只是个裁缝，也帮不上什么大忙，便自发组织起来："咱们把活干好了，就是帮李桂莲的忙了。"

这一提法正好吻合了李桂莲的倡导：质量就是生命。

掏出木头里的火，牵出躲在黑云后头的闪电，唤醒睡在石头皱纹里的风，让人生的希望在姐妹们的指尖上重生。

"我们服装厂能不能办得好，走得远，决定权在大家手里。"姐妹们已经习惯了李桂莲利用广播开会，"一件衣服有好几十道工序，哪道工序差了都不行，差一点都不行。我们从国营企业要来活，我们送去的衣服，一定要比国企干得还要好！我们一定要打出杨树房服装厂的牌子来，这牌子要在全县叫响，在全市叫响，在全省叫响。将来，我们还要在国外叫响！能不能叫响，质量就是我们的命，而命根子就攥在每个姐妹的手里……"

女工们特别要强，个个力争上游，生怕因为自己的手艺差拖了工厂后腿。偶尔有返工的活退回来，当事女工急得以泪洗面，不吃饭不睡觉也要做好活，把损失抢回来。

工人们经过技术上的严格训练和管理层的层层把关，使杨树房服装厂的牌子渐渐有了名气。

弱者等待机会，智者创造机会，强者把握机会。

1980年6月，服装厂承接了一批2.5万件的棉衣订单，要求在60天内完成。这简直是不可能完成的事，时间太紧了！

眼下才有百余名工人，百余台缝纫机，差得太远了！

进则生，退则死。我们这些端"泥饭碗"的人朝哪儿退？再说，在李桂莲的人生辞典里，从来就没有"退缩"二字。

抛开犹豫，李桂莲果断决策："我们下定决心，接！困难再大也要干！"

李桂莲通过公社广播站通知：杨树房服装厂要进行第二次招工。两天的考试，择优录取200名新工人，全厂员工翻倍，增加到300多人。

工人们从来没做过棉衣服，用户要求高，制作工艺难度太大。李桂莲专门召开一次全厂职工大会："我们这些人就是要创造奇迹，我们就是要干别人干不了的事！"

时值酷暑，天气炎热，不动都一身汗。李桂莲身先士卒，带领大家摸爬滚打，极大地激发了职工劳动热情，连续两个月，大家干在车间，睡在工厂，大家汗流浃背、昼夜奋战，像军人攻打堡垒那样勇猛拼搏。大家都憋着一股劲，没有一个人叫苦。年迈的母亲惦记女儿，到工厂看几眼就走；有的孩子整整60天没有见到妈妈！

2.5万件棉衣按期交货，外贸公司非常吃惊："没想到啊！杨树房这样一个农村小厂，太厉害了！"客户兴奋地拉着李桂莲的手："速度快，质量好。我们再有活还找你们厂！"

1980年，这个厂龄才一年的小企业，奇迹般地实现加工服装产量18.7万件，实现工业总产值34.8万元，实现利润12万元。

你若坚强，生活中便有一条属于你的路。

1981年春节刚过，人们还沉浸在过年的喜庆里，国营工厂大连第三呢绒服装厂王厂长登门拜访李桂莲，请求杨树房服装厂帮忙，加工美国客户的产品。

王厂长原是皮口服装厂老厂长，现接任刚刚组建的呢绒厂。该厂工人多数是从农村回城的知识青年，不具备成制出口产品的能力。当时省外贸公司恰好接了个美国客户的西服生产订单，要求在三天之内做出160件样品。样品合格了人家就下订单，否则人家就离开大连回国。

王厂长说，这几乎是难以完成的任务。李桂莲却从中看出了商机。一个"行"字出口，她立即组织技术人员和生产骨干昼夜赶制，每道工序都要保证高标准。

时间一小时跟着一小时飞逝。李桂莲不能阻止时间流逝，但她要加快单位时间的劳动效率，让所有的秧苗多开花、多结果。

第三天上午，姐妹们保质保量完成了样品。

李桂莲立刻联系外贸公司的同志，回话说美国客户正准备回国，如果在下午3点以前把做好的样品送到大连周水子机场，就能让客户看一下，如果来不及，机会就错过了。

"绝不能错过!"李桂莲果断地说。

当时这个乡下服装厂连辆汽车都没有，李桂莲当即向新金县第二工业局求助，借用局长的北京212吉普车火速出发，将条绒西服样品送到机场。那位蓝眼睛、高鼻子的美国客户看了样品十分吃惊，没想到样品做得这样好。他当即退掉机票不走了，第二天要到杨树房工厂看看。

消息传到工厂，职工们拍手庆祝，跳脚欢呼。

李桂莲却有点发愁，当时厂里没有食堂，没有卫生间，物质条件太差了。

李桂莲非常清楚，这不是普通的接待，而是具有国际影响并涉杨树房服装厂未来走向的接待。这将改写杨树房接待客人的历史，第一次接待美国人；也是自1948年东北解放以来，第一个来杨树房的外国人。各级政府闻讯非常重视，安保部门做了严密的部署。

闻知美国人以做客私家为尊，简陋的服装厂又不具备接待条件，李桂莲索性在自己家接待他，外贸公司的业务人员陪同。

当天下午，美国工程师亲眼看了杨树房服装厂非常兴奋，向着车间竖大拇指，向着白衣、白头巾的女工们竖大拇指，向制作出来的衣服竖大拇指，连声说了无数次"OK"，当即拍板，将1.6万件条绒西服制作订单签在杨树房服装厂。

叩开了国际市场的大门，杨树房服装厂的声望和货源同比大幅度提升，工人们的士气和积极性也似旭日东升、霞光灿烂，前景令人振奋。但是，李桂莲绝不是小富即安，而是要迈上更高的台阶。各方的压力也随之而来，有时候，连几万元买原料的钱都没有，财务人员去银行贷款，被拒之门外。李桂莲去找行长，行长明明就在办公室，却让工作人员转达他"不在"。

"外边"无法攥在手里，李桂莲只好向内部改革要出路。不能把习惯当标准，而是把标准当成习惯。给平等者以平等，给不平等者以不平等，而不是将平等拉齐。李桂莲打破"大锅饭"薪酬制度，实行计件工资，开始推行全面质量管理。提出"出类拔萃争第一，群体向上攀高峰"，把客户满意当成最高标准。产品质量实现无一返修、无一索赔、无一拖期，打出响当当的"信誉牌"。

在国营企业一家独大的时代，李桂莲像夜空上划过的一道闪电那样"刺眼"，她率领的娘子军，在客户中口碑非常叫响，堪称一支王牌军。

有了梧桐树，招得凤凰来。长了钢牙铁齿，才敢"咬硬"。

一次，服装厂从外贸公司接了批打样活，做丝绸衣服。丝绸布太软，既要掌控衣服的形体，还要掌控精工细做，垂如尺量，弧线似月，针脚整齐若刀切，这就难了。

生活向来是你强它就弱，你弱它就强。人生有些选择题，无法回避，只能抉择。

"姐妹们，我们必须迎难而上！"李桂莲又在广播中讲起来，"难度决定高度。活不难，也显示不出我们的真正水平；活不难，别人早就抢走了！能不能打开局面，为今后顺利拿下更大的订单铺平道路，这个丝绸活至关重要！我们一定要把活干好，争口气！外贸公司的负责人说，谁家的活干得好，我们可以到谁家看看。姐妹们，我们必须干好，争取让他们到咱大杨来看看……"

外贸公司召集了很多服装厂家开会，这个订单很大，同时向多个厂家发出号召，"先做出样品看看，谁家干得好让谁家干。"

李桂莲当即召集全厂技术人员，反复研究怎么做才能不起皱，用什么方法做出的服装最漂亮。技术人员按方案做出样品服装，再把新技术的严格标准落实到车间和每个工人。

又滑又软的丝绸好似游动在激流漩涡里的长波纹，摆着东拐西弯去向不定的金鱼宽尾巴，泥鳅鱼一样乱钻乱游……

工人们的手指尖灵巧地导向纹路，或顺手牵羊，或倒挂金钟，或力挽狂澜，或请君入瓮，将它们引上裁缝师早就谋设好的巢位，依序定居。

当李桂莲派人把丝绸衫样品送到外贸公司时，客户眼前一亮，又惊又喜，兴奋的眉毛翅膀那样飞起来："这是谁家做的？"

"杨树房。"

"杨树房在哪儿？"

"在农村。"

客户不相信："丝绸衣服做得这样精致很难很难，怎么可能是农村厂家做的，你们一定搞错了吧。"

外贸公司的同志一再肯定，客户决定到厂家看看。

杨树房的服装厂条件太差了，连把椅子都没有，洋气的大老板只好坐在长条板凳上。可当手里攥着"生杀大权"的"国字脸"大老板看到简陋工厂挂起来的丝绸服装，顿时眉开眼笑，对外贸的负责人说："订单就下这里！"

那一刻，李桂莲眼窝潮润，她抑制着快要跳出嗓子眼的那颗心，礼貌而心平气和地介绍服装厂的情况。正在忙碌的女工们比李桂莲还激动，好几位姐妹热泪盈眶。一次又一次练习，披星戴月地加班，家人的不理解，在此刻，"全值了！"

临别，"国字脸"大老板告诉外贸负责人："这里就是样板。你要组织一下别的工厂，都来这里看看。"

"什么？让我们去农村看样品？"

"我们堂堂的国营工厂，上农村去跟一帮家庭妇女学，有没有搞错啊？"

第二天，两台大客车拉来100多人，来杨树房服装厂参观学习。

市里第一服装厂、第二服装厂和几家大型国营服装厂的领导和技术人员悉数来取经。柏油路换成宽阔的黄沙路，宽阔的黄沙路换成窄泥路，车上的人心里五味陈杂。到了杨树房服装厂看到精美的丝绸产品，一个一个眼放光芒，由衷地赞叹。

简单亦化境，方寸也汪洋。

中午，李桂莲热情地留大家吃饭，一再抱歉农村条件简陋，全是应季的蔬菜。烀苞米烀地瓜烀土豆烀茄子都上来了，大家吃得兴致勃勃。吃饭时也不忘赞扬丝绸衣服，尤其那些抢眼的夹克衫"太好了"。这些挑剔的同行不惜把"很精美""没想到""出乎意料"等赞美之词，赠送给李桂莲和她的姐妹们。

好的产品果然赢得赞誉，杨树房服装厂生产的丝绸夹克衫，摘取"国家优质产品"荣誉。

专注力是对抗岁月的无穷力量。

从为国营企业做套袖和坐垫起步，到从外贸公司找客户，再到从客户中间商手中接活，又找到美国、日本企业，李桂莲率领她的企业一个台阶一个台阶稳步而上，从练手到独撑一面，从探索到打出品牌，辛苦却从容，始终在市场经济波涛翻卷的汪洋大海中稳健地迎浪前行。

李桂莲从来没有停止探索的脚步，在客户的认可同行的羡慕中，她始终"超前半个身位"，引领企业小步快跑，大步不倒，奋勇冲浪。

没有任何参照坐标，有谁能像李桂莲那样怀揣着闪电和刺眼的光芒，让理想越过千山万水，在姐妹们的手指上歌唱？

为了适应更高的制作标准，李桂莲派人到大连服装研究所去学习，培养自己的人才。一次外人不知道的"教训"，却给李桂莲敲响了警钟。高高兴兴地接了日本青川客户的夹克衫单子，却看不明白图纸！李桂莲和技术人员把图纸铺在炕上，一些地方还是弄不明白。手举在半空，不敢下剪子。

活儿是通过大连某单位拿来的，如果去问人家，担心人家瞧不起，以后不给订单了。李桂莲心里很清楚，要重视每一单生意。第一单活干好了，以后就有第二个订单，第三个订单……

李桂莲去请瓦房店服装总厂的朋友帮忙，总算研究明白了图纸。

问题迎刃而解，这单活干得相当漂亮。技术人员提升了水准，工人练了手，工厂声望也水涨船高，效益又上新台阶。

不是每一件事算出来才有意义，不是每一件事都能够算出来。任凭花开花落，不管潮落潮涨，心安然，阵脚不乱，在自己的节奏里稳健前行。

正当李桂莲要带领姐妹们迈开大步时，阴云压顶而来。

李桂莲带领一群家庭妇女开服装厂，镇里的一些干部瞧不起，横挑鼻子竖挑眼，怎么看怎么不顺眼。

工厂干起来了，前景看好，紧箍也越勒越紧。

其实，春天的不少芬芳，正被一些人扒进私囊。

镇里有人伸长臂要管辖服装厂。每月工人的工资报表都要上报镇里，镇里批了才能开支，不批就开不了工资。如果是正常管理倒也没什么，按规定走审批程序便是。事实并非这么简单。

人家的母鸡还趴在窝里，有人便惦记着分鸡蛋。

不断有人来找李桂莲，今天安排个亲属，明天安排个朋友，不同意就吊脸子。他们说出的每个字都如同陨石一样砸下来。陨石这样密集，一个接一个，叫她怎么应付？

"突发事件"像脱臼一样突然，毫无防备。

太憋闷了，李桂莲把门开个缝，半米宽的光亮像伤口一样卧在她的脚下。

为了工厂平稳向前走，李桂莲心里十分生气，也只好忍气吞声做出让步。可是，堤坝一旦有了裂缝，口子就很难堵住。安排了几个人后，这个来找，那个又来找，事情没完没了，性情耿直的李桂莲实在按捺不住，便直言回绝："我们招收工人都是要考试的。谁手艺好谁来。这么安排人，工厂还怎么干？再说，这里不是照顾人的地方，现在企业一步一坎，困难还很多，等我把企业干起来，再照顾这些人。"

事业还没有干起来，家乡这么穷，就有人捣乱。"别这样急着拆台，再给我些时间好吗？"李桂莲站在楼上眺望村庄，心里很不是滋味，一座座屋舍那样陈旧，像缩着肩膀的孩子。

歪风邪气仍在暗中悄悄地化脓。管事的没有达到目的，嘴上不说便背后较劲、暗里刁难。服装厂的工资表报上来，便以各种理由压着不办，工人就开不上工资。厂子举步维艰，到开支日子不开，工人们便悄悄往不好的方面猜测，人心不稳。工厂在西边，镇办工地点在东边，服装厂财务人员频繁往返也无济于事。

有时候真实比小说更加荒诞，因为虚构是在一定逻辑下进行的，而现实往往毫无逻辑可言。

有人劝李桂莲："差不多就行了，别太突出了。古人讲：出头的橡子先烂。"

李桂莲说："出头橡子先烂，我先抹上臭油（沥青）防腐，身正不怕影子斜，我不怕。不干则已，干就干出样来，干就要干第一！"

1983年，服装厂干出令人振奋的成绩，完成加工费收入120多万元，实现利润30多万元。在当时，这是了不起的两个数字。

这样出色的成绩，反而引火烧身。知道李桂莲不怕硬，他们便背后小动作不断，下绊子、来阴招。

李桂莲火了，她直接去找新金县委副书记巴殿璞，索性甩袖子不干了："巴书记，我从没向谁低过头，现在看，我干不了了！"

巴殿璞觉得事态的确很严重，李桂莲说的每个字都像陨石一样砸下来。这是以往不曾有过的。巴殿璞耳朵里塞满了李桂莲的故事：一块儿能扒两棒苞米，当大队书记也要身背粪筐捡粪，把16个生产队男队长管得服服帖帖。为了工作，把结婚的事都放诸脑后，连自己的婚期都随便改。

李桂莲和石祥麟结婚，先后改了三次婚期。第一次因市里开会而改。再订婚期，省里通知让她去沈阳做先进经验讲用报告。第三次到了婚期的当天，已经把结婚的消息通知亲友，正要举办简单的婚礼，闻听一位生产队队长去世，李桂莲连忙赶过去，处理完丧事后，急急忙忙赶回来，草草结婚。婚礼简陋至极，李桂莲走三里路到男方家，晚上吃顿便饭。婚后第二天李桂莲就正常工作，一天班没耽误。

我在前边说了，李桂莲才读了四年小学，可她的演讲水平称得上出类拔萃。巴殿璞在省城沈阳听过她的报告，能当着千余人的面脱稿演讲，故事精彩，语言优美，声音响脆，感情深挚。人们听得入迷，完全被她声音所吸引，伴随她演讲的节奏时而跃上浪峰，时而跌进谷底，时而热泪滚滚，时而欢欣大笑……

巴殿璞后来才知道，无论多忙，李桂莲每天都要挤时间读书。读《青春之歌》《红岩》《红旗谱》等革命题材小说，读新闻时事，听广播，也读马列著作和毛主席著作。毛主席的许多重要论述，她倒背如流。在阅读中记录，对着镜子练演讲口才……

把这样一个干啥像啥、能嚼钢咬铁、向来不惧硬的人逼成这样，问题一定很严重。

"先消消气，"巴殿璞给李桂莲倒一杯茶递过去，态度旗帜鲜明，"你不要不干，你都干出眉目来了，这时候不干多可惜。你不能向这些人低头，你要相信我能解决这些问题，我马上派人去调查。"

此浪刚平彼浪起

胸怀春光穿过暗夜，在眼泪里寻找笑容。

调查结果毫无悬念，李桂莲没有丝毫不当，镇里一些人嫉妒，得了"红眼病"。该放权的不放，该批的不批，该管的不管，却又插手太多，使绊子、埋暗器、设障碍。巴殿璞副书记相当生气，经过组织程序把镇里主要领导换了。组成新班子后，服装厂的工作立刻理顺了，如同松了绑，卸掉翅膀上的铁坠。李桂莲带领姐妹们加快速度，向更高的目标迈进。

培养人才要提速，产品质量要提速，工厂管理也要提速。"见到好的咱马上学。"

1984年，李桂莲第一次去日本，眼界大开。"日本咋这么干净呢？别的做不到，我们连干净也做不到？""从现在起就努力，十年做不到就二十年，二十年做不到就三十年，我们一定要赶上日本！"

李桂莲又用广播介绍了日本经验，对工人们提出新的要求，号召姐妹们从现在做起，从我做起。几年后，日本企业家来到杨树房服装厂，发现工厂里没一根线头，也没有保洁工。工人们自己收拾好自己的环境卫生。日本人连连赞叹："你们工厂太好了，太干净了！"

"我是跟你们日本人学的，"李桂莲开诚布公地说，"我们从引进你们日本的厕所文化开始，到全方位的卫生管理。"

在李桂莲看来，干净不仅仅是环境卫生，而是一种上档次的管理水准。干净既是人们心理环境，也是精神水准，更是心理境界。一个向现代化国际化迈进的工厂，连"干净"二字都做不到，其他也很难做到。

工厂效益持续提升，李桂莲又瞄准新的目标。邓小平提出"让一部分人先富起来""大原则是共同富裕"。按照李桂莲的理解，工人工资要涨，还要给工人盖家属房。从那时起，李桂莲就"操盘"房地产，工厂掏补贴，工人拿一万元，就能住上双室楼房。

厂房要扩大，设备要增加，生产品种要增多，质量档次要升级，销量要扩大。丝绸夹克衫获得国家优质产品奖还不够，还要有更多的品种拿大奖，拿全国奖，拿世界奖，打造自己的服装品牌，增加产品附加值。

李桂莲格外忙碌，也格外兴奋。寻货源，抓技术，设计新产品，打开新市场，都要管，甚至要亲力亲为。累也高兴。事业步入生机盎然的春天，"枝头"虽然多，可每个枝头结着密密麻麻的春芽，这春芽就是丽花和硕果啊！

李桂莲天生有副好嗓子。无论多忙，每年她都要抽出时间，跟一起创业的姐妹们聚一聚（在我撰写此文时，李桂莲已将每年一次的聚会传统持续了 40 年）。李桂莲的视野、见识和水平，姐妹们望尘莫及，但姐妹情深从未改变。为了表达真诚，"感谢姐妹们信任与支持"的开场白过后，李桂莲都要抄起麦克风，主动为姐妹们献歌一首。在创业初期的 20 世纪 80 年代，她唱《双脚踏上幸福路》：

青悠悠的那个岭

绿油油的那个山

丰收的庄稼望不到边望呀么望不到边

麦香飘万里

歌声随风传

双脚踏上丰收的路

越走心越甜越走心越甜

哝……

得儿呀嘿呀哈依呀哟哟哦

越走心越甜

情之所至，歌由心生。李桂莲感染了姐妹，也感染了姐妹们的工作。大家知道，跟李桂莲在一起工作很舒服，不累心，不用送礼，不用吃请，不用说客套话。就一条，"把自己的活干好就行"。

服装厂风生水起，声誉越来越高，隔着浩瀚的大洋，引起海外企业的关注。

1985年，李桂莲麾下的服装厂迎来创业以来最令人振奋的机遇，日本大名鼎鼎的蝶理公司，找上门来。此后好戏连台，日本两家最大的服装营销公司排行第一的青山公司，排行第二的青木公司，都对杨树房服装情有独钟，先后伸出橄榄枝。两家公司的大老板带队，几十人的团队来杨树房服装厂拜访，签订了长期合作合同。创业时的上国营找活，做套袖、椅子坐垫的时代一去不返，摆脱了以人家名义干活的束缚，也不用花大力气找中间商，工厂起步四年，形势来了个颠覆性的变化，世界名优工厂主动找上门来……

酒香不怕巷子深。小小的乡办服装厂名声在外，西半球的蓝眼睛、黄头发、鹰钩鼻子也不远万里来洽谈合作，工人们个个兴高采烈，每天都像过节。告别了发不出工资的苦日子，告别了向国企求援、商量、说小话，做套袖和椅子坐垫的时代，工厂效益直线上扬……

站在新的里程碑处，李桂莲瞄向更远的地方。正当李桂莲率领姐妹们再度发力，向更高更美好的目标迈进时，嫉妒和"红眼病"死灰复燃，他们拿着"打击经济犯罪运动"的旗号，对服装厂施以重拳。

使人疲惫的不是远方的高山，而是鞋子里的一粒沙子。

不管你多么真诚，遇到怀疑你的人，你就是谎言；不管你多么单纯，遇到复杂的人，你就是心计；不管你多么天真，遇到现实的人，你就是笑话。

1984年3月26日，新金县派来40多人的"经打工作队"，浩浩荡荡地开进杨树房，在动员大会上宣布"要长期作战"，不揪出"大地瓜"来，决不收兵！

蘸了药的权力毒刀，以正人君子的化身在账本的喉咙上恣肆狂欢，以此为桥越过正义的界河，打击刚刚在贫穷的荒原上站起来的服装厂，当即抓走了乡党委书记、木器厂厂长和工程队队长等七人。

"盖子揭开了"，他们要把手伸向"大地瓜"，对服装厂进行明察暗访，发动群众检举揭发李桂莲……40多人板着面孔呼啦啦进驻工厂，轰轰烈烈地查账、调查。

从80楼往下看，全是美景；从2楼往下看，全是垃圾。人若没有高度，看到的全是问题；人若没有格局，看到的全是鸡毛蒜皮。

服装厂风声鹤唳，草木皆兵，"一切向调查组让路"，他们居高临下，颐指气使，声张要严格查账，严肃处理。他们的"深入分析"有鼻子有眼，从喉头挤压出的声音，像鱼身上的鳞片，零碎，散发着腥气。

当真相在穿鞋的时候，谎言已经跑遍了全城——

"国有企业垮的垮倒的倒，没垮没倒的也半死不活，服装厂怎么整天车水马龙？"

"她李桂莲要是不送礼，厂子靠什么干起来？"

"现在都抓了些地瓜秧子，就剩'大地瓜'（指李桂莲）没抓了！"

"党委书记都抓起来了，李桂莲也没几天蹦跶了。"

每个谣言都有来头，都有另外的谣言藏在背后，这些背后的谣言会合谋新的谣言，让这些谣言彼此勾连，派生出最新版谣言。

其实，喜欢在你身后说三道四的人，无非就三个原因：没达到你的层次，你有的东西他没有，模仿你的生活方式未遂。可现在，他们如此下死手，岂止是说三道四？

嘭的一声，日子突然降到低音区。

车间的姐妹们几天看不到忙碌的李桂莲，暗暗为她捏把汗。

她像一条游动的鱼，维持着内秩序，绝不冲撞同类。

这天，李桂莲又抄起麦克风，用广播喇叭与大家沟通，先说了些产品加工的事，话题一转，亲和地说："姐妹们，大家只管干好手中的活，衣服做得好，就是对我的最大支持。"

心正人正脚也正，为什么每走一步都像在过机关暗道？

李桂莲委屈，有一肚子话要说，可人家正在查你，她只能把汹涌奔腾的委屈咽进肚，痛苦一人担。

没人扶的时候，自己要站直。李桂莲相信自己没有错，相信她带的队伍没有错，相信她干的事业没有错。职工们也暗中议论："李厂长连我们送几个鸡蛋都不收，她哪是收礼、贪占的人啊！""整这样的人，丧良心啊！"

血雨腥风扑面而来，李桂莲和姐妹们的心是相通的。姐妹们格外担心，厂子垮了，好不容易得来的工作机会，难道像一张纸被揉皱成团？像鸡蛋壳一样被踩碎？在特殊的环境，在患难中，李桂莲和姐妹们共同听歌曲，表达心声的歌词和沟通心灵的乐曲成了纽带，把她们紧紧拴在一起……

最美好的生活方式，不是躺在床上睡到自然醒，也不是坐在家里的无所事事，而是和一群志同道合充满正能量的人，一起奔跑在理想的路上。

在广播里，李桂莲是另一个李桂莲，也是跟大家谈心的方式，谈工作，谈生活，边工作边听李桂莲的广播，大家都习惯了。现在，我选取一段李桂莲在1984年被"经打工作队"调查之前的广播讲话：

> 除了上班以外，我们提倡每个星期六尽量给大家一定的娱乐时间，还有一个想法没敢说，娱乐，到底是怎么个娱乐法？看电影是一方面，打球是一方面，我们还准备唱歌，现在还准备研究跳舞。咱们准备找几个老师来教咱们，但这个不能占用工作时间，我们尽量给大家点时间。跳舞这个事，今年可能实现不了，看电影、羽毛球这些我们马上筹备。

年轻人越来越多，要让他们感到服装厂跟大家同命运、共呼吸，感到工厂有魅力、有意思，能留住人。关心住房和福利待遇，也要关心大家的娱乐活动，唱歌就是一个方面。李桂莲自己也喜欢唱歌，每次姐妹们相聚，李桂莲都要一展歌喉。有人邀请她唱她就唱，没人邀请她主动唱，唱歌也是拉近感情的重要一环。

我采访时，好几个人告诉我，李桂莲哪个时代都有代表性歌曲。20世纪80年代，她唱《党啊，亲爱的妈妈》，唱《双脚踏上幸福路》，90

年代唱《牡丹之歌》，而后唱《同一首歌》《懂你》。

　　一个人的涵养，不在心平气和时，而是心浮气躁时；一个人的理想，不在风平浪静时，而是众声喧哗时。

　　石头再重也压不住春笋拔节。在接受 40 多人查账的日子里，没有时间聚集职工在一起开大会，也不方便在广播中讲更多的话，李桂莲便用广播与姐妹们沟通，播放牵动心绪、拨动心弦的歌曲。现在一肚子话没处说，那就用歌声来交流吧。

　　世事怪诞得毫无逻辑，局外人怎么会知道，在服装厂，这些裤脚上还带着原野芬芳、离歌唱专业十万八千里的妇女，一串音符，她们怎么会彼此倾倒？

　　歌儿一首接一首，看似忙乱，实则井然有序。前锋、后卫、中场，穿插配合，左边锋右边锋各司其职，指挥的一声喊，犹如一记凌空长传，落点准确。

　　《党啊，亲爱的妈妈》：党啊党啊／亲爱的党啊／你就像妈妈一样把我培养大／教育我爱祖国／鼓励我学文化／幸福的明天向我招手／四化美景您描画……

　　工人们听了这首歌，内心便有一股股暖流冲荡，姐妹们相信党，相信妈妈，也相信厂长李桂莲……

　　《双脚踏上幸福路》，每句歌词都说到大家心里，句句都给姐妹们增添力量。现在，姐妹们正奔跑在通往幸福的路上，谁也不能阻止！

　　《牡丹之歌》催人泪下：啊牡丹／百花丛中最鲜艳／啊牡丹／众香国里最壮观／有人说你娇媚／娇媚的生命哪有这样丰满／有人说你富贵／哪知道你曾历尽贫寒／啊牡丹啊牡丹／哪知道你曾历尽贫寒……

　　姐妹们听得热泪盈盈，这分明在唱李厂长啊！

　　那首《我热恋的故乡》更亲切、接地气、贴心贴肺：哦哦／故乡故乡／亲不够的故乡土／恋不够的家乡水／我要用真情和汗水／把你变成地也肥呀水也美呀／地也肥呀水也美呀／地肥水美……

　　要养成不去解释的习惯，很多情绪也无从分享，干脆自我消化。

懂的人自然懂，不懂的人再多解释也有时差，有些故事只能说给懂的人听。

在黑云压境、大举查账的日子，李桂莲的情绪像秋叶被踩在地上，当即听到自己身体发出的碎裂声。但，她要保护姐妹们的情绪和干劲。于是，她像电报高手发出让战友能够破译、沟通的密码一样，每天都要播放这些歌曲。姐妹们深受鼓舞，每句歌词都能推一把，每个旋律都能拧一下干劲儿发条，一首歌就是一把火……

李桂莲坚信诗人普希金的话：假如生活欺骗了你，不要忧郁，也不要愤慨！不顺心的时候暂且容忍；相信吧，快乐的日子就会到来。

他们把李桂莲"挂起来"，让她"靠边站"，服装厂在这样的恶劣气候下，生产丝毫没有受到影响，一切正常。怎么会这样？劳累和失眠这两个原本水火不容的东西，竟然紧紧抱在一起。李桂莲告诫自己，必须挺住，一定把全厂干部职工团结起来"争一口气"，要比以往任何时候都更加坚强！像什么事情都没有发生一样，各项生产指标超额完成，生产形势蒸蒸日上。李桂莲顶住沉重的精神压力和生产压力，依然坚强地傲然挺立。

"查账"二字只是导火索，要引爆这家突然"成气候"的工厂。

那些账本上的字，像一群一群幼儿园的孩子，睁大吃惊的眼睛，不知道发生了什么事。每个数字都冰清玉洁，如同庄稼嫩苗那样整齐地排列着，却被一双双带成见的脏鞋踩踏得东倒西歪。传票的角边翻烂了，像穿着扯坏外皮、露出棉花的鞋。

江湖的水太深，工人们插不进脚。他们像隔河眼见亲人受刑遭罪却不能营救一样，心急如焚，痛如刀绞……

服装厂被新金县"经打工作队"整整查了三个月，把所有数字都揪出来、反复折腾，没有发现任何问题。

工人们听了高兴，可这高兴像夜晚卡车的灯光，亮了一下，又被巨大的昏暗吞没。有人恼羞成怒，提议"杀个回马枪"，进行第二次查账。工厂的财务人员向李桂莲汇报："看那架势，不查出问题，他们不会善罢甘休。"

哪有什么心静自然凉，明明是心凉了整个人自然就静了。人生就像蒲公英，看似飞得自由，却身不由己。

风小时，要表现顺的悠然；风大时，要表现逆的风骨。

"查吧！"李桂莲愤怒了，"这次再查不出毛病，不给我个说法，我是不会让他们的！"

李桂莲清楚，鸟儿花两个月衔枝编巢，风的手一把撕碎才用了两秒钟。

夜深了，李桂莲睡不着觉，一个人走出屋子，仰望夜空。星星像倒扣的扎满窟窿的大锅，一闪一闪的光亮射出锅外。昨天的雨水洗过的一弯新月，像只澄绿的斜眼睛，从一小块四月的天空窥视着人间。

第二天，《人民日报》记者雷进同志来采访，得知实情直言："这么个查法，不太正常。"

这位正直的记者气不公，实在看不下眼，决定要写篇报道，去找普兰店新上任的书记："我觉得工厂不错，你们派这么多人去查，请说说是什么原因。"

书记回答："我们正在调查，事情怎么样现在还没有结果，我不希望你报道这件事。"

"我觉得服装厂干得很好，不会有什么大问题。你不同意报道也没关系，"雷进斩钉截铁地表态，"我回去发内参。"

人所共知，雷进的话柔中带刚、绵里藏针，内参的力量更大。在中国，只有领导干部才有资格看内参……

《辽宁日报》记者赵桂兰来到杨树房镇后，深深被李桂莲的创业精神所感动，全程采访都带着深厚的感情和感动。正如我在前边所描述的，股神巴菲特认为李桂莲的创业故事非常励志，"在全美国也很少见"，他要讲给更多的美国年轻人，让他们向李桂莲学习。

赵桂兰回到省城沈阳，笔蘸饱满的感情日夜兼程，迅速赶写出通讯《女企业家李桂莲》，在头版头条的醒目位置发表于1984年6月23日

《辽宁日报》，标题左上方还登了一张醒目的李桂莲肖像，文章右下角配一张李桂莲在车间指导工人制作服装的照片。

她在大标题下的导语中介绍：

> ……新金县杨树房乡服装厂厂长。她有胆有识，治厂有方，锐意改革，艰苦创业，生产出第一流的服装。四年来，共向美国、日本、加拿大和香港地区的十五家客户出售服装一百零五万件，无一索赔，无一退货，无一返工。一九八三年总收入一百二十万元，实现利润三十万元，工人年平均收入一千一百元，今年生产更加欣欣向荣。

岁月的"烟火气"已经在这张报纸上留下痕迹，肤色发黄，纸质粗糙。当年手捡铅字的印刷技术尽显劣势，有的字迹着墨不均匀，清晰度差。但，我感觉每个文字都笔直地挺起脊梁、掷地有声，展现了当时媒体为民请命、扬善抑恶、敢于担当的英雄气概，也展现了女记者赵桂兰和她的同行们的集体风采。时光穿越35年，我感觉这些文字是活的，它们会呼吸，会跳跃，有朝气，生动地记录了那个时代鲜活的事迹和个性鲜明的人物：

> 在新金县东南，离海不算远的地方，有个土生土长的杨树房服装厂。它是五年前由八十名"撸铲杠"的妇女，带着自个儿的缝纫机，凑合到一块儿干起来的。现在已发展到五百多人，成为拥有各种服装设备二百台的乡办企业。当然，跟国营大工厂比，人家是"大鱼"，它不过是条"小虾"。可是，这条小虾如今游过大海，并且创造出有些"大鱼"还没有达到的纪录。
>
> 在产品竞争的赛场上，用户是最公正的"裁判"。有一次，美国一家服装公司的代表，对为他试制丝绸夹克的中国几

家国营厂的样品都感到不理想，唯独认为杨树房乡服装厂做的符合他的标准要求。这位外商特地来到这个厂，当他看到生产出他所要求的、光是衣面就需要五十六条条料组成的夹克衫的，竟是这样一个厂房陈旧、设备简陋的小工厂时，不禁感叹地说："我宁可七天来杨树房一次，也不天天在市（大连）内转。"据此，外贸部门就把这批活的一部分，安排给这个厂干了。杨树房乡服装厂在有关部门帮助下，四年来共向美国、日本、加拿大、法国、中国香港等七个国家和地区的十五家客户，出售服装一百零五万件，无一索赔，无一拖误，无一返工。

李桂莲，这个只有小学文化程度的女厂长，是杨树房乡服装厂的创始人，并同服装厂一起成长起来。身材瘦小，但很结实。一只因白内障几乎失明的眼睛，并没有妨碍她目光四射，时刻注视着国内外新的技术潮流。她让全厂跟服装研究单位"结亲"，了解世界服装变化的动向。她不仅眼睛望着国外，也盯着国内市场。有时利用外商提供的样子，洋为中用，根据国内市场需要，在服装设计上加以改动，做到"青胜于蓝"，成为国内的畅销品。编号为480的女夹克衫就是这样的产品，在哈尔滨一露面，立刻长队沿街，抢购一空。

几年来，李桂莲在管理的"海洋"里，成为"游泳"的能手。她把全厂的质量目标定为八个字：客户满意，出类拔萃。意思就是以客户满意作为质量的最终检验标准。在出口上要名列前茅，超越所有竞争对手。在服装质量标准上，"国标"和"客标"要求九十五分为优质产品，她规定厂里要达到九十六分，高出一成。这是一个令人钦佩但又不禁令人咋舌的高度。如何能保证厂长属下的服装"运动员"都顺利地跳过这个"高竿"呢？她的办法就是训练从严，管理从严。

李桂莲不是一个技术专家，却是技术力量成长的栽培者。

她把职工进行全面的技术培训作为全厂的战略方针。每年不惜花钱派出一些技术骨干，去大厂和大连服装研究所进行技术深造。全厂每年还停产七天到半月，进行全员培训。规定旷学如同旷工，考试成绩优秀的晋级。把学习技术同争全厂荣誉、同工人切身利益筋骨相连，谁不努力学习呢！去年经过技术理论和实际操作考试，晋升一级的有四十多人。由于从严培训，全厂几年来平均技术级别建厂时不足三级，现在已达到四级以上。

这个厂，从李桂莲到工人，从一线到后勤，都有明确而又详细的质量管理职责和奖惩制度。该奖的奖，该罚的罚。不论远亲近邻和有什么身份的人，都一视同仁。李桂莲曾罚过在质量上出错的外甥女和一个副厂长的女儿。去年，还罚过同她共事多年的老战友、分管质量的副厂长一百元。同时，她对质量一丝不苟，精益求精，有革新精神的，都是大会小会表扬，不惜重金奖赏。对万件不出一件返修活的工人谭金玲，不仅给她晋升一级，年终又奖给五十元钱。新提拔的女副厂长于金玲，责任心强，设计的服装款式有三种畅销，年终奖给这位副厂长二百元。这种奖惩分明，再加上在奖金上"车间不拉平，个人不封顶"的做法，就充分调动了职工的积极性。今年年初，这个厂子的废品库不慎起火，工人们闻警前去救火，火灭后离下班只有一个小时，人人都是脸上挂泥，衣服精湿。尽管如此，工人们回家洗脸换衣服，又回来上班了，整个车间一片灯火辉煌，生产照常进行。

如今，李桂莲的声誉已越出县界、市界。但是，当她会见来人时，总是说："没有上级部门的支持，没有皮口服装厂、大连第三呢绒服装厂、大连服装研究所、大连服装公司和外贸单位的帮助，我们不会有今天。没有几位副厂长的同心努力，我一个人也不行。"这些都是事实。但不管怎么说，没有她，就没有服装厂的昨天和今天。仅去年，这个厂总收入就达一百二十万元。今年生产更加欣欣向荣。她不愧是不断创新的新型女企业家。

看了这张旧报纸，我也心潮激荡。我真为当年《辽宁日报》的记者、编辑和决策发稿力挺李桂莲的领导而感动，他们顶着压力，顶着影响个人前途的巨大压力，不仅发表了记者赵桂兰的文章，还精心打出"组合拳"，"三文一画"一起发，立场坚定、旗帜鲜明地支持改革者，支持正义，保护冒险探路而行的企业家。

这个"组合拳"由四部分组成，"主拳"为《女企业家李桂莲》，准确定位，"左手勾拳"为本报评论员文章，标题很抢眼：《这篇文章为什么压了三个月？》。"右手勾拳"为赵阜的文章，标题就"定了调"：《我们照走改革的路》。"下手勾拳"是一幅漫画。作者叫张正佩。此画转载于《工人日报》。画面生动形象，斜线的风雨中，一个男人正弯腰用带三脚架的照相机取景拍照，机身上写着"改革"。拍照人身后有一个穿制服的男人弯腰给拍照者打雨伞，画面中写着"爱护人才的领导"。

我不用过多解释，省级党报在头版头条位置隆重推出这个"组合拳"，在众说纷纭中如此旗帜鲜明，极具匡扶正义、扭转乾坤之力。

我不知道当时记者和编辑怎样激烈对撞，部门负责人和主管发文的领导怎样激烈对撞，更不知道领导间怎样激烈对撞，领导班子会上有过多少激烈的争吵，最终勇敢的决策者还是一锤定音，打出这组至今仍有现实意义的"组合拳"。

《这篇文章为什么压了三个月？》，全文如下：

《女企业家李桂莲》一稿，几经周折，今天终于见报了。这篇报道写成于三个月前，可是还没等到发表，对李桂莲的各种流言蜚语以至诬告就随之而来了。"行贿受贿""损公肥私""请客送礼"等帽子，一顶又一顶地加在李桂莲的头上。

于是，这位锐意改革而且很有才华的女厂长，竟被列为"经打对象"，"挂起来"达两个多月之久。后来，县委于六月上旬派出专人清查，结果只用七天，就真相大白，证明密告纯属子虚乌有。女厂长的不白之冤，终于得以澄清。

这场不算大的风波，再一次提出了当前改革中一个迫切需要解决的带着普遍性的问题，如何保护改革者？现在的情况是，有些企业连年亏损几十万，几百万，无人过问，无人追查，企业领导照样可以当他的"太平官"；然而，一个小小的乡镇企业，一年盈利几十万元，厂长却遭到可叹的命运。实在是太不公平！如果厂长确有问题，当然应该查究，现在的问题是，有些锐意改革之士，只要做出一点成绩，各种各样的非议就接踵而来，"事修而谤兴，德高而毁来"。而有些领导部门听到这样那样的"反映"，就不分青红皂白，一下子列为什么"对象"。如果查不出什么问题，也不给出负责任的结论，"挂起来再说"，使改革者进退不得，使企业蒙受不应有的损失。是不是问题复杂得非"挂"不可呢？许多情况并非如此。被"挂"了两个多月的李桂莲的"问题"，一较真，不是七天就查清楚了吗？这种不正常的状况如不迅速改变，改革者怎能甩开膀子去开创新局面呢？

为了保证改革的健康发展，我们必须同不正之风和各种违法乱纪行为做斗争。这是不能动摇的。但是，在开展斗争中，一定要区别哪些是属于改革和搞活经济所必须采取的措施，哪些是必须纠正的不正之风和违法乱纪行为，不要把两者搞混淆甚至颠倒了，伤害进行大胆改革、搞活经济的同志。这就要求各级领导同志认真学习党的经济政策，冲破"左"的思想和旧的规章制度的束缚；同时认真调查研究，辨明事情的性质。只有这样，才不至于把符合党的方针政策的事情当作违法乱纪行为，把真正有抱负、有才能、有贡献的改革者当作"经打对象"。

这篇本报评论员的"左勾拳"出拳很有力量，扶正祛邪令人振奋，《辽宁日报》还嫌不够，赵阜又打出"右手勾拳"《我们照走改革的路》：

"改革者多磨难"，这是许多同志发出的感叹。只要改革者做出点成绩，各种非议和责难便接踵而来。真是应接不暇、防不胜防！

别的不提，单就我们辽宁省来说，包括王泽普、李闯、李桂莲在内，有谁没遭受过非难呢？有的属于"闲言碎语"，有的则是"流言蜚语"，更有甚者，有的简直就是"秽言恶语"了。

面对这种情况，怎么办？立志改革的同志们，拿出勇气来，坚决顶住它。你要坚持改革，总有人要议论你。有的同情你，支持你，有的则反对你，诋毁你，可是我们总不能按照别人的议论过日子吧。不因别人的赞誉而得意忘形，也不因别人的非议而垂头丧气。

"走你的路，让别人说去吧！"这是中世纪意大利著名诗人但丁《神曲》中的一句话。马克思用它来作为《资本论》第一版序言的结束语。我愿意把这句话介绍给锐意创新的改革的同志们。不管别人议论什么，我们照走改革的路，一直走下去，直到四化大业告成！

《辽宁日报》的这个"组合拳"惊天动地，一下击退笼罩服装厂90多天的阴霾，产生巨大影响。在赵桂兰的文章发表的当天8点钟，中央人民广播电台的《报纸摘要》节目播发了这篇通讯。服装厂的职工们听了通讯个个欢欣鼓舞，跳啊唱啊欢呼啊，几挂鞭炮噼啪噼啪震天响，在

47

天空飘起一片彩霞，庆祝胜利。

如果你躲在阴影里，有什么资格说太阳对你不公平？

再好的遮掩，都无法抵御真相。

第二天，40多人的查账队伍悄无声息地撤走，一切诬告和不实之词也随之灰飞烟灭。上级立即给服装厂正名，恢复李桂莲和服装厂的名誉。

痛定思痛，上级调整了新金县领导班子，作风正派、业务娴熟、支持改革的巴殿璞同志担任新金县县委书记，新金县攀上经济发展新高峰，杨树房服装厂从此迎来了艳阳天。

格局是憋屈撑大的。

这些伤在李桂莲的身上，就像鹅身上的水珠一样，一抖就没了。

李桂莲和她的工厂虽然逃过劫难，教训却令人警醒，时至今日仍具现实意义。回首辽宁经济滑坡、影响力下降、声望下跌的日子，尽管原因很多，其中管理和左右经济发展思路和行为方式的一些干部不能脱开干系，只是以另外的形式呈现。打个比方，有的地方引进项目，要"凑够10个项目，才开一次会研究"，这样的效率要误多少事？再打个比方，一些领导掉个树叶怕砸坏脑袋，以乌纱帽为第一要务，凡事用是否影响自己的乌纱帽为"尺子"量一下，许多该做的工作便量了下去，毫无担当。明明在逃避，却竖起"万无一失"的挡箭牌，只要有一点"不把握"，此事便搁置不办。要知道，为了这个万中之"1"，却影响了9999啊！

勇敢的人不是不害怕，而是战胜了害怕继续前行，闪亮的人生不是未经黑暗，而是在黑暗中也努力燃起一道光。

世界上只有一种英雄主义，就是看清生活的困难之后，依然热爱生活。

40年转瞬即逝，时间已经证明，李桂莲热爱国家，热爱人民，以风清气正、大刀阔斧发展民族企业的领袖风范，以领先同行国际潮流的产品和超前的管理理念成为世界同行中赫赫有名的企业家，为国争光，为民创富。

把日历翻回到1984年,由于诬告,已经把李桂莲"挂起来"两个月。如果没有《辽宁日报》逆向而行、迎浪而上,扶弱助力,及时打出这套"组合拳",李桂莲和她的企业可能早就一命呜呼了。

我在此有感而发,慨叹那些没有遇到赵桂兰一样疾恶如仇、负责任的记者、负责任的媒体而"冤死"的企业家和他所领导的企业,也慨叹当今一些媒体,少了《辽宁日报》当年的锐气,少了挺身而出,少了责任担当,少了侠义豪情。

历史总是惊人的相似,李桂莲的代表性,不仅是她同代人的,也是前人和后人的。如果不记取教训,也会在当今人们和后代身上反复重演。

时代在发展,科技在进步。但别忘了,人是一切社会关系的总和。如果正义缺席,邪气当道,任凭小人扯后腿,必然会开社会的倒车。李桂莲和她领导的工厂当年命悬一线,如果没有负责任、敢担当的媒体冒险出手,引爆社会关注,早就销声匿迹了。

只有流过血的手指,才能弹出世间的绝响。

经历这次近乎死里逃生的磨难,非但阻止不了李桂莲大步前行的脚步,她反倒从另一个角度升华了认知:万物皆有裂缝,那是光照进来的地方。

讲话不用稿

人生的第一步向哪儿迈,往往取决于教育。而父亲和母亲则是孩子的第一任教师,也是给孩子人生打分的"判卷老师"。

向善、向爱、向美,是人们永不过时的追求。

孩子的模仿力极强,父母则是第一模仿对象。孩子们或优或劣,与父母脱不开干系。这既是血缘遗传,也是行为学遗传,更是"环境遗传"。但，我并不完全赞同"适者生存"，有时候，这是对自己无能的一种开脱迁就。一方面，或许真理在少数人手里；另一方面，许多无原则的"适应"，是对无力改变环境交了白卷、举了白旗。

诚然，人在弱小的时候，只能选择顺应。

哪个孩子出生前能选择谁是自己的父母呢？

父母的一言一行，却能左右孩子。

我在前边描述过，李桂莲的父亲对她影响很大，人生的重要阶段，李桂莲都有父亲的"行为指南"。在讲话方面，李桂莲七岁时，父亲的话便指导她一辈子："鞍山有个杨大姐，打游击时使双枪。做战前动员和战后总结，非常鼓舞人。她口才好，讲话不用稿。"

七岁的李桂莲非常崇拜这位杨大姐，一心想要见到她。长大后，李桂莲当上了辽宁省劳动模范，在沈阳如愿见到了老劳模杨大姐。

"讲话不用稿"，既是对口才能力的考验，更是对智力的考验。

要真正了解一个人，只要看他怎样利用余暇时光就够了。

只读四年小学的李桂莲，40年来"天天看书"，把学习当作"天大的事"，像生命中的粮食、空气和水一样，"一天都不能少"，再把学到的东西应用到脱稿讲话上，生产队妇女队长、生产队队长、大队书记、镇党委书记，既是职业、重要工作，也是她练口才的舞台。无论什么场面，什么议题，李桂莲向来讲话不用稿，每次都赢得暴风雨般的掌声。

我粗略查了查，她的讲话最长的上万字，最短的两三千字，40年来，这样的脱稿讲话竟然超过百万字，有300多篇！

我仔细研究了李桂莲的多篇讲话，由衷地感到钦佩。篇篇讲话逻辑严谨，思路清晰，重点突出，观点时尚、超前，遣词造句十分精彩，情感丰沛，文字极其优美。

现在，原文呈现李桂莲通过广播播出的2005年元旦献词——

闻鸡起舞迎接挑战　继往开来再创辉煌

全体员工同志们：

你们好！

在新年的钟声敲响之际，我代表公司党委和董事会向你们道一声真诚的祝福：愿一切美好的祝愿与你们同在！

同志们，具有历史意义的2004年即将过去，这一年是大杨集团三年战略调整的最后一年，这对大杨人来说是不同寻常和非常难忘的一年。

这一年，我们新扩建的厂房已经交付使用；我们更新改造的新设备已全部到位；录用和培训的新员工也已分批分期陆续上岗；我们的幸福工程已经让员工得到了实惠；我们锁定的目标市场、目标客户已经发酵，比我们预想的还好，三年调整革新的成果也已经显现。

2004年，尽管国家宏观调控给我们带来了强大的冲击，国内外市场竞争激烈，但是我们大杨集团在各级政府的支持下，在全体员工的共同努力下，提前两个月完成了全年的经济计划，为迈进2005年打下了坚实的基础，这非常难得，非常值得庆贺！在此，我代表公司党委和董事会，向关心支持大杨的各级政府和有关部门表示最衷心的感谢！向全体员工和家属道一声：你们辛苦了！谢谢你们！

2004年最令人难忘的，是我们共同欢度了大杨集团创建25周年的庆典，我们以25年的奋斗和辉煌的业绩，向世人展示了大杨的实力，展示了可爱的大杨员工团结奋斗的精神，展示了大杨特立独行的企业文化，那欢乐的场面，荡漾的激情，至今仍令人记忆犹新，无法忘怀。

2004年大杨闪现最耀眼的一个亮点就是和谐。在以人为本、科学发展的战略指导下，构建了一个和谐的大杨，使人与人之间、企业与企业之间、部门与企业之间、干部与职工之间，从来没有像今天这样，团结一心、互相帮助、互相学习，像一个温暖的大家庭一样。和谐工作、和睦生活，已成为大杨人的共识和行动准则。古语说，"家里不和外人欺""家和人和万事兴"。大杨就是我们员工养家糊口、赖以生存的"家"，大家只有团结起来，围绕一个共同的目标去奋斗，我们这个家才会有好日子过，才会幸福，这是我们的缘分，也是我们历经多载的心力磨炼，实属不易，我们应该好好地珍惜，这个家会给我们和我们的后代创造更加美好的新生活。

回首2004年，它不但带给我们25周年庆典的欢乐，更给成功的大杨人带来了25年的文化积淀，带来了3年调整，为迎接国际经济一体化所打造的大平台。我们用这个大平台点燃了一个新的梦想，铸就了一个新的传奇。

同志们，2004年即将过去，充满希望和变数的2005年也即将到来。在这新旧交替之际，我百感交集，思绪万千，我们这艘已航行了25年历程的船，将怎样驶向未来，我充满期待。

2005年，将是中国融入世界极不寻常的一年，对于纺织服装企业来说，这是一个后配额时代，对于整个中国经济来说，我们将步入加入WTO后市场彻底开放的后过渡时期。随着国内外市场的彻底开放，一方面带来了无限商机；另一方面，各行各业都将面临全球范围内国际强势集团更加猛烈的冲击，面临着更加凶悍残酷的重新洗牌。远的不说，看一看我们身边饱受冲击的家具业，看一看一夜之间濒临全行业亏损的大豆业，再望一望已展开全面并购厮杀的零售业及磨刀霍霍的汽车业，回头再看看全世界的纺织服装业，"中国威胁论"和"国际贸易保护主义"越演越烈，欧美不少国家纷纷立法，调整政策，多管齐下对我国纺织服装出口进行立体限制，"原产地规划"改变、特保条款实施、反倾销、海关禁令、生态标准、社会责任标准等一系列非配额设限，随《伊斯坦布尔宣言》铺天盖地而来，美国也将在2005年1月1日对中国纺织品进口进行再次设限表决,并且通过美元贬值的手段,从并不富裕的中国人手里"抢钱",刚刚打开的世界之门,放眼望去,荆棘丛生,坎坷不尽!

再看国内方面,一方面棉花等原材料涨价,人民币面临升值压力,电力能源紧张,部分地区工商关系失调以及纺织服装业投资过热引发大量中小企业的无序竞争,加大了行业的成本,削弱了竞争力;另一方面,长三角和珠三角地区,以产业集群和优化的产业流程上下游配套,正在抢占更大的市场份额,与此同时,国外纺织服装巨头也加深了他们在中国的布局。可以说,2005年的中国纺织服装行业充满变数,机遇和挑战并存。

仔细想一想这"千军万马过独木桥"的局面,不由得出一阵冷汗。走新型工业化道路,提高企业的整体核心竞争力,逐步发展自主品牌已成为当今纺织服装界的生存发展之本。

"以人为本,科学发展,团结奋斗,回报社会"是我们大杨集团的发展方针、发展模式和发展文化,是大杨的"圣经"。这其中,我们始终以健康的忧患意识,以稳健的经营哲学,以平衡的发展模式作为科学发展的前提;以高品质、高效率和高效益的专业化建立我们的企业体系;以客户为中心建立我们的营运系统;以彻底的国际化为我们的企业发展方向。正是依靠科学发展,我们才通过了一道道难关。

2005年将是巨变的一年,将开始一个崭新的时代,这个时代是一个比企业的综合竞争力的时代,而不是一个仅仅比产品成本,或是产品综合优势的时代,也不仅是比市场拼杀速度和相对优势的时代。这个时代,仅靠优秀的产品策略、市场营销策略以及在这些方面已有的优势是不够的,要靠企业综合的竞争策略,要靠企业整合的管理优势,要靠全行业的价值链重组;要用最先进的信息管理工具,要用最科学的管理思想,要最优化的重组资源，最简化的流程，最清晰明确的服务，来满足顾客的要求，满足我们的上帝。一句话，要一个建立在信息化和全球化基础上的全新的管理思想、管理组织、管理流程、管理工具，让每个人都能够在这个组织中找到自己的空间和位置，发挥自己的能量，并培养一批全新的管理者。

为了迎接这样一个时代，我们每个人都要重新审视自己的现状和未来，摒弃小富即安、满足现状、不思进取、心胸狭隘甚至互相妒忌的传统的小农思想，因为我们要做的是打造世界级大公司的事业，我们必须从头开始，重新学习，拓展个人和企业的发展空间，通过技术水平和管理水平的提高，全身心地融入世界经济的滚滚浪潮之中。

2005年，我们的八项任务已经明确，我们将抓住全球经济大洗牌给中国带来的战略性机遇，以完善的制度建设为中心，全身心地创建世界高级男装的加工基地，抢占后配额时代的制高点，通过立式生产、目视化管理、技术创新、管理体系的整合向世界一流服装企业进军。一旦跃上这个大台阶，前面将是海阔天空，而如果不能在这场生死较量的战国时代中获胜，后果将无法想象。所以，对于2005年，我的心情可以用八个字来形容：忐忑不安、无限期待。

为此，我们提出技术创新、管理提升的理念。要通过核心技术的不断研发，管理方式的持续提升，完善生产订单管理模式；通过精确的信息化管理体系，完善产前准备工作，完善质量控制体系，通过全体员工的高效高质的工作，满足客户不断增长的需求，提高核心竞争力。我们还要挑战九小时，夺回星期天，让员工有更多的时间去学习，去休息，去娱乐，去享受人生的美好，感受在大杨这个家庭里所带来的其他中小企业无法比拟的满足与幸福。

我们还将通过员工的幸福工程、学习工程，继续构建和谐的大杨、学习型的组织，让无边界的理念深入人心。在这样一个高速发展的时代，每个人每天都面临着学习的压力，如果你不想被这个时代淘汰，只有抓住一切机会充电，否则将很快面临知识和经验的枯竭，面临加速折旧带来的提前退役。

同志们，做好2005年的工作，将不仅仅是完成几项任务，实现几个目标的问题，更关系到大杨未来25年的大战略。这样复杂而又艰巨的任务，没有全新的管理团队是很难完成的。古语说，"十年树木，百年树人"，经历25年风雨洗礼而全新的大杨，是时候把我们自己培养的新生代管理团队推到经营管理的一线，让他们现代化的学识、全新的思维、多年市场一线拼杀的行动力，助力多年报效大杨、创新大杨的梦想起航。

为了大杨创世的百年基业长青，2005年将让我们大杨亲手培养成长起来的精英团队来担当大任，他们年轻，有活力，有干劲，更重要的是，他们是大杨的血脉，他们以振兴大杨为己任，他们国际化的学识、现代化的管理能力、创新求实的工作作风，是迈入21世纪的大杨所迫切需要的。从2005年开始，大杨将是一个老、中、青共同起舞，新生代唱主角的大舞台。

2005年，我们确立了以贸易为龙头，以品牌为发展大计的战略目标，并相应调整了组织结构和管理流程。调整后的贸易和生产流程更一体化，更直接，更快捷；调整后的创世品牌，将向创中国的世界名牌发起更有力的冲击；调整后的公司管理结构更扁平化，资源共享将更便捷，反应能力将更加快速，学习型组织将更加成熟。这次调整，也标志着大杨以国际贸易领头重组企业的第二发展时期的到来，标志着以上市股份公司进行品牌主体运营时代的到来，标志着新型管理组织、管理团队创造大杨新历史的到来。

同志们，前进的道路从来就不平坦。过去的25年，我们是深一步浅一步地摸爬滚打过来的，未来的25年，我相信新一代管理团队会有充分的思想准备，会准备打更残酷的仗，会吃更难吃的苦，会克服更多难以想象的困难。我希望大杨所有的干部员工，支持、配合帮助和关爱新的领导管理团队，融入新的管理模式、管理流程，接受新的理念，跟上时代的步伐，共同迈入大杨的新世纪。

我更要给年轻的领导团队一些嘱咐，这也是我在庆祝大杨25周年讲话中给全体大杨年轻人的期望："无论你们在天涯海角，请你们牢记你们的身份，牢记你们的使命，请你们牢记杨树房，请记住你们出发的地方，记住这个等待你们凯旋的家乡，记住大杨的传奇，记住大杨的精神，记住大杨的百年基业宏伟蓝图。"

如果说，大杨第一代人打造了一个"世界的工厂"金牌，那么，我相信，未来25年，通过年轻一代的奋斗，大杨将铸造一个国际知名的贸易金牌，我更期待50年、100年后，更新一代的大杨人可以把大杨带进一个世界品牌的王国。

同志们，明年是鸡年，让我们早做准备，闻鸡起舞，迎接挑战，继往开来，再创辉煌！

最后，预祝辛勤劳动的全体员工新年快乐，并祝我们大杨人，永远过上有尊严、有奔头、有价值的幸福生活。

2004年12月29日

2019年8月20日，我在从大连去杨树房途中的车上听了这个讲话录音，我的情绪立刻被点燃，当代中国，逐个数一数，有多少人，能脱稿讲出这样高水准的演讲？

这是李桂莲在15年前的脱稿演讲，只读四年小学的李桂莲早就涅槃新生，完全是"国际站位"、全球视野，国家情怀。那些文字，放在今天看也毫不过时。内容丰富，我不多赘述。仅举一例，15年前，李桂莲就以"世界眼光",精准预测了世界贸易保护的形势,预测了美国的"贸易保护"(果然不出所料,现在美国高举单边主义大旗,野蛮而霸凌地和中国打起贸易战)会愈演愈烈,并要求她的企业调动各种优势,应对这一严峻形势,逆势发展。

这是老板与企业家的根本区别,也是"砸钱"和"智慧引领"的根本区别,更是"说了算"和高屋建瓴的根本区别。当然,这对一些高学历者提出质疑,学历不等于水平,更不与实际能力画等号。

"能说"是优势,"能干"是本事。

1985年某月起,上级组织委以重任,任命李桂莲为杨树房镇党委书记兼镇长。李桂莲上任时表态:"组织信任,我一定努力工作。但,第一,我不要工资。第二,我不为官位。"

李桂莲的决策总是出人意料。因为工作出类拔萃,上级考核拟提拔她为副县长,李桂莲说:"一个副县长名额多少人眼巴巴瞅着呢,好多人都想当。我不想当,要了一点用没有,还占个名额。"

镇里给李桂莲收拾出个办公室,可她照旧在服装厂办公,一手抓全镇工作,一手指挥服装生产和管理。县领导要给李桂莲拨经费,李桂莲谢绝了:"我什么都不要。请放心,通过办企业,我一定把杨树房的地区经济带起来。"

我上网查了信息,现大连普兰店区杨树房镇简介中"经济发展"栏第一条便是"该镇大力发展壮大服装主导产业"。"产业规模"栏的第一条则是"杨树房镇特色产业是服装生产加工出口"。

因为镇里的工作出差,旅差费在工厂报销。县里会多,李桂莲让副手去参加,回来传达会议精神,她不打折扣地照办执行。

李桂莲上任的第一件事,便是大刀阔斧地"砍人",减轻老百姓负担。全镇120多名机关干部,李桂莲只留下47人。一动手,镇里炸锅了,不少人联合起来"闹妖",起哄,上访,上李桂莲家里闹。

李桂莲绝不退缩:"这在我的预料之中。但,让我当党委书记,就必须解决人浮于事,减轻老百姓的负担。"第一,差一两年退休的,要把位置腾出来；第二，有本事搞自谋职业的，给你政策。第三，凡是借调来的，哪儿来回哪儿去。

闲散懒的人没了，人少了，工作效率却高起来，大家交口称赞。

收税的人往老百姓家跑多少趟不知道，连狗都熟悉，不咬了，说明收税的艰难，干群关系非常紧张。当时国家还没有实行农民免税政策。杨树房镇年均收税 80 万元，李桂莲当即决策，免除农民税，杨树房服装厂每年拿出 80 万元。

李桂莲在 60 岁退休前，担任杨树房镇党委书记 16 年，自己没拿一分钱工资和补助，反而带火了一方经济。40 年沧海桑田，李桂莲的企业已经成为国际大腕，外地招商拉她去、给她优惠政策的太多太多，她的现代化智能工厂仍在家乡，在杨树房。

国格高于一切

赢利是企业的核心要素，这无可厚非。但眼睛只盯在钱上，或许会削弱赢利。企业能否伴随奔腾不息的时间长河持续前进，取决于领导者是否有远见卓识。

人往上看，就会长高；老是低头想捡便宜，就会驼背。

1998 年亚洲金融危机，韩国、日本很多企业效益急转直下，危在旦夕。原料涨价，产品滞销，大杨集团的困难一个接一个。韩国客户得知李桂莲要来洽谈，立刻紧张起来。他们集中高管研究了许多天，核心就一个：怎样应对大杨集团提出的提价问题，要求高管每人拿出一个方案。

一场剑拔弩张、水火不容的谈判即将拉开帷幕。

李桂莲面带微笑，和副总李峰坐在中方席位。韩国董事长和高管悉数出席，表情冷峻，严阵以待。他们与李桂莲打了十几年交道，知道这个中国女企业家"不好对付"。过往的洽谈情景历历在目，李桂莲的

"智谋"总是高出一筹。但这次不一样，韩国的企业高管已经达成一致，在价格上绝不松口。

在客场，李桂莲打出了主场气势，一开口便说："你难我也难，我今天是来降价的。"

韩国人面面相觑，一下子愣住了，李桂莲又说："亚洲金融危机来了，我们的日子都不好过。我们要商量如何渡过难关。中国讲有难同当，有福同享，大家一起向前走，一起发展。我这次来，主要是要向大家宣布，我们所有的订单价格降低0.5个百分点。"

这意味着，不仅最近签订的订单要降价，以前签订完未执行的产品，也要降价0.5个百分点，这可不是个小数目啊！当时大杨服装厂实力还不够强大，每件服装、每个点都至关重要，李桂莲的出手居然如此豪气……

当我们把泥巴抛向别人的时候，首先要弄脏自己的手；当我们拿花送给别人的时候，首先闻到花香的是自己。

韩国人半天才回过味来，集体站起来，向眼前这位中国女企业家致敬。

事后他们掏了实底："我们事先做了那么多工作，准备了多套方案应对涨价问题，生怕哪里不严密。可我们万万没想到，李董事长这么谈。"

在日本，李桂莲以同样的格局和豪气主动让利，日本人连连向她鞠躬道谢。

李桂莲的壮举赢得很多客户的心，危机时刻订单不减反增。市场好转后，这些大客户的订单争相涌向中国，涌向大杨集团。

但是，对于不真诚的"伪装者"，李桂莲则明察秋毫，绝不手软。一个精明的韩国女装客户，一年一次必跟大杨集团谈价格，突然要把合理区间的六美元价格压到五美元。她的每句话都子弹一样射在虚拟的困难上，夸张得离谱。

在冷峻又善变的时代，人品是彼此心灵的最后通行证。

李桂莲却在她的妆容上发现苗头。平素她穿着得体，涂红色唇膏。今天却着装降质，化了相反妆，将口红抹得惨白。内心的改变误导了语言和声音，假话像牙一样围在嘴边，像小旦用假嗓子背台词。李桂莲敏感地发现这些细节，并将之有机地融进谈判，有理有据地拧紧价格螺旋，丝丝入扣，绝不松动，每一句话都被舌尖有力推送，躲过天空中各种杂音的分解，送进听者的耳蜗，最终以锁定六美元价格收官。

碰上得寸进尺的人，你越让步，向你挑战的次数就会越多。如果你迎着挑战上，反倒没人敢欺负你。你过于善良，所以别人就想来占你的便宜。如果你横一点，反倒他们会讨好你。

每个人的心里都有一片属于自己的森林，迷失的人迷失了，相遇的人会再相遇。至于错过的人，错过就错过，时间不会停在原地。擦肩而过的人无须留恋，因为值得的人，根本就不会走。

李桂莲挺直脊梁，时刻不忘自己是中国企业家，为国人争气，为国家争光。美国皮尔霍公司在大杨集团定制120万件（套）西装，为大杨最大的客户。数量最大的面料辅料，都由他们采购。

李桂莲对前来大杨集团的美国老板说："我们完全有能力在中国市场采购。我们大杨采购的价格、质量，打个样给你看。如果你觉得没有问题，价格比你们便宜，质量又好，希望你们改变采购生产方式。"

听了翻译的话，美国老板火了："你的意思，我们采购的东西被骗了呗？你这是瞧不起我们！"

暖一颗心要许多年，凉一颗心只要一瞬间。

李桂莲毫不客气地回击："我同你们做了这么多年的合作伙伴，向来不在利益上计较，你不领我情，还发火？这是你的不对！"

傲慢的美国老板克劳宁拉开盛气凌人的架势，拎了包就走。

翻译怕把事情闹僵，伸手要去阻止他，李桂莲说："让他走，别管他！"

我们若已接受最坏的，就没有什么损失。

李桂莲又向劳克宁的背影追加了一句："我告诉你，你今天走了，明天的生产线就不给你干了！"

克劳宁知道李桂莲不好惹，没有去机场，而是到李桂莲麾下的另一个店，自己给自己找台阶下："我到这里看看。"

克劳宁又回到办公楼，跟翻译说："我走她也没拦我。告诉她，我要走了，看看她还有什么事。"

李桂莲对人向来和善、礼貌有加。但，现在不行。在美国无礼掀起贸易战的时刻，克劳宁这样摆架子，这已经不是企业对企业的事，而是国家对国家的事。尽管李桂莲就在楼上，克劳宁在楼下，却觉得已经隔着千山万水，隔着国家界碑。

有些人留不留都会离开，有些话说不说都要收回。

"克劳宁先生想见您。"翻译说。

李桂莲平淡地说："他想见，就到楼上。不见，就算了。"

人的嘴说出的只是思想，而面孔表达的却是思想的本质。

李桂莲已经察觉，克劳宁的表情像被强酸溶蚀过，无法调动往日的自然与活泼。他迟疑一会儿，还是上楼进了李桂莲的办公室，直奔在办公桌前坐着的李桂莲，伸出双臂拥抱。李桂莲礼貌地站起来。"对不起。"克劳宁说。

"请别说对不起，"李桂莲让了一步，"咱们俩的态度都有问题。"

"我有话对你说。"克劳宁说。

"今晚在这儿吃饭不？"李桂莲没有下逐客令，但话里有话，"今晚在这儿吃饭，我们好话好说。你今晚不在这儿吃饭那就算了，我不跟你说什么。"

克劳宁感觉到这话的分量，答应在此就餐。

克劳宁的腰像佝偻的虾米，脸却像喜剧演员。尽管他用微笑掩饰着，李桂莲对外贸部门的同志说："克劳宁一定会报复我们的。他虽然活很多，咱们也要做好准备，别依靠他。"

上帝给了人们有限的力量，却给了人们无限的欲望。

很快，克劳宁施以重金，把大杨集团主管外贸的翻译拉走了，一点一点减撤在大杨服装厂的制作订单。

克劳宁的订单撤到一半,李桂莲下令:"不给他干了。"

"为什么?"同事不解地问。

"我们不能让他全都准备好了再撤。"

大杨集团找出克劳宁许多问题,完美撤单。克劳宁只好到处找小厂加工产品,质量越来越差,代理期一到,厂家解除了克劳宁的代理权。

厂家问克劳宁:"原先谁给你加工的服装?"

"中国大杨集团。"

厂家说:"你找别家加工的产品太差,现在,我们不用你代理了。"

"你必须让我做!"克劳宁急了,"你不让我做,我马上不给你供货!"

李桂莲知道消息,立刻派人去洽谈:"你告诉厂家老板,我们大杨负责供货,一定保证供货及时质量优质。"

不到一个月,大杨拿出完美的策划和设计,大杨集团马上到位,拿下克劳宁的代理权。三年来,两家合作质量日益提高,产量和效益双赢。

隔着半个地球,李桂莲仿佛看到,答案写在克劳宁那裂开河床一样的脸上,他像没追上正点火车那样无可奈何地接受失望。

"这个案例,跟现在的中美贸易战一样,外向型企业与国际风云变幻紧密相连。企业要像外交部一样,一定要把国格显现出来,告诉那些霸凌者,中国人不会随意惹事,但也不是好惹的!"

我们经历着生活中突然降临的一切,毫无防备,就像演员进入初排。如果生活中的每一次彩排便是生活本身,那生活还有什么价值呢?

美国奥运代表团,连续两届穿中国大杨集团的创世牌服装。美国共和党和民主党两党对峙,美国一个国会议员曾以此为导火索,在会上提出这个问题,质问奥巴马:为什么把活给中国,不支持美国的服装制造业?

美国《纽约时报》记者来大连采访提及此事,李桂莲说:"他是美国议员,我是中国的人大代表,我们的身份是对等的。这件事很简单,我们是无辜躺枪。中国员工辛辛苦苦做衣服，这位议员还说三道四，拿政治斗争'说事'，这是对中国员工的不公正待遇。"

现在，针对美国挑起的贸易战，李桂莲和她的团队铁骨铮铮，已经在布局欧洲市场和中国市场，"有一天，美国人来求我，我也不给他做！"

有的日本企业骨子里瞧不起中国人，却要分享在国际上声名远扬的大杨集团的红利。

温柔不一定是陷阱，陷阱却总披着温柔的外衣。多家株式会社笑呵呵地找上门来，积极主动"要合作"。这些人年龄不大，貌似天真，但心眼藕孔般繁密，处事老辣。

他们轮番与李桂莲洽谈，李桂莲把握一条原则："小事放过，关键问题寸步不让、坚决不同意！"

无论多少利益诱惑，不管走到哪里，无论何时何地，爱国情结，要像封印盖在文件上那样重若泰山。

手把红旗旗不湿

自律是一种长跑，它不属于某个时间段，而属于整个人生。

任何人都是善恶同体，那么，是抑恶扬善还是相反？

在此问题上，没有官位高低之分，没有穷富之别，也没有职业和文化差异，更没有任何可以强加之上的理由。

正如许多人愿意打着自由的旗号说事，那么，什么是自由？自由是否也是善恶同体？专家名人的答案成千上万，但我最欣赏卢梭的话："自由不是你想做什么就做什么，自由是教你不想做什么，就可以不做什么。"

有时候，你以为有的人变了，其实不是他们变了，而是他们的面具掉了。

即便不提向来口是心非的"表演家"贪官，不提当今虽未"露馅"

63

却在胆战心惊中求生、怀揣鬼胎的人，举凡古今中外，这样的高品位的自由，也是凤毛麟角吧。

李桂莲便是抵达这样高品位自由的少数人。

我们一路思索一路进取，有时故意躲开捷径，不断地选择和拒绝，不是为了改变世界，而是不让世界改变我们。

李桂莲当了20年全国人大代表，2010年，在辽宁省第十一届人大代表选举全国人大代表时，却"意外"落选。

因为不言传亦意会的原因，部分人大代表把这身份当成疯狂竞争的"名利场"，以此提高身价谋取权财，为了当选不择手段，污浊悄悄渗透了这个曾经让人引以为豪的称谓。

会前，有人给李桂莲打来电话："许多人都在活动，你要重视起来，不能一毛不拔，不然就很危险。"

道德是人生的字帖，李桂莲宁可天天下大力气描红，也绝不走样："我当这么多年人大代表，不是花钱买来的，我不能那么做。"

这几个字力量太大了，能把一个人身上的劲都卸掉。

事后，闻听威望高、事业扶摇直上的李桂莲落选，有人议论："李桂莲不用多拿，少拿一点就行。"

"世道变了，这年头不拿钱怎么行？李桂莲太牛了！"

世界是事实的总和，而非事物的总和。

命运像自己手中的指纹，无论多么曲折，终究掌握在自己的手中。

虽然生活常跟我们过不去，但要清楚的是，你是生活的主角，也是编剧，还是导演，如果遇到你不喜欢的东西，自己改变剧情便是，没必要纠结和痛苦。

20世纪90年代，走私风横行，巨大的利益诱惑，一些企业老板和官员坐不住了，明修栈道，暗度陈仓，"踊跃"参与走私。地处大连的大杨集团得天独厚，把隔海相望的韩国汽车运过来，就会获得暴利。

有些人就像眉毛一样，这个摆设没什么大用却又高高在上。

一位响当当的领导"活心"了，对李桂莲说："可以做。只要不把钱揣进个人腰包，就没什么大不了的。"

个性像白纸，一经污染，便永不能再如以前那样洁白。

李桂莲清楚，人生没有彩排，每一天都是现场直播。她没有当场卷领导的面子，暗中却打定主意："犯病的东西坚决不吃，犯法的事坚决不做。"

手下也有人说："人家走私挣了大钱，我们不干太吃亏了。"

李桂莲斩钉截铁地表态："宁可吃亏，也绝不干这种事！"

不务实又富于幻想的人，虽有翅膀却无双脚。

不久，国家收紧了法律约束，走私者一个个受到严惩。有一位全国知名的企业家，他手下的"顶梁柱"全部因走私被抓，他每天为这些事情发愁，很快患重病去世。

成功不需要面面俱到，只要我们选定自己擅长的坚持下去，就会后来居上。

有人向李桂莲建议："你跟领导关系这么好，领导这么支持你，你怎么不搞房地产？"

"我不做自己不擅长的事，"李桂莲说，"我喜欢做长线事业，一辈子，一群人，一件事。把服装业做到全国，做到世界。但，这不等于我做不了房地产，拿块地，转手就挣钱。"

其实李桂莲一直在建房子。不过，她只给服装厂的工人建。她每年都给职工分房子，最小的一套60平方米，大的100多平方米，早先每套房只卖1万元，现在卖给工人一套3万元、5万元。

有些伤总是难免的，有些痛总是难躲的，人生并不怕伤过痛过，也不怕苦过哭过，关键是面对疼痛，你想不想、能不能站起来。生活已经摊开在你面前，是屈服地背道而行，还是坦然积极行事，生活会告诉你不同的答案。

快乐，不是拥有得多，而是计较得少；乐观，不是没烦恼，而是懂得知足。

李桂莲感慨："人这一生很不容易，风风雨雨40年是怎么走过来

65

的，要拒绝很多诱惑。其中社会环境就是对企业家的严峻考验。环境往往充满诱惑，诱惑你有利可图，诱惑你迷失方向，诱惑你犯错误。如果没有定力，你已经犯了错误，自己却不知道。"

洁身自好，从一点一滴做起，想不做什么就不做什么，这不仅是人生最大的自由，也是清理心灵环境的最佳路径。

生活总是让我们遍体鳞伤，但到后来，那些受伤的地方一定会变成我们最强壮的地方。

"人生就像在海中划船，一个浪头一个浪头打过来，一定要做到，手把红旗旗不湿。"

没有所谓的无路可走，只要愿意走，踩过的都是路。

在中国，过春节是一件"很麻烦的事"，李桂莲却踩出一条新路：删繁就简。

40年来，大杨公司的干部职工一直遵守李桂莲的规定：第一，不许给领导送礼。第二，不许拜年。第三，不许问好。

"不要在这些礼节上浪费精力，"李桂莲说，"我对大家就一个要求，把自己的活干好就行。"

"一辈子拒绝收礼，也不给别人送礼。"

李桂莲非常清楚，人们爱攀比，谁谁谁跟领导近了，谁谁谁"会来事"。上梁不正下梁歪，一个单位歪风弥漫，主要领导脱不开干系。在大杨集团，大家只拼人品、拼正气、拼工作，别的一律忽略不计。

有人把东西送到家门口，军人出身的丈夫石祥麟很不客气地拒之门外："为什么这么干？为什么干这些我们不喜欢的事？我们家什么东西也不缺，请回吧！"

李桂莲这样廉洁、两袖清风，榜样来自父亲。

"孩子，你要记住，"人生第一位导师，父亲李永刚告诉她，"要多为穷人办事，千万别收人家的礼。"

李桂莲知道，父亲话的背后，有一个沉重的故事。

命运用绳索挽成套，准备套住路过的人去经历它们设定的遭遇。

李家当年特别穷，父亲兄弟五个，有四人常年在外扛活。哥四个苦干一年，能挣一马车苞米。李家30多口人，每年六七月份断粮了，大人扛不住，孩子们饿得嗷嗷叫，只好通过屯长借粮。好年头，说了几大车好话求人家，屯长才签字据，借给李家高利贷。一连多年年头好，签契约借粮很顺利。欠人家的人情，逢年过节，一定要打点好人家。每逢过年，家里杀一口猪，要用猪肉还人情。一头猪最好的肉有两个地方，一个是里脊肉，再就是两个肋巴。自己舍不得吃，便把这些肉送给屯长。来年没粮吃，还要求人家。

年头好了屯长帮忙借高利贷，年头不好门都没有。

时逢灾年，家里又断顿了，李家又去求屯长，屯长果断地用"不行"二字回绝。

粮没借来，李家人正愁呢，屯长却落井下石，向李家讨陈债，要求还上过去欠他的粮食。明明知道李家还不上，屯长便提出用李家仅有的5亩地顶债。

那是李家仅有的地啊！

父亲李永刚这才反应过来，这么多年为什么借粮那样顺利，原来人家早就瞄上这块地了！时逢灾年，借人家的债积累得差不多了，人家张口要这块地。明明知道中了人家的算计，却有苦说不出，只好乖乖签契约，把地给人家。

签契约那天，屯长请李家哥五个去吃饭，哥四个全去了，只有李桂莲的父亲李永刚没去。他独自躲在背人的地方，悄悄地抹眼泪……

李桂莲的工厂办起来了，有人给她送来鸡蛋、小笨鸡，李桂莲当即回绝："全拿回去！你们这样做，勾起我们家的往事……"

20世纪80年代，社会上已经流行"要想办成事儿，大米黄豆粒儿"的顺口溜，李桂莲坚决抵制。

有人千方百计想办法，把东西放在她的办公室。李桂莲按价给钱后，又把东西送到敬老院。

知道李桂莲的脾气，再也没人给她送礼。

"别给她送了,送了她也吃不着,还把钱还回来。"

道德常常能弥补智慧的缺陷,智慧却永远填补不了道德的空白。

40多年了,当地多数领导都很支持李桂莲。可李桂莲一向不知道领导家住哪儿,对送礼更是深恶痛绝:"我这辈子绝不干这事!"

唱歌可以跑调,做人不能走调。

眼见世风下行,那么多自己熟悉的领导、企业家一个一个倒下,李桂莲就心痛:都是穷人家孩子,为什么那样贪心?怎么那么快就忘本啦?起点那样低,辛辛苦苦奋斗了几十年,组织培养了那么多年,到头来,怎么丢了初心啦?

心若放宽,时时是春天。

当年,父亲李永刚用行动指导李桂莲先人后己。

一次生产队要给大家分苞米叶子,怎么分,由李桂莲的父亲、生产队队长李永刚说了算。那时,苞米叶子是最好的烧柴。问题是,苞米有高矮,有粗细,叶子有厚有薄,捆也有大有小,怎么分大家都有意见。

社员都去了,眼睛盯着一堆堆苞米叶子。

李桂莲和母亲也去了,父亲把她们撵回家:"别在这里等,先给大家分。分差不多了你们再来。"

左等右等,也不见父亲来通知。

父亲给社员分完了,剩下乱七八糟最差的破苞米叶子,父亲拿回了家。

母亲说:"你怎么把这么破的拿回来?当干部的不分好的,哪怕跟人家一样也行啊。"

李桂莲永远记住父亲的话:"分好的还能烧一辈子?"

六七十年过去了,这句话一直响在李桂莲的耳畔,成为她的行动指南针。

即便陷入低谷也不必过于沮丧。因为只有低谷,才能构成对新高峰的向往。

李桂莲50多岁逢更年期,有段时间心脏急跳,头晕。每次去医院从来不告诉任何人。

对于一些人来说，金钱是一种抽象的幸福。因此，那些再也没有能力享受具体幸福的人，就只有把整颗心放在金钱上了。

2009年，李桂莲患乳腺癌，除了儿子、姑娘在医院护理，任何人都不知道。刚强的李桂莲没觉得患处疼痛，心却疼痛——有些人以为自己拥有了财富，其实是被财富所拥有。

她亲眼看见某领导住院，病房人来人往，那么多人往他被窝里塞钱……

李桂莲很是纳闷儿，这些领导个个都在党旗前庄严地举过右拳宣誓，怎么就把入党誓词忘得一干二净？

信仰犹如勤奋的鸟儿，黎明还是黝黑时，就触着曙光而讴歌了。

李桂莲当年一边看《红岩》一边写入党申请书，字字句句饱含深情，要像许云峰一样宁可掉脑袋也要坚持革命，为党的事业战斗到最后一刻。要像江姐那样坚贞不屈，做一个大公无私、为祖国和人民奋斗终生的人。李桂莲在心中发誓：要经常用英雄的尺子量自己，毫不利己，专门利人……

李桂莲被英雄的气节和生动事迹打动，越写越感动，字字都是肺腑之言。泪水打湿了稿纸，却滋养了一生的信念。

活鱼会逆流而上，死鱼才随波逐流。不要踩着别人的脚印找自己的路。

李桂莲没拿乳腺癌当回事，医院让她化疗，李桂莲坚决不同意。7年过去，李桂莲已经康复。自己患病却想到她的女工们。李桂莲个人出钱，每年掏腰包100万元，作为资助女工乳腺癌患者的扶助基金。现在，该基金已积累1000多万元。

你走入一座城，再退一百步看一座城，感觉是全然不同的。

2004年，儿子结婚的时候，李桂莲做出有别于周围人的决定：婚事从简，不操办，不收礼金。在升学宴、谢师宴、搬迁宴、盖房上梁宴、丧事宴、生日宴、升职宴等疯狂席卷的年代，这太不合时宜了！况

69

且，当时中央没出台"八项规定"，以李桂莲旺盛的人气，岂止能摆上百桌？

只要你不认为自己吃了亏，别人就一定没占便宜。

李桂莲想，就因为有一定的社会地位，就心安理得收人家的钱？作为一个老党员，必须带个好头。她看不上结婚大操大办的习俗，数十上百辆豪车招摇而过，民警维护治安，道都封了，这是共产党员该做的事吗？

闻知李桂莲如此低调，好多人不理解。

别人感到惊异，李桂莲不在乎，问题是，娘家亲戚有意见了："越有钱越抠，怎么连一桌也不摆？"

亲戚要从长计议，好好相处，孩子们结秦晋之好，还要白头偕老呢，别因为一顿饭伤了和气。

李桂莲安排好一家饭店，把娘家亲戚悉数请来。李桂莲向亲戚说了些道谢的话，话题一转进入正题："今天为什么请各位吃饭，我听说你们在孩子婚事'不大办'上有意见，为了解开这个疙瘩，咱们在一块唠唠。请理解我，我的身份在这里，如果我一操办，会来很多很多朋友，必然会收很多礼金。如果那样做，影响就太坏了。不管别人怎么办，我不能这样做。在这一点上，你们家可能不满意，但请理解我，也支持我。亲戚定了，咱们今后就是一家人，别为这点小事情影响感情。现在老百姓对有些事不满意，与有权有势的带了坏头有关。别人怎么做我管不了，但我绝不能带这样的坏头……"

李桂莲说了很多，亲戚为李桂莲的话真诚又具有远见而高兴、感动，纷纷举杯表态：按大姐说的办。

在这个吵得人分不清东南西北的世界里，我们手里所持有的干干净净的初衷必须握好了，别丢了，明天还要赶很远的路。

在新的时光里过着老日子。在老去的路上，揣着一颗清新的心。

面对瞬间即变的国际国内市场，李桂莲带领她的团队劈浪前行，始终运用自如地活跃在单裁单量业务的世界巅峰。放大格局，提高站位，人才与科研比肩并行，平均每年投资上亿元资金进行智能升级，以始终"领先半个身位"优势，让"品牌化、定制化、信息化、智能化、国际化"日臻完美，再续新篇——不管风吹浪打，胜似闲庭信步。

第二章　撑起一方天

　　历史这样记录：20世纪20年代美国经济的兴起，20世纪50年代联邦德国、意大利和法国的经济起飞，20世纪60年代日本经济的发展，无不以汽车工业的高速增长为前导。汽车工业，已经成为发达国家的支柱产业和经济腾飞的风向标。

　　中国从20世纪50年代开始生产解放牌卡车，汽车工业拉开帷幕。

　　改革开放后，中国的汽车产业风起云涌。

　　辽宁华晨集团大展宏图，曾创下骄人纪录：第一家在美国上市的中国企业；金杯客车连续19年中国商用汽车市场销量第一；中华轿车是中国第一辆有完全知识产权的轿车，香港金利来集团创始人曾宪梓先生闻讯异常兴奋，第一个购买了此轿车。

　　华晨宝马是豪华车市场占有率增长最快的品牌，合资企业华晨宝马跃升为辽宁省第一纳税大户。

　　2019年，阎秉哲履新华晨集团董事长，革故鼎新，在引进高端人才、海外布局、加速转型升级、注重产品研发等方面蓄力再发。

　　汽车市场风云际会，技术换代迅若秋风扫叶，快似雨后春笋。华晨集团以不变应万变，把光圈聚焦在人才上。

上篇：嫩竹扁担挑千斤

2018年7月9日，央视财经频道播出"改革开放40年，致敬中国汽车人物"盛典。一位位在中国如雷贯耳的汽车大亨荣耀登场。其中有位80后年轻人格外显眼，他就是华晨汽车集团一线技术工匠赵晓亮。

央视主持人这样介绍："赵晓亮来自华晨集团汽车工程研究院，从事底盘控制和整车性能13年。他可以在最短的时间内发现整车性能的问题，他还是中国第一个在整车上成功匹配ESP（车身电子稳定程序）的人。"

2006年至2009年，赵晓亮克服重重困难和危险创造奇迹，成功完成了ESP的研发工作，突出重围，打破了国外对ESP技术的垄断性控制，2010年在整车上实现了ESP技术匹配，让中华尊驰和骏捷车型成为国内首次成功装配ESP的典范，是当之无愧的"中国ESP技术第一人"。现在，赵晓亮仍亲身收集整车及系统测试的数据，发现并规避隐患2000多项。

面对十分关注此项研发的全国汽车消费者，赵晓亮说："我从事底盘控制和整车性能评价13年，我身体的每个部分都是传感器，可以帮助我在进行整车性能评价的过程中快速准确地发现问题。我还是中国第一个在整车上实现ESP也就是车身电子稳定程序的人。造出让所有人放心的汽车，就是我的责任和使命。"

"造出让所有人放心的汽车，就是我的责任和使命。"

最难的是，汽车安全要从设计图纸和荧屏上"走下来"，赵晓亮自己开车，与停留在理论层面的一个个可能发生的危险迎面"对撞"，在实践中精准验证每一个数据。换言之，赵晓亮要驾驶汽车把可能发生的隐患，在极端（比实际应用标准要高得多）条件下，先用血肉之躯逐项试验，各项可能发生的安全指标逐一合格了，才放心地生产汽车，"造出让所有人放心的汽车"。

大方，沉稳，是这位80后研发专家的特点。

赵晓亮大脸盘，大眼睛，大耳朵。虎背熊腰，体格健硕。见他第一眼，你会以为他是从事强大运动量运动的运动员或从事重体力劳动的人。但，你绝对想不到，赵晓亮居然是玩小球的乒乓球运动员，而非一位扔铅球掷铁饼的田赛运动员。冷眼看不出他是清华大学毕业的高才生，每天以研发为主，倒像个扛袋子、甩大铁锹的力工。这样猜测也不无道理，因为赵晓亮每天都大运动量地奔腾在紧张研发科研波涛里，一次又一次勇立涛头，如果体力不够，会落后、会沉没的。

赵晓亮把自己当成"汽车医生"。为了及时检测出汽车疾病，为了给汽车治病，"大块头"赵晓亮刻苦钻研。

2010年1月，一辆轿车在内蒙古海拉尔汽车试验地疯狂奔驰，时而爬上陡坡，时而扎进谷底，时而在厚雪窝子里呼呼"哮喘"，时而呼地冲上来跳跃前行，炸起千堆雪。

这种车为竞品车，各项性能必须研究透。盘山道像个放大版的蚊香盘，每道盘的间隔都是百米、数百米的深渊，汽车行驶在盘山道上，犹如一只微不足道的小甲虫。车轮把浮雪轧得又光又亮，异常光滑。赵晓亮大气不敢出，也不敢快开。下坡转弯时，陡弯和山涧就是最生动的恐怖广告，赵晓亮死死握紧方向盘，心也像盘山道那样起伏、拐弯。又逢陡弯，刚转过一道石壁，前方令人恐惧的深渊一头扎进瞳孔，赵晓亮的心一紧，担心车刹不住，轻轻点了一下刹车——突然，失控的汽车径直朝山崖滑去……

这可是数百米深的悬崖啊！

赵晓亮攥紧方向盘，浑身力气全用上，还是阻止不了汽车滑向悬崖。十米、三米、两米、一米、半米……

赵晓亮闭上了眼睛……

还有三天就是赵晓亮的洞房花烛夜。收拾房、买东西、布置新房、订酒店、请人，全由父母和未婚妻张罗。早上，赵晓亮打电话给家人：

"放心吧,再怎么晚,婚礼前我也会赶回去的。"在汽车即将坠落悬崖的刹那间,赵晓亮闭上眼睛情不自禁地感叹:"完了完了完了……"

每年冬天,赵晓亮都要驾车去试验场试验。每次都要试验一个半月。开着车况很差的汽车,在中国东北边陲黑龙江黑河,在乌苏里江江面,在林间路,在山坡路,在一望无际的原野,都曾留下赵晓亮驾驶汽车狂猛驰骋的身影。

零下40℃的严寒,冻得嘴都张不开。一张嘴,冷风嗖的一下钻进去,嗓眼疼得像被刀割了一下。呼吸结霜,棉帽子上面白花花一片,脸上的汗毛、胡须也结一层白霜。烈风像刀子,割人,又像鞭子,一下一下抽过来。时常碰上"泡烟雪",整个公路湮在白烟里,雪浪滚滚奔腾,风声震耳。站在车外三分钟,会冷得顶不住。可湮没在雪里的公路和原野分不出哪儿是哪儿,汽车不时滑到路外"误车"……

为用户的安全着想,赵晓亮专挑各种各样的路况、各种各样的天气、各种各样的条件试验,以获取准确的丰富的安全数据。

那次在黑龙江黑河的公路上试验,赵晓亮为了测试数据没关系统,查看汽车在实际路面上的表现。汽车正飞速行驶,系统产生误操作,猛地将一个轮子抱死,另三个轮子还在飞速旋转,汽车突然来个180度的大旋转——毫无准备,汽车里发出一片惊叫声……

赵晓亮紧紧握住方向盘,同时断油、踩死刹车,这头暴怒的狮子"三腿朝天",在半空中侧歪好几下,终于不情愿地落地、停稳——天哪,车上还有其他三个人呢!

在内蒙古的盘山道向下溜车更加危险,眼见汽车差半米就要跌下悬崖,赵晓亮已经不抱任何生还的希望时,汽车竟奇迹般停下了!

车身被一个铁杆拦下。

原来是废弃的路标铁架救了他一命。

赵晓亮从车上下来,一个屁股蹲儿坐在地上,浑身软若无骨,怎么站都站不起来……

赵晓亮告诉我,时至今日,父母不知道他遇过险。

华晨与清华大学合作期间，赵晓亮多次独自驾车从北京开到黑河，3000公里长途，全程只他一人，跟爸妈说了这事，爸妈不高兴。一次赵晓亮上北京，母亲不放心，非要跟他去。他开车与母亲走到沈阳时说："妈，没有事的，你回吧。我和同事一起去北京。"其实，那又是一次赵晓亮独自开车去试验场，直抵中国最寒冷的东北边陲黑龙江黑河。

1982年8月1日，赵晓亮出生于辽宁省抚顺市。小时候赵晓亮身体不好，经常得肺炎、咳嗽。7岁那年，为了锻炼身体，父亲把他送到抚顺市体校学打乒乓球，与乒乓球大满贯得主王楠是队友。

赵晓亮有个特点，做什么事都要做好。打球也是，一定要赢。进抚顺市体校后，只用三个月就能打败已经打球两到三年的孩子。在同龄孩子中，赵晓亮的乒乓球成绩一直是尖子。偶尔比赛打个第二名，赵晓亮就会消沉几天。

教练要调教一下赵晓亮，故意让赵晓亮跟比他大三四岁的孩子打球，赵晓亮输了球，啪地摔了球拍，呜呜呜哭了起来。向来都是赢球的，这是他第一次输球。

教练训斥他："你以为你是谁？你是世界冠军吗？你就不能输球吗？"

赵晓亮从此知道要接受输球，知道"人外有人，天外有天"。他也更加努力了。

成长是一种和自己的比赛。因为优于别人并不高贵，真正的高贵应该是优于过去的自己。

打出名了，福建队等几个省队都争着要赵晓亮。赵晓亮居然拿了全国青少年乒乓球大赛亚军！这可是件了不起的事，继续培养下去，一定是会有大出息的，可是，面对好几个争着要他的队，赵晓亮毫不犹豫、出人意料地谢绝："我不去。"

一年一度的辽宁省乒乓球选手选拔赛，成绩拔尖的将入选辽宁省体育运动学校。这是同学们梦寐以求、改变人生的大事，多数孩子拼争却力不能及。赵晓亮年年都以遥遥领先的出色实力入选，却年年不去。内行人纷纷议论："这是棵难得的好苗子。""不进省队可惜了。"教练非常欣赏赵晓亮，多次建议他别错过机会，让赵晓亮走打球这条路，父母和赵晓亮始终坚持："打球就是为了锻炼身体，没想走体育这条路。"

这是赵晓亮父母的话，也是赵晓亮的话。

当教师的母亲严格辅导和监管赵晓亮的文化课：只完成作业不行，还要高标准。作业工整程度、标点符号，都要标准、规范，质量与速度"双轮驱动"。每次班里考试，赵晓亮的成绩都遥遥领先，偶尔差一点，也不会低于前三名。放学后天天去体校打球，他在同一拨孩子"小考大考"中一次又一次过关斩将，直取王冠。他一直把意志品质当作坚强的后盾，从未因为脚伤了、手磨破了、伤口感染了而耽误过一次练球。由于品学兼优，从小学到高中，赵晓亮一直是班长，初中荣获抚顺市优秀学生干部称号，高中被评为抚顺市三好学生。

小时候，有人问赵晓亮将来干什么。

"考大学。"

"考哪个大学？"

"清华大学。"

像坚持"打球为了锻炼身体"一样，哪里要也不去。赵晓亮上大学的目标就一个，考清华。别的学校，他从没考虑过。

2000年，赵晓亮以638分的成绩如愿考入清华大学。

填报入学志愿，兴奋的心情一下子跌落谷底：赵晓亮的理想是当个医生，清华大学却没有这个专业，退而求其次，他选了车辆工程专业汽车工程系。虽然梦想与理想有了冲突，赵晓亮还是坚持梦想，上了清华大学。

2005年毕业后，尽管有多种选择，赵晓亮还是决定回到家乡辽宁，到华晨汽车工程研究院，主攻车身稳定性控制系统。

当时，这项技术只是华晨公司的一个研究课题，并没有投入更多精力，只做些简单的信息跟踪。有着职业敏感的赵晓亮认为未来三至五年，这项技术会在中国普及，建议公司投入大力量尽早研发。

这可不是简单的课题，当时此项技术高峰由美国、德国和日本掌握，中国还是空白。走捷径就要技术引进。但国外报出天价转让开发费，太昂贵了。公司决定自己研发，与清华大学合作，派赵晓亮回到他的母校清华大学，与老师、博士生、硕士生一起研发。

母校是亲切的，老师亲，环境亲，氛围亲，甚至一草一木都散发着深情厚谊。很快，赵晓亮就陷入困境：自己像一头扎进闷罐子里，太孤独了！既没有合作伙伴，也没有交流对象。赵晓亮要解决和攻克汽车实际应用中的问题，学生们注重书本的东西；赵晓亮要出产品，人家要出论文；赵晓亮注重投入和产出，人家着眼论文合格及发表；实际上，人家用个场景就行，赵晓亮却真刀真枪地干，比如，轮胎在光滑的地面试验，在石头路上试验，在沙地坡地上试验，在不同的天气、不同的温度、不同的环境中试验……他们的目标不同，诉求不同，所思所想所行迥然不同。

赵晓亮要用工程思维影响他们的实验室思维，把研究工作从计算机仿真扭转到实车验证上来——于是，才出现上述故事，赵晓亮开车去地形复杂的内蒙古试验，去冰天雪地的黑龙江黑河试验，去有密集蛇形弯路的盘山道冒险……

相信自己，没有什么一成不变，能作茧自缚，就能破茧成蝶。

白天驾车去各种各样环境的地方冒险，把所有理论项目一个一个检验，很多单项都要在多种条件下试验多遍次，寒风扑打窗子，星稀月寒的夜晚，再把试验结果输入电脑，接受理论数据一道又一道关卡验证。研究工作抛物线时而跨越高峰，时而扎进深谷，复杂而烦琐。有时像在迷宫中找不到出口，有时因一个单项的变化而全盘皆变，有时"从头再来"，有时需要"推倒重来"……

不管摔了多少次跤，赵晓亮的理想一直在探索的夜空闪闪发亮，从未轻松过。赵晓亮依然像从前一样，认准的事就决不回头，打拼到底，不犹豫，不彷徨。只是，要向世界尖端水准冲击，困难像荒草遮盖下的陷洞，不知道在哪儿、何时出现。无论多难，都要跨越。无论疙瘩系得多紧，都要解开。赵晓亮小时候就有股子韧劲，每天下午练球雷打不动，累了坚持，受伤了坚持，感冒了、伤口化脓也要坚持，终于成为全国青少年乒乓球大赛的顶尖选手。

生活，在喜怒哀乐间走走停停。

工作最难的时候，赵晓亮这样鼓励自己：连理想受挫都翻越了，还有什么困难不能翻越？

与其烦恼，不如顺其自然。所有的事情到最后都会好起来的，如果不够好，说明还没到最后。

很小的时候，赵晓亮就立志当医生，救死扶伤，为人类健康造福。2002年，清华大学与协和医院联办了医学院，赵晓亮受到强烈冲击，内心动摇，强烈的理想像在地下压埋太久太久的大煤田突然被点燃，热源旺盛，烈焰冲天！

汽车专业有什么好？整天面对铁疙瘩，多么枯燥啊！"专业情绪"彻夜折磨他，赵晓亮的内心每天都翻江倒海、寝食难安。

可是，学校有明确规定，已经读大三不能转系。进退两难的赵晓亮一狠心，决定退学，重考大学。

对父母来说，这无疑是一件天大的事！

多少人梦寐以求考上清华大学，怎么能轻易退学呢？况且退学后重考会怎样，都是未知数。另一方面，"专业情绪"不是小事。每年，清华大学都有10%的学生因此不能毕业。可是，无论父母说什么，赵晓亮都听不进去。母亲来北京陪伴他，母子在相同的时间里受着不同决策和人生取向的折磨，每分每秒都在煎熬，谁也说服不了谁。

赵晓亮喜欢清华的学习环境。清华开卷考试，试题灵活，"带的书越多考试成绩越低""没有标准答案，抄也抄不到"。在清华学习，赵晓亮也像小时候打乒乓球一样，力争最好。天天晚上努力拼，作业也不能轻易完成。实验室每天七点半开始做实验，十点关门。如果实验结果不符合要求，自己要找没课的时间再做。宿舍到规定时间熄灯了，赵晓亮便用应急灯去做作业。赵晓亮喜欢清华的氛围，也倍受清华精神的鼓舞。现在，却与"专业情绪"狭路相逢、进退两难，究竟该怎么办？

这天早上，赵晓亮和母亲约了系主任，继续探讨一下是否有更好的解决办法。

朝阳明丽，霞晖从清华大学道路两旁百年大树上筛下来，花一样落在欢声笑语中的自行车队上，这些青春茂盛、脸上荡漾着欢快的姑娘小伙正赶往教室去上课。赵晓亮和母亲迎着同学们，向相反的方向去。赵晓亮蓦地发现，自己做了一件跟人生、跟同学们背道而驰的事……

第二天早晨，母亲来到宿舍，把儿子的枕头拿到东阳台晾晒，阳光照射在母亲皱纹密集的脸上，照射在已经缩驼的腰身上，赵晓亮突然觉得：妈妈已经是老人了，自己怎么还这样不省心，由着性子来？

系主任夏群生教授对赵晓亮的母亲建议："提前让赵晓亮进我的实验室吧。"

夏群生教授非常理解赵晓亮的"专业情绪"，可既然转系不行，索性到实验室找找感觉，这跟平日的理论学习不一样。夏教授很清楚，赵晓亮不是懒惰不想学习，而是考虑学习这个专业今后是否有意义。

幸福是学会掌握平衡，与世界和谐相处，让自己坦然生活。人生苦短，要学会翻篇，有勇气选择新的开始。

赵晓亮跟课题组的研究生一起在夏教授实验室见习了一个半月，感觉内心僵眠的情绪在复活，要破壳而出，内心很受震撼。当时正跟德国合作，夏教授很有办法，解决了许多复杂棘手的问题，他对工作极为严格，也很接地气，对学生亲切而负责。在河南郑州，解决宇通客车平顺性、舒适性，夏教授逐项查出问题，逐个解决，手把手教学生。

多年之后，赵晓亮有了新的认识：人生何必纠结，当千帆过尽，回望来路，就会发现很多不快乐，其实这些没露面的东西，地基一样托举起高楼大厦，根一样托举起满树繁花。

赵晓亮知道汽车行业的开发工作、工作细节以及改进对象和方向，如何将书本中僵死的东西应用在鲜活的实践上。

赵晓亮在深思：前进的理由只有一个，后退的理由却有100个。如果整天找100个理由证明自己不是懦夫，却从不用一个理由去证明自己是一个勇士，人生还有什么意义呢？

换位思考，赵晓亮感觉突然有一道亮闪划破了黑夜：当医生是救死扶伤，我现在的专业则像个汽车医生，诊查出汽车的毛病，再把它治好……

心态像一面镜子，你对着它笑，它还你一个好心情；你对它哭，它还你一个苦瓜脸。

认知的风向标一旦定位，赵晓亮便庄稼拔节步步高，奋力向上。班里32名同学发展3名党员，赵晓亮赫然在列。怀揣清华大学的毕业证书，他谢绝青岛卡车和湖北二汽的盛情邀请，毅然回到老家辽宁，为振兴东北老工业基地助力。

短暂的犹豫和迷失，就像暴风雨从麦苗上掠过，风过后被吹弯的麦苗还会站起来。

2009年，赵晓亮终于研究成功AEB系统。

专注当下，宁静致远。

当代汽车研发要冲出技术重围，抢占中国制高点，抢占世界制高点，抢占未来制高点。在这场壮阔而又十分较力的竞争中，既要是爆发力强的百米运动员，又要是耐力强的长跑选手。除此而外，还要有远大志向，赵晓亮恰好就是这样的年轻人。

这位80后轻看钱，轻看职位，更轻看为"小家"而奋斗的精打细算，而是越过这些许多人特别在意的东西，放远目光，眺望更远的远方。

中央电视台记者采访赵晓亮，特意让摄像师把连在一起几米长的火车票拍个特写。这是赵晓亮周末从沈阳到北京的往返车票。这么多年来，他坐动车往返，一个月车票2000元，一律自费。赵晓亮已经习惯坐火车，这是他的流动办公室。汽车的综合性很强，交叉学科的应用专用学科，化学、物理、数学、生物、哲学、军事、地理等方面的书，许多都是在流动办公室阅读的。回炉一遍母校的教材，再读原版的美国麻省理工、英国剑桥大学、德国亚琛工业大学、慕尼黑工业大学的书……

赵晓亮重情义。那么多同学、领导看好他、挖他，他"从未想过离开""单位培养我，我要知恩图报""这项工作交给我了，我就要心无旁骛，必须干好"。那些一次次向他抛来的"重金"橄榄枝，只是路边普通的垂柳柔杨，忽略不计，他仍然瞄着事业的远方。

宽阔平整的双颊似两块沃野平原，又像两个深水静湖。平原就尽情地驰骋理想，到达远方。深水无波，要容蓄更伟大的志向。这同他的性格吻合，打乒乓球年年拔尖、被选进省队，他年年不去，把赞扬和荣誉深锁"湖底"。一上中学便挂拍，再也不碰乒乓球了。人很容易在峰顶迷失自己，觉得什么都在自己的脚下。只是那一瞬间他忘了，自己的个头一点没长。

落子为准，人生不能悔棋。

2019年7月23日，赵晓亮又被委以重任：担任底盘部部长，带领近百人的研发团队，向高级驾驶辅助和智能驾驶降低人工操作的依赖性技术发起进攻，刹车、转向、雷达、摄像头等都由传感器去完成。面临新的攻关项目，赵晓亮一如既往，坚守初心，精准发力。

路是时空的延伸，路的尽头仍然是路。

中篇："技术大拿"孙忠军

在华晨雷诺金杯汽车有限公司车身一车间，设备主管孙忠军无疑是一颗冉冉升起的技术明星。

一见面，我就觉得孙忠军有着显著的东北大汉特征：长脸、浓眉、直而高挺的鼻梁，魁梧健壮的身材。

高高的眉弓横崖下，两个深山谷似的眼窝里，卧伏着黑亮黑亮的瞳仁。仿佛两只待命多时，运足力气，随时要一跃而起扑向目标的黑色雄狮。在跃出之前，雄狮身体的各个部位都已经做好准备，如同子弹上膛，打开保险，瞄准，只要发现目标，便嗖地出膛，以最快的速度精准命中。

孙忠军清楚，必须"一弹命中"。一旦射偏射歪，轻则耽误时间、影响汽车产量，重则损失国家财产。

孙忠军的讲述很有特点，他不时要停顿一下，如同射手再微调一下准星标尺，反复校正，力求分毫不差。这已不是一般的习惯，而是每时每刻都不忘精益求精。仿佛他说的每句话都是一个技术系统，每一个字，都是在系统中精准定位、精优运转、精确工作的元件。

1998年秋天午夜12点半，孙忠军突然被一阵急促的电话铃声惊醒，现场技术员说："设备坏了，需要您来解决。""我们已经修了半个小时，实在修不好了。"

情况紧急，如果在短时间内修不好，那要影响生产的！生产线一环套一环，这里"梗阻"，耽误下一道生产线，就会接连"梗阻"。

蔚蓝的夜空，斜挂着一轮闪着金光的新月，寒星在颤抖，一片寂静，令人神往。远处的汽车轰鸣声不但没有惊破这寂静，反而使它显得更浓更平静。

孙忠军突然想，远行的汽车如果中途抛锚，车上的人该有多焦虑！

当时刚刚搞完悬链输送线改造，白车身（喷刷车漆前）由55个吊组成，悬挂55个白车身，再输送到涂装车间。这里出了问题，涂装车间也要误工。

"报警就是命令！"事不宜迟，孙忠军连忙穿上衣服，急匆匆出门，火速往外跑。孙忠军家住北陵西边，离工厂12公里。

孙忠军发现PLC单元网络通信异常。他不停地试用多种办法，始终找不到病因。有人发现故障代码异常站为3号站，这台设备没做后期验证，很可能提供的信息失准。人们立刻向3号站发力，可惜，如同不结果的谎花一样没有培养前途，它只是个"假情报"。

屏幕犹如大海，鼠标则是一根小小的银针。如果说大海的一滴水就是一个穴位，银针如何才能精准地扎到患病的穴位？每一滴水都一模一样，怎样去寻找、分辨？

在水中，它是浑水中的泥鳅，与环境融合，无法分辨。

在水面，它像一条会飞的鱼，飞出又跌下，再跃出，再跌下。

数十双眼睛盯住荧屏，急得火烧眉毛，有劲使不上。

沉重的责任在心里荡起波澜，闪电般刺眼的灵感在手指上歌唱。无数次点击和拆分组合，交织成壮阔的科技交响。交响中的音符一次又一次碰撞，擦出从量变到质变的耀眼火花……

孙忠军用排除法预判硬件网络有断的地方。孙忠军指挥维修工操作，从PLC出来连接第一个站，查出站号为5号，下一个连接为4号站。从3号站到14号站连接逐一检验，在波翻浪打连绵起伏中沉下又浮起，在自卫中击溃诸多次暗器和"卧底"对手的进攻，终于拨开乌云见到久违的艳阳，确认故障站为14号站。精准出击，把14号站的通信卡换成新的，故障终于松开手，沉进万丈海沟。孙忠军像个威武的壮士，在错综复杂中战斗了仅仅40分钟，便顺利恢复生产。

第二天，孙忠军把这个设备的处理过程上传公司的局域网，作为典型的设备案例，分享给技术员和维修工，扯掉一块黑暗，照亮一段前程。

生活有时不像你想象的那么好，但也不会那么糟。每一次的坎坷与艰难，都在悄悄为你的成长铺路。你的能力其实超乎想象，攀登的过程也许会辛苦，但回过头来你会发现自己又上升到一个新的高度。

2001年春节，工厂进行第二次改造提产。产量由原来的日产80台提高到日产120台。机器人由8个增加到24个。这些机器人都是德国产的6轴机器人，难度在于覆盖面广，每个位置与机器人连锁控制。

工厂明确要求：在春节放假期间调试好设备改造，正月初八一上班就正常生产。

初三这天，负责设备调试的德国专家马丁急匆匆来找孙忠军，这个连鬓胡子胖专家中文不太好，只会叫"孙先生"。他连比画带说，由于太紧张，他脸上的皱纹像划过一道道闪电，忽缩忽舒，孙忠军明白了，德国专家也找不出毛病，担心影响生产，请孙忠军帮忙。

有两台机器人程序运行不了！

德国专家知道，这是自己分内的事，一定要排除故障。按照合同要求，春节后中方开始正式生产，绝不能误事。德国专家憋了一头汗，一共4个机器人，居然有两个机器人因进入不了主程序而"休克"。他左试不行，右试不行，能想的办法都想了、试了，还是毫无效果，这才向孙忠军求援……

现在是初三，离初八生产还有五天。找厂家已经来不及。孙忠军与伙伴张涛研究，如果处理不了，再向德国发货，或请高手专家过来。这是德国库卡机器人，上边全是英文。二人利用丰富的经验，试了多种方法，仍然一无所获。仔细检查太多个轮回，初三下午，发现机器人硬盘有坏道，二人窃喜，毛病终于找到了。现场有台备用机，做镜像还原就可解决问题。事情并非想象的那样顺利，做一次不行，再做一次还是不行。反复查验还原程序，没有错误，怎么会不行呢？

初三半夜，孙忠军和张涛带着深深的遗憾，各自休息。

初四上午，镜像还原又做了十来次都不行，孙忠军和张涛再仔细检查，发现了物理毛病，对症解决后，终于制作成功！胖子马丁高兴得蹦好几个高，向孙忠军二人高高地竖起大拇指……

"外国专家解决不了的问题，咱们的'土专家'解决了！"工人们奔走相告。

无为的青春比补丁还旧，火热的事业比青春还新。

2002年春节，车间领导撵孙忠军回家过年。好几个年都在工厂过的，今年跟家人说好了回去过个团圆年。可是，预订的德国机器人春节时到货，车间接到任务，趁过年休假，要把这24个机器人安装调试好。这次的车型难度很高。主车身两个工位，要安装4个机器人。两个机器人负责室内100多个焊接点，另两个机器人负责室外100多个焊接点。室内的机器人难点更大，需要增加8套干涉信号。这8套信号不仅要修

85

改机器人程序，还要修改控制程序，调试难度太大。两台机器人在狭窄的空间进行焊接，避让不能撞上，一个从后往前焊接，一个从前往后焊接，空间位置的数据要反复设置、反复校验、反复调试，整整一宿啊，孙忠军和技术主任彭太辉一直在没有技术光线的"黑障"摸索，反向了掉头，迷路了重新定位，数错了再运算，迷茫中重新推倒公式，一步一棒，两步一击，咬牙坚持，力搏群雄……

太累了，夜晚，人们像机器散件一样散落在工地上，到上班时间，这些散件才重新上岗，安在各自司职机器的某个部位上。孙忠军却没这个福分，找不到毛病，他就和机器合二为一，守在岗位上。

第二天，太阳光芒四射，红霞脸蛋探进工厂的东窗，他们脸上的笑容花儿般绽放，终于完成一套合理的设计路径！

人们往往只向鲜花投去敬慕的眼神，却很少知道它卑微的出处。

70后孙忠军仅仅是沈阳轿车厂技工学校毕业。这样的文化程度解决了德国专家解决不了的难题，似乎是天方夜谭。

人们总是在头脑发热时做出一些傻事，供平静下来反思。控制不了自己，你就控制不了别人。正是自控下的刻苦训练和钻研，培养了他的韧性和意志。

心中的空间越大，生长的花朵就会越繁茂。

呼啸的寒风，一把一把抓起雪末子，越高风越大。冰冷冰冷的电线杆上，有个少年在艰难地向上移动。雪末子扑在脸上，灌进衣领里。带锯齿的脚扣似乎也冻坏了，"牙齿"咬不住水泥杆，咔嚓一下滑下来，身体也刹那间下滑，少年的双臂立刻紧紧抱住电线杆。

"下来吧！"

"下来吧！"同学们喊。

少年的脚太小，鞋子在脚扣里很空旷，稍不留神就踩空了，因此爬杆更加艰难。

风更大了。雪末子似乎在跟少年较劲，来得更猛烈，也更密集。

帽耳塞被风抓开了，雪像鞭子一样抽在少年的脸上，一下一下又一下！

少年倔强地抬起头，仰起脸，重新将脚插进脚扣，再次向上攀爬。

少年终于爬到杆顶，掏出别在腰间的瓷瓶，把螺丝放进孔里，再掏出扳手，一下一下拧紧，将它固定在电线杆上。把线接好，缠上绝缘胶布。

上杆前，见天气阴冷，飘清雪，技校的同学有的干脆没来，有的走半道向回跑。只有少数同学来了。而顶风冒雪坚持爬上电线杆的，只有孙忠军一人。

只欣赏鸡的脚印，便看不到天上的雄鹰。

有的同学说天不好，好天再爬杆，孙忠军说："要是偏赶上风雪天电线杆的瓷瓶坏了，电线断了，怎么办？"

"好天再修呗。"一个胖脸同学说。

"停电工厂的机器转不了，就要停产。这时候，我们当电工的就眼看着不管？"孙忠军说。

"现在是实习训练啊，又不是真的安瓷瓶。"

"实习训练就是为了实战，"孙忠军说，"平时练不好，连电线杆子都上不去，上边的瓷瓶真坏了，线也断了，修得了吗？"

"那么简单的活，训练不训练都会做，有什么了不起？"

孙忠军猛地一甩袖子，生气地走了。

妈妈杨国琴的话又在孙忠军耳畔响起："做什么都要上心。简单的事情做好了就是不简单，容易的事情做好了就是不容易，今天和昨天做同一件事，今天做得比昨天还好就是你的进步，人就是要不断追求进步。"

做好每一件事，是妈妈的教诲，也成了孙忠军的习惯。

好运气藏在实力里，也藏在不为人知的努力里，越努力，越幸运。

初中毕业考技校，孙忠军听说前20名可进电工班，他起早贪黑努力，以全班第三名的优异成绩如愿以偿。

孙忠军要像劳动工具那样，在磨损中产生吐故纳新的光亮。

电工必须学会配盘。电机有正转有反转，刚启动电流很大，容易烧坏电机，必须熟悉并掌握所有要领和步骤。要熟悉电路图、熟悉电路，还要掌握硬件配置、接线技术，而后才能试车。二三十个硬件，要接40个点，哪怕有一根线接错，也会引起三相电路崩爆。一旦接错，就会烧坏电机。孙忠军一次又一次做印刷线路板，哪些地方要断开，先在线路图上画好，再涂抹上松香。把涂抹松香的铜板腐蚀掉，形成需要的线路图。然后在线路图上钻眼，安上电阻、三级管、二级管、电容等电子元件……

孙忠军不知下了多少笨功夫，也不知呛了多少水，才在技术的深海中浮出水面。

一个人的价值应当看他贡献了什么，而不应当看他取得了什么。

1990年，孙忠军刚上技校两个星期，沈阳轿车厂技工学校领导突然收到一面锦旗。一位老汉一路打听找到学校："感谢我儿子的救命恩人！"

孙忠军去同学家串门，走到于洪区旺牛村，忽然听到惊慌失措的呼救声："救命啊！救命啊！快来人救命啊！"

孙忠军闻声跑过去，养鱼塘的岸上，有两个六七岁的孩子定定看着眼前的水面，水里有个孩子在拼命扑腾，忽而浮上，忽而沉下……

孙忠军来不及脱衣服脱鞋，快步顺着台阶向塘中疯跑，一下扑过去，水太深，已经没过孙忠军的头顶，他什么都不顾，拼命蹿出水面，一把抓住落水孩子的胳膊，拼命拉，使劲拽……

没有与生俱来的勇敢，也没有与生俱来的爱。孙忠军在生死攸关时刻见义勇为，与他小时候的助人为乐习惯不无关系。

上学的时候，妈妈就支持他学雷锋。在学校门口备好服务工具，气管子、锉、胶水、自行车里带一应俱全，利用中午休息时间，义务给需要的人修自行车。孙忠军和同学宋阳、姚红伟轮流"值班"……

主动帮助有困难的同学，成了孙忠军的习惯。秋天每个星期天孙忠军都很忙，帮助农村的同学割稻子、割玉米。放寒假了，再帮同学家打稻子、搬稻草、擦稻草……

鱼塘的水越来越深，孙忠军本来已经抓住落水的孩子，但孩子已经蒙了，求生的本能促使孩子使劲挣扎，脱手了！孙忠军再向纵深迈步，自己没影了，索性沉进水里，一把抓住孩子，死也不松手。

连孙忠军自己都不知道喝了多少口水，总算把孩子救上来。

孙忠军怀揣学雷锋标兵、沈阳市三好学生等荣誉离开技校。

毕业后，孙忠军被评为五级电工。全班22名同学，只有3人评为五级电工。

在小溪里，鱼常常感觉自己很大，到了大海它才知道，其实自己很小。

2001年11月11日，中国在多哈签署了加入世界贸易组织议定书。从此，中国企业将真正开始面对全球竞争。

天快亮了，天穹的弯月在收割仅剩的一点点夜色。孙忠军这才直起腰来，回去吃早饭。很快，他又回到自己的岗位。

2004年年初，沈阳华晨金杯汽车有限公司加快了金杯海狮第五代面包车和中华轿车投放市场前的产品开发节奏，孙忠军要承担11台机器人和两组自动机的安装调试工作，还要和同事们一起重新设计电气方案、组织安装、接线、调试——日子已经缝在一起，白天和黑夜像两个势均力敌的摔跤手，分不清谁是谁。

趁你现在还有时间，尽最大的努力，做成你最想做的那件事，成为最想成为的那种人，过最想过的那种生活，这个世界永远比想象的要更精彩。

大家同心奋战，技改朝阳如约升起。比学赶帮超形成气候、形成时尚，以一鼓作气、改天换地的豪迈气派，迅速将车身焊接车间生产全部实现了自动化，加快单台焊接的生产节拍，把3.9分钟缩短到3分钟，日生产量由双班的160台增加到270台，飞跃提高的生产效率，让华晨金杯在国际竞争大比拼到来之前完成了脱胎换骨的自我更新。

海狮左、右侧围四工位机器人焊点位置，由于铜垫板长期焊接使用，经常在质量欠稳定时更换铜垫板，耗材量巨大。

孙忠军接受了这项攻坚任务，大胆地实施颠覆式设计，把机器人程序改为 A 与 B 两套，通过更改 PLC 程序，实现 A 套程序焊接 5 台车后 B 套程序焊接 5 台车，两套程序间隔 5 台车运行一次，铜垫板的寿命增加一倍，大幅度减少了铜垫板的消耗，节省费用 50%。

海狮高顶加长顶盖机器人逃生舱改造备受瞩目，孙忠军领衔伙伴们攻打电气程序设计调试及机器人的程序堡垒。此次改造难度大，史无前例，要探索川崎机器人更换两把焊钳焊接。孙忠军在严谨的技能导向下大步向前，时间紧，凿穿厚厚的黑夜；难度大，勇敢穿越险象环生的技术丛林；工艺复杂，打出多套技术组合拳，带领伙伴们冲锋陷阵……

改造后的机器人事半功倍，节奏和效益双双提速。原来只能焊接一个工位，现在能焊接两个工位。原来机器人带一把焊枪、焊一种车型，现在机器人能带两把焊枪，同时焊接两种车型。原来焊接一台成品件需要 13 分钟，现在只需 7 分钟。

孙忠军荣誉等身，摘取市级、省级先进称号数十个，荣获全国五一劳动奖章、全国劳动模范称号。但对他来说，每个荣誉都像甩来一根鞭子，啪地抽疼一下，他要加快速度向前奔跑。或者说，每次荣誉都是一次淬火，提纯人格，开阔视野，升高站位。

备件维修小组光芒四射，照亮了日益兴盛的群体，也照亮了一方世界。2016 年，建立沈阳市创新工作室，2017 年，升级为辽宁省创新工作室，现在升级为孙忠军劳模创新工作室。

徒弟崔海，先后参与车间设备改造十余项，主持车间工段机器人提升节拍项目改造，完善车间设备安全隐患，在生产及设备改造过程中立下汗马功劳，多次荣获公司工会积极分子、优秀员工等称号。

徒弟刘洋、李猛，先后参与车间大大小小的设备改造二十几项，其中海狮拉门机器人升级改造与悬链自行小车改造获得沈阳市科技成果三等奖，他们主持的海狮下车身机器人提节拍改造项目、海狮顶盖吊车改造、阁瑞斯侧围自动焊改造等，受到广泛赞誉，多次荣获公司优秀个人、工会积极分子称号和QC改善小组奖。

孙忠军带领22名徒弟平素打提前量，复旧利用，节约成本，攻克技术尖端。一旦有需要，会第一时间冲上去"灭火"，在"霹雷电闪"中自如发挥，和他的团队一道击退阴霾，迎来曙光，撑起生产技术一方天！

下篇："笨人"池贵义

我采访时，池贵义一直在笑。眼睛笑，眉毛笑，嘴笑，似乎他的鼻子和头发都在笑。连我自己都恍惚了，鼻子和头发怎么会笑呢？我再仔细端详，没错，都在笑。我想，这也许就是优化的达尔文进化论的环境生存说吧？

池贵义说话的声音在笑，笑纹在脸上一波一波涌起、荡漾，营造了笑的大环境。头发一甩一甩，也是笑容。快乐的鼻翼灵动欲飞，难道不是笑吗？

池贵义的笑，已不是笑本身，而是他对工作对生活的一种态度。以这样的态度攻坚克难，还有什么疙瘩解不开？每当困难一波一波涌来，他没有感觉那是困难，更不躲，而是欣逢练手的机会，迎上去顺势而为。而每一次解决的困难，都成为他的顺民，成为倒向他一边的投诚者。这些"顺民"和"投诚者"越来越多，池贵义手下能指挥的队伍也日益壮大，当年是一兵一卒、单打独斗，现在已是雄兵百万。相反，那些见了困难就沮丧、躲闪的人，便没有机会"招兵买马"，同样干了许多年，仍然是"孤家寡人"。原来，世上万物都是有情绪的。喜者愈喜，悲者愈悲——人与人，就这样分出差别来。

可是，谁能想到，池贵义所有笑容都结在"笨"的枝头。

笨就要有个好态度。笨就要虚心学。笨就要加劲干。技校毕业后，池贵义在徒工的位置上干得风生水起，现在管 11 个生产班 380 多人，荣获沈阳市百千万技能大赛技术标兵、沈阳市劳动模范、辽宁省十大杰出青年等称号。

1999 年考入沈阳丰田金杯技校，班主任看池贵义老实厚道，问他："你能当班长不？"

池贵义犹豫一下："我以前当过劳动委员，没当过班长。"

"你先试试吧。"

当班长要加分，对分配工作有用。

个别同学有意见："他学习不是最好的，凭什么让他当班长？"

池贵义知道自己笨，便用足了笨方法，什么事都想在先，干在前。好事往后让，麻烦事向前抢，将班级管理得井井有条。

试了一段时间，班主任向各科任老师征求意见，老师们异口同声地赞扬："这孩子挺好的。""不错啊，这班长选得好。""池贵义做事准成。"

池贵义的追求贯穿四季，即便在寒冬也怀揣烈火，期待着跟一支火柴约会。

刚分配到华晨中华公司车身车间，没什么活，师傅石阿明让池贵义他们先休息。池贵义问："人家焊工都干活了，我们什么时候开干？"

"等着吧，东西还没到呢。"

有的同学急了，对池贵义说："待着还不好？"

"待着能学到手艺吗？"池贵义反问。

池贵义要笨鸟先飞，便问石阿明师傅："钣金是什么东西？"

"就像在外边敲炉筒子。"

"汽车还有炉筒子吗？"

师傅笑了："打个比方，就是这个意思。"

毕业后一起来的同学也笑话池贵义，师傅让干啥就干啥，用得着问东问西吗？池贵义笑了笑，照旧问。新分来12个人，分3个小组。师傅向池贵义分配了任务："这些工具归你管。"

"好，我一定管好。"池贵义说，"我是笨人，别人不愿意干的活就交给我，我干。"

成功的路上没有人会叫你起床，也没有人为你埋单，你需要自我管理、自我约束、自我学习、自我成长、自我突破。

干钣金活分手感和目视、修理缺陷，用钩子挑、砸，对坑包进行初磨，精磨得更加光滑，最后检查这五个步骤，池贵义一边背诵要领口诀一边干。无论走到哪儿，都戴上线手套练习手摸功，反反复复找手感。每一次摸都一样，每一次摸又都不一样，因为要把手上的微妙感觉传递到内心，再把内心的微妙体会传感到手上。池贵义像着了魔，见到能练手的就摸，哪怕坐公交车，他也在练习摸功。

这种技能貌似简单，却要建立在丰富的实践上。即使科技如此先进的德国宝马汽车，这个工艺也仍在延续，连最先进的机器人都干不了。开始觉得这是非常简单的活，实际很难。五指并拢，手指肚与手掌形成空弧，仅靠手指肚和后手掌微妙的感觉来体会。手的末端信号若纤细藤蔓般的营养电流，触发心中感觉的花儿在刹那间怒放。有时摸感差，恨不能摘掉手套。绝对不行。手上有汗，容易上锈。

"笨人"池贵义的摸功腾地跃出水面：他的手是眼睛，是卡尺，也是精确的验算器。经他摸过的产品、校正的活，检测仪兴奋，师傅放心，同行羡慕。

有目标的人睡不着，没目标的人睡不醒，努力才是人生的应有态度，睁开眼就是新的开始。

池贵义的工作热情若激情萌发的春枝，无风也舞蹈。只要有他在，工作的静湖便浪花奔腾。他激情昂奋地提出来，要和大家比着修件，这些德国进口件穿越浩瀚的大洋走水路过来，扛不住浪峰浪谷的折磨，撞出许多坑包。

"练手的机会来啦！""笨人"池贵义兴奋了。别人修一个，池贵义修两个。别人修两个，池贵义修三个。这不光是速度快慢的问题，还要优质在先。如果手感差，诊断坑凹不准，或者修理有误差，则不予过关。

师傅夸池贵义干得又好又快，池贵义憨厚地笑笑。工友们也对他刮目相看，总说自己笨的池贵义，怎么突然灵起来啦？

若把平常活比作潺潺的小溪，推焊机磨机件则是奔腾莫测的大海。这活儿噪声刺耳、灰飞尘扬、危险连连，焊机在高速转动中火花四射，又脏又累，没人爱干。池贵义又乐了，嘿嘿，这又是难得的练手机会！

池贵义一直觉得自己笨，手不闲，脑袋也不能闲，人家不爱干的活他抢着干，把所有的活都看成练手机会。不知不觉中，"笨人"池贵义已经倍受瞩目。

2010年，红的黄的橙的秋叶纷纷飘落。似乎半空中有多位点彩画家同时激情挥毫，一夜之间，工厂前的空地五彩缤纷，异常优美。

没人欣赏这瑰丽的秋景，数十双眼睛紧紧盯着眼前的车门。中华V5型车刚刚上线，车门不匹配，门靠不严。一批车四五十台啊！领导在车前转来转去："这可怎么办？前门和后门不在一个水平线上！"

车间主任更是心急如焚，如果修不好，造成生产件报废，损失就大了，车间担不起这个责任。如果误了生产进度，车间更是担当不起。

许多技工争相上手，又沮丧地退了下来。

厂长对车间主任说："叫池贵义来，让他看看。"

池贵义仔细看了看，手像听诊器那样摸了摸："我有办法，能弄。"

"怎么办？"车间主任问。

"用锤敲，能敲过来。"

"那可不行！"车间主任说，"肯定会敲坏的！"

"放心吧，"池贵义说，"我用木锤敲。"

把铁锤换成木锤，看似很简单的工具问题，里面也有复杂的技术含量。工艺道理非常简单，把凹进去的敲平了，把鼓出来的敲回去，谁都懂。可是，一上手才知道，理论离实践相距十万八千里，让道理化成合格的要求，太难了！轻重、角度、力量实虚、劲儿长短，特别简单也特别复杂。

见池贵义敲得得心应手，锤落锤起似弹琴，坑包十分听话，该缩的缩，该鼓的鼓，"熨斗"过处，眼前的丘壑立刻一马平川。徒弟们兴奋了，模仿师傅池贵义去敲，却唱出"蹩脚戏"——要么敲不到位，要么敲进去了。

车与车很近，一个挨一个，却各有各的日月星辰。在工厂皇宫，手艺才是正殿，工种只不过是偏殿。

同样的木锤，在池贵义手里则成了绣花针，伴随欢快节奏的"音乐声"，眼前不规则的地方依次恢复标准，令人惊喜。仿佛眼前不是坚硬的特殊钢板，而是柔软的橡皮泥，想怎么捏就怎么捏，想要什么造型就有什么造型。车门钢板上，刚才还是恶浪汹涌，转瞬间风平浪静，奔腾的恶浪成了平湖镜面……

"笨人"池贵义总爱笨思笨想。凡是他看到的东西，都要过一遍脑子，琢磨琢磨。他的眼睛仿佛是专门为纠错而生的，常常能在人们不注意的地方发现问题。

喜欢花的人是要去摘花的，而爱花的人则去给花浇水。

这天，池贵义的眼睛死死盯住了新型中华 H530 型生产车间。件在生产线上装，空筐把件推过去，装满焊件再推回来，焊机要来来回回推，影响效率。

"为什么不在一起焊呢？"池贵义问。

"车型不一样，东西没地方放。"

"这样来回推，太耽误事了！"

池贵义研究了几种方法，都行不通。

其中一个障碍点便是，夹具是死的，分量太重，不能来回动。

"笨人"池贵义仍然不放弃，他相信，任何困难都能找到新出口，这个也不例外。果然，他又想出新思路：如果在夹具下安上轱辘，轱辘干活时锁死，干完活再松开，比来回推料筐省劲，也节省时间。

池贵义设计了图纸，给主管迟国华大姐看。迟国华琢磨一会儿说：

"你这个方案不错，来回推的问题解决了。但也有新的问题，钳焊用不了。"

"钳焊能不能通用？"

"不行，车型不一样。"

这条路走不通，池贵义仍不放弃，他相信"笨人有笨招"，多寻几条路，不定哪条路就通了。又一个灵感火花被他擦亮：原来一个焊钳，如果我在机器上挂两个焊钳，不就解决问题了！池贵义为自己的又一个"笨招"而高兴，要着手实施。

池贵义清楚，这是多余的活。领导没让这么干，谁来干这额外的活？

"笨人"池贵义有的是"笨招"，他自己买了两盒烟送给计算专家："哥，帮算一下吧。"

人家也明白，池贵义用个人人情干公家的活，精神可嘉，实在不好意思拒绝。

活干完了，池贵义的新要求又向前迈了一步："还有活呢。夹线下要加个辘轳，还要焊上背板，打上螺母。"

"夹具太沉了，整不了。"

"哥，还得弄。"池贵义笑了笑说。

人家犹豫干还是不干，池贵义好话说个不停。面对这样一位一心为工厂着想，比干自己家活还上心的人，谁好意思拒绝呢？

池贵义再次去找迟国华："大姐，这样焊行不？"

迟国华回答："可以。但要焊结实了，别掉下来。"

"没问题的。"池贵义说，"焊死了不行，用螺母拧，坏了好修。"

设备做好了，再也不用来回推，多种车型用同一台焊机，省时又省力。大家交口称赞："这么复杂的东西，原本是工程专家干的活，跟池贵义不挨着。"

工艺主管推广了这个技术，生产效能大幅度提高。

湿泥路不好走，却能留下深深的脚印。

2007年，"笨人"池贵义又开始他的"笨思考"：自动化生产线白车的流水化速度能不能再快些？

一台车接一台车走，每台车间隔停顿时间为5秒钟。18个工位，有18台白车在走。因为每台都要停，都耽误5秒钟，台数多，一天要耽误十几台车，影响产能。

池贵义发现了症结所在：站位上有感应开关控制着，车每5秒蹿出去一台。

池贵义想，不能让它停啊！如果一天少生产三五台车，日积月累，少生产很多台呢！

这个"笨想法"有点"犯上作乱"。这是现成的外国生产线，人家就是这么设计的。技校毕业的池贵义想这样高难的问题，犹如没翅膀的想上天，太不靠谱。再说，这完全超出池贵义的工作范围，不归他管。况且他资质不够。更重要的是，这是成熟的生产线，没人提出异议，也没有人认为这是什么毛病。

"笨人"池贵义心里长草了，脑海里总是浮现流水线上白车停顿的情景，挥之不去。"毛病，这肯定是个不小的毛病！无论是谁设计的，这毛病都要改。"

池贵义跟生产线上的班长探讨："如果把这东西往前挪一米，会有什么后果呢？"

"不行。"班长说，"前边的转数同后边的转数不同步，前边停5秒，后边停3秒。由于它们不同步，形成时间差，时间长了皮带受不了，会损坏设备。"

"如果挪半米呢？"

"半米也不行。"

池贵义不死心，又去请教专家。专家果决地回答："不行，一点也不能挪。这是电脑控制的生产线，你一挪就全乱套了！"

按说，班长和专家都否决，这件事应该放下了。但，这显然不符合"笨人"池贵义的性格。另一个数字从池贵义的脑袋里反复出现：哪怕一天多生产3台车，一个月就增加五六十台啊！

池贵义坐在那里瞅，越瞅越觉得停那5秒不顺眼。池贵义盯紧了那条转动的皮带。一个滚床5个轮，靠皮带带着向下转。如果把皮带摘下一根，它就不转了。

池贵义想，自己设计好机械部分，电脑程序问题再找电脑专家解决。

人的才华就像海绵里的水，没外力挤压是流不出来的。流出来倒出空间才能吸收新的成分。

一连许多天，池贵义睡不好吃不好，反复用"笨招"思考，再反复往坏处想，一定要守住底线。自己认为路数成熟了，便认真地写个材料，交给车间主任。

车间主任很纠结："能解决得了吗？我自己倒是支持你，怕是……"

"我想好了怎么办，"池贵义说，"请你们配合我，出事了，我担着！"

车间主任知道，真的出事，自己也脱不了干系。但他也有股子改革的冲劲，不喜欢循规蹈矩，没有担当。车间主任更加相信池贵义，决定支持这项革新。

工友们也紧张起来："能行吗？别整出事来。"

"出事了我担着！"池贵义很有把握的样子，"我反复想过，没什么大不了的，肯定不会弄坏程序，实在不行再安上。"

2006年春天，工艺员董玉梅突然找到他，"小池子，你帮我看两个图，"她指着图纸，"你知道这是哪儿不？"

池贵义马上回答："这个是灯罩，这个图是厚地板的左侧。"

"你怎么知道得这么清楚？"

"我都毕业五年了，这图能看懂。"

池贵义相信，以前的革新成功了，这次也一定能成功。

池贵义利用中午一个多小时的休息时间，在几名徒弟的协助下，按照革新设计，处理了感应开关。把前一米掏空了，把皮带摘下，使局部不转、单控，其他部位照常运转。调整完再试验，第一台白车往前走，后边的车一个一个跟着走，不停了。这种革新，不耽误整体运转，第一天增加产量5台。

车间主任看了很兴奋："好！太好了！"

设备主任看后表态："没问题，不影响程序。"

"笨人"池贵义的钻研精神不胫而走，好多单位都来挖他。好朋友也劝他："你出去得了，多挣不少呢。"

池贵义说："华晨像自己的家一样，我不能走。我上技校就奔华晨来，华晨培养我这么多年，我不能忘本。"

"大哥，你这样做，是不是有点傻啊？"

"傻就傻吧，"池贵义说，"我自己感到很幸福很快乐，这就够了。"

我采访的时候，池贵义一直在笑。眼睛笑，眉毛笑，嘴笑，连他的鼻子和头发似乎都在笑。我问他为什么这样高兴，池贵义向我揭开谜底："我都结婚八年了，一直没孩子。老婆刚刚生了孩子，能不高兴？"

一周后，工艺员董玉梅找到池贵义："我们需要干活好的，到埃及去。我向领导推荐你了。"

单位在埃及开罗有个分厂，加工宝马汽车配件。池贵义当然愿意去，以普通工人的身份出国不容易，现在突然轮到自己，池贵义非常高兴。可池贵义也有顾虑："我一点英语不会，能行吗？"

"你干好活就行。"

到埃及后，池贵义和工友们住在酒店，酒店周围是无边无际的沙漠。沙尘暴疯狂卷起，像一张立起的黑被接天盖地扑过来，滚滚烟尘四外炸开、翻卷，很吓人。当时埃及的治安也不好，街上每50米远就有一个警察。

施工中卡壳了：工友们带去的钉枪是大头的，而埃及工厂的钉子却是小头的，不配套。大头钉枪外部直径大，找不准位置。工序一道接一道，因为这个误了下道工序，大伙蒙了。这是在子弹乱飞的埃及，这是在没地方买工具的埃及，怎么办？

99

埃及的沙尘暴和天空中偶尔划过的子弹让人们焦虑，更让人焦虑的是眼前的施工困难。前者是外国人的事，后者却是迫在眉睫的"中国难题"。

董玉梅急得满脸是汗："快让小池看看。"

池贵义琢磨一会儿，用铁管焊个套头装上，问题迎刃而解。

大家向池贵义竖起大拇指，池贵义憨厚地笑了笑："我这'笨'人，只能想个笨招。"

在埃及工厂，池贵义解决类似的难题有四五个。

汽车科技日新月异，面对随时出现的新考题，池贵义仍然笑容灿烂，他相信，只有回不了的过去，没有到达不了的明天。

第三章 "乾坤"掌中握

一家好吃的饭店,能拴住全城人的胃。

一家好的生产肉类食品的企业,则吸引全国人的味蕾。

面向农业,面向科技,面向人类健康的辽宁禾丰牧业股份有限公司,从做饲料起步,叩开畜牧业养殖饲料供给的大门,领略了全球饲料业的无限风光。

禾丰没有停下快速攀登的脚步,在短短十几年内,他们的肉鸡饲养和加工产品后来居上,问鼎全国该产业。

在中国,每吃10只鸡,就有一只来自禾丰。

雄伟壮阔的产量规模,只是"新款飞行器"的一只翅膀,另一只翅膀则是经受消费者挑剔式考验的优良质地。

禾丰一直高举绿色食品的大旗,坚持健康至上,敬畏生命,编织了很多道严格把守饲料品质关的绳索,一再勒紧,视"放心食品"四个字为企业的生命、最高贵的勋章,把它别在自己的胸口,别在老百姓的口碑上。

我这样形容,读者朋友可能嫌我说得太笼统,仿佛远望辽阔原野上的鲜花,看不到它们的茎根扎在什么样的土壤上。好,现在,我们索性走近鲜花,弯下腰,扒开地皮,看看它们的土壤:

"禾丰"商标是中国驰名商标,为沈阳、辽宁唯一的中国民营百强企业,现为中国饲料工业协会副会长单位,全国饲料行业领军企业,主板上市百强公司，稳坐东北同类企业第一把交椅。

禾丰公司成立20周年，数百名国内外学者、专家兴奋地发来祝词并光临现场，现摘录几条。

时任国务院研究室农村经济研究司司长、中国饲料工业协会常务副会长兼秘书长李希荣："……我见证了禾丰牧业20年的成长与进步，见证了禾丰牧业为我国饲料工业和畜牧业发展做出的杰出贡献，对此我感到由衷敬意。我深为你们大胆的创业精神、精诚合作态度、现代经营意识、以人为本的理念和天下为公的境界感到敬佩，也为禾丰取得的业绩和你们的人生价值的实现而喜悦和骄傲。禾丰牧业20年，已成为行业中的佼佼者，可喜可贺！"

中国工程院院士、中国海洋大学博士生导师、长江学者麦康森："禾丰20载峥嵘岁月，不懈奋斗，创造民族品牌，再铸环球伟业。"

巴斯夫亚太地区动物营养部副总监柯瑞博："我在动物营养业已经从业30多年，曾任职于全球许多公司，我经常和别人提及，在我合作的过程中，禾丰是运营管理最专业化的公司之一。"

截至2019年年底，禾丰牧业旗下已拥有160余家企业，2019年度禾丰归属于上市公司股东的净利润超过11.2亿元，同比实现102%的增长，营业收入以及利润实现上市以来的五连增。在辽宁省举办的品牌价值评审活动中，以961分（千分制）成为品牌强度最优成绩获得者，荣膺辽宁省畜牧业科技贡献一等奖。

辽宁禾丰牧业股份有限公司董事长金卫东为国家万人计划科技创业领军人才。25年商海打拼，金卫东率领高知型精英团队脚踏实地，不断奋斗、创新、坚守、开拓，创造了民营企业白手起家、蓬勃发展、健康前行的奇迹。

将团结进行到底

禾丰成立20多年，7个股东现在仍精诚团结，铁板一块，当年的事业计划仍在按部就班地扩大、跃升，当年的火热初心仍在持续升温。大家仍像20多年前那样激情澎湃，那样抱团儿，那样谦和，那样对事业发展豪情满怀、忠心耿耿、大步向前。

在中国，这已经是令人震惊的奇迹！中国的企业，平均寿命两年半，集团公司平均寿命七至八年。中国每天新注册企业近400万个，95%会在18个月内消亡。这样一个泱泱大国，企业如原上草那样密集，像竞争的树叶那样向上招摇，死和生都是常态。企业的生命周期短，能做大做强的企业更寥寥无几。企业短命的根源很多，核心是领导层出了问题。

真格基金创始人提出：合伙人的重要性超过了商业模式和行业选择，比你是否处在风口上更重要。

无数实例证实，企业死亡不是外部的竞争，而是死于内耗。中国有句老话：生意好做，伙计难搭。员工不听话，可以卷铺盖走人，股东不和怎么办？如果公司天天上演"三国演义"，王王争霸中，业绩、利润、积极性，能不大打折扣？

禾丰为什么"老当益壮"？为什么宁静致远？我们常说，"堡垒最容易从内部瓦解"，许多人感慨："工作累不死人，几乎每个人都被单位的'闲事'缠住，累得筋疲力尽。"

同时，另一个问题也浮出水面：如果人人都"闲事"缠身，工作还怎么干？退一步说，身处这样的环境，工作效率和成果要打多大的折扣？

风有向，船有舵，车有方向盘，雁群仗头雁，学生靠导师。我一直深信，小到一个家庭，大到一个单位，领航人一定是关乎正误大局的风向标。

在禾丰，多位受访者向我说着同一句话："历史不能假设。假如没有金卫东领头，大家早就分开了。"

金卫东像保卫生命一样保卫团结，保卫团结环境，保卫团结的大走势。

1997年，与金卫东在大学住上下铺的丁云峰去禾丰吉林分公司当总经理，行业内有人疯传："金卫东和丁云峰分开了！"

企业弱小，经不起这样的风言风语。

招兵买马、拓业发展时代，靠近的在"添砖加瓦"，离开的可能"撤火减柴"。"近"与"离"的瞬间，犹如脚步"迈"还是"停"，向前还是后退。金卫东清楚，要像爱护眼珠一样爱护团结，提升凝聚力。金卫东连忙给丁云峰打电话："你赶紧回来一趟，请行业的人吃顿饭。大家都说咱俩闹崩了，咱还不能直说。"

在酒宴上，金卫东敬酒道："禾丰发展这样快，有两条最重要：第一，知识就是力量；第二，团结就是力量。"

企业的短板，表面是财务状况，骨子里是内耗。外边是打不倒的。企业由盛到衰，最重要的不是水平、能力，也不是科学管理，更不是超前的产品，而是各揣心腹事。许多企业干不成事，这是主因。一些企业能干成事，但他们干不长，争权夺势，分崩离析，个个都算自己的账，都想当老板，都想把自己的私欲最大化。

套用列夫·托尔斯泰的话便是：长寿的企业总是相似的，短命的企业各有各的不幸。尽管失败的因素五花八门，但有一点是相同的，那就是因利益和职务而内耗。或者一哄而散，或者分崩离析，或者化友为敌，或者各干各的。在禾丰公司，我还看到另外一种美丽风景，高层们中层们不为职务而争斗，底层职员从不为职位和奖金而争。谁也不能脱俗，职务和奖金是人工作和生存的重要内驱力。那么，只有一个企业树立凛凛正气，那些见风使舵的人没有市场，唯利是图的人没有市场，送礼行贿的人没有市场，才是确保正义公平的大前提，也是一个单位风清气正的重要保障和坚强后盾。

金卫东率领他的团队营造了自己的小氛围，污浊之物一概拒之门外。也是达尔文进化论的"升级版"——不是简单的适者生存，而是自己营造了"清洁版"生存环境。你带着污染来，就要主动清污、主动纠错适应这里，否则你就出局。相反，如果你适应了这里的环境，抵制住负能量，愿意与禾丰荣辱与共、砥砺前行，你也就成为建设禾丰、简化人生的幸运儿。其实，谁都喜欢简化人生、简化办事，却往往坠入给他人"出难题"的怪圈。人人有话不直说，人人办事"弯弯绕"，这个世界就没有直路可走，没有近路可走。在禾丰，大家都直来直去，反而一切都简单了。

我采访时，不少中层干部和一线职工都说着类似的话："在禾丰工作不累心。"

"好好干就行，至于升职和涨工资，想都不用想。各个岗位都有责任制，或者量化指标，升不升职涨不涨工资，都在于自己。"

"一级一级都这样，不用跑官，谁也不给谁送礼。"

自己干得出色与否，升职与收入全在于自己。

社会有热暴力，也有冷暴力。禾丰人人平等、拒绝暴力，这就是最大的吸引力。

禾丰公司成立20多年，高层7位持股人精诚团结，仍然铁板一块，中层和员工也热爱自己的公司，年均跳槽还不到1%。这个小小的数字是令业内人吃惊的晴雨表，反衬出企业的巨大魅力和持续发展的后劲。

金卫东高度重视企业文化，因为他深知，这是引领企业发展的舵。

在禾丰，企业文化不是摆在墙上、锁在抽屉里的纸张，也不是说在嘴上与实际两层皮、赶时髦的话题，而是融入血液和思想灵魂里的人生方向标。

金卫东向来坚持一个观点："那些在人类各个领域做出突出贡献的成功者，都是道德高尚的人。"

崇尚"道德至上"，则是企业文化的核心。心正了步子才正，步子正了才不迷航，不迷航才不走错路。禾丰团队的这个魅力，成为强大的吸引力，使得合作伙伴增多，国内的合作厂家星罗棋布，1500多家分厂撑起禾丰脊梁，上市公司全线飘红，国外还有十多家备受"一带一路"沿线国家欢迎、机理蓬勃的分厂。上游供货商有强劲的内生动力，下游用户也有强劲的内生动力。这种表面上我们常见的品名、价格、质量、交割等芽苗，实际上是长在道德和诚信之根上。没有后者，前者"都是一把烂牌"。

金卫东能把一个民营企业治理得干干净净，营造出一个未被污染、似"月亮般晶莹剔透"的净湖，应该引起企业家、社会学家、法学家、哲学家、教育家、史学家、作家、文化学者、新闻专家等关注并深入挖掘、精心总结，这已经远远超出企业的范畴。应该把禾丰企业团队的价值体系和文化传播体系推向更广阔领域的社会，让这样馨芳沁肺、一眼见底的清流产生更大的影响。

2001年，北京三元禾丰分公司成立，因为跟三元合作压力很大，难度也很大，金卫东经过再三权衡和考虑，做出一个出乎所有人意料的决定：他提出辞去集团总裁的职务，只担任三元公司总经理。

上行下效，2002年，担任集团总裁的丁云峰主动辞去集团总裁职务，到刚刚成立的上海分公司去创业。

担任集团总裁11年的王凤久主动辞去总裁职务，到朝阳北票，任辽宁禾丰实业有限公司总经理。

集团监事长王仲涛，同样在大连禾丰公司创业时，主动提出辞职离开省城，到大连分公司去打拼。

大家把个人利益看得很淡，着眼全局，把公司的整体发展放在首位，这已经是一种传承，并形成一种风气，最优秀的人到一线去冲锋陷阵，建功立业。

现在，高管都以公司的长远大计为重，着眼战略培养，进行公司人事布局，元老主动退居二线，纷纷把权力让位给年富力强的年轻人。

即便我们不提道德，不提修养，也不提站位和格局，仅就现在挂在嘴上的"担当"来说，又有多少人做得到？

担当不一定都要豁出性命，也不一定惊天动地，在日常工作和生活当中，担当可能就是鸡毛蒜皮，甚至是琐碎的细节和温和的善良。

在金卫东看来，担当要贯穿人生全程，包括喝酒。

金卫东早年的酒量一般般，喝点酒就"大红灯笼高高挂"。除了酒量小，金卫东每次喝酒都要控制酒量，别误事。大家共事多年，金卫东从不因酒失态。

禾丰的团队激情澎湃，哪怕是喝酒也不甘人下。年龄小的向前冲，能喝的绝不后退，日积月累，喝工作酒压力很大。

2010年，在庆祝禾丰公司成立15周年时，金卫东动情地说："这十多年你们喝酒的压力很大，喝得太多了。你们把一辈子酒都喝完了，身体都喝坏了。过去我喝得少，这么多年，我也锻炼出来了，从今往后，你们少喝一点，我多喝一点。这回轮到我了，我往上冲。"

金卫东又破例了，集团公司的董事长，居然成了"喝酒先锋"，再陪客人喝酒，金卫东回回往前抢，"打主攻"，看那豪放的架势，似乎要把所有的难题一饮而尽。

让"软文化"成为"硬实力"

有才华有梦想非常重要，比这更重要的是要有实现梦想的文化本领。过目不忘、博闻强记的金卫东不光天赋好，又勤奋好学。

让过去过去，未来才会到来。无论过去的牌多好或多坏，都是过去的事情；眼下握着什么牌，尽力打好它便是。

43岁那年，金卫东把常年束之高阁的英语训练出来，原来只是听，现在口语流利，写得规范，运用自如。因为与荷兰德赫斯公司合作，金卫东下了番苦功夫。

德赫斯董事长赞扬道："你们公司的专业化素质很高，股份制材料这么多，没请一个翻译。洽谈生意，你们都能用英语直接对话。我接触了很多中国大公司，这么高水准的团队，我从没见过。"

金卫东说:"我们的外国客户越来越多,必须学好英语。我们出去推销产品,卖的是什么东西,好在哪里,谁能把东西说清楚了,谁就占了先机。卖东西你说清楚了不一定行,你说不清楚肯定不行。"

在总经理会上,金卫东提问:"'油'是什么?要用专业术语回答。"

回答不出来,站着。

其实,当初金卫东号召学英语,大家是有抵触情绪的。公司开会,别人的材料全是中英文对照,只有金卫东的材料全是英文。金卫东不知道真相,还夸大家:"大家进步很快,我还没看完呢,你们都把见解说出来了。"

每次出门,金卫东都带些书,在旅途中学习。数学、理化,尤其要学好基础学科,熟练掌握生物化学和有机化学。

中国饲料协会成员单位到欧洲考察,金卫东发了英文宣传册,用英文当场给有合作可能的公司写信,现场用英语交流,给人留下深刻的印象。

政治是暂时的,经济是长远的,文化是永恒的。

2004年,跟荷兰伙伴合作,金卫东讲欧洲历史,讲印度教,特别是能熟练而准确地讲荷兰历史,令德赫斯公司的合作伙伴惊喜而钦佩。

同荷兰德赫斯的相识,首先缘于金卫东给德赫斯写的一封表达希望更多接触交流的英文信。此后两家公司的相互考察交流完全用英语。两个公司都从未请过翻译,完全是公司的管理者自身交流。禾丰方面,邵彩梅博士、王振勇博士、人力资源总监赵文馨、财务总监张文良等核心管理者英文都非常好,在技术、管理、财务等方面都是金卫东的得力帮手。同德赫斯合资十多年来,董事会官方语言是中英文,考虑让荷方董事更多了解公司的信息,金卫东总是尽可能多讲英语,不会使外方觉得不舒服、不自在。诸如此类细节的考虑还有很多,这些工作都有效促进了距离遥远、文化迥异的两个公司愉快而成功地合作。

真本事不是说出来的,而是做出来的。一次金卫东走访客户,开豪车的两口子客户没心思跟金卫东合作了，他们的孩子即将高考，被卡在一道数学难题门槛上，止步不前。两口子话不投机，竟然因此激烈地吵了起来。

金卫东拿过教材，左突右冲，很快把题做了出来，并给孩子清晰地分析、总结了运算规律。两口子不禁惊喜、羡慕、钦佩，笑靥灿烂如花，当即成为禾丰饲料的不二用户，成为金卫东的铁杆粉丝。

文化不是一个民族的花边而是筋骨血肉，它是土地的呐喊，是奔腾的河流，是咆哮的大海。

金卫东在《成功事业中的个人要素》中写道："成功的事业对知识的要求非常高。就我个人而言，从事禾丰事业过程中，给我最多受益的是我的专业知识和从小到大所受的教育。"

数学告诉我们要有严密的逻辑推理；概率论告诉我们做任何事情要从最大的可能性出发。另外，很重要的一点，要用变化的态度对待变化的情况，用最佳的方法判断对方的变动，来以变制变，这就是所谓的博弈论。

物理学是告诉我们物质运动基本规律的科学，包括力学三要素、热力学的各项定律、光学的波粒二项性等。

化学告诉我们物质的基本本质。对饲料工业而言，化学非常重要。有人向禾丰推销金属螯合物添加剂，被金卫东驳回：化学知识告诉我们，螯合物靠配位键结合。配位键的形成条件是一方分子外面有孤对电子，另一方分子外面有空轨道，只有这种结构的物质之间才能形成配位键。而对方所谓的金属螯合物，分子结构决定了它不可能形成配位键，怎么可能是金属螯合物呢？

一位在行业内威震一方的台湾地区大老板，曾是当时世界三大动物营养公司之一的中华区总经理。以前与金卫东互不相识，他到沈阳与金卫东洽谈时，谈话几次被金卫东接的电话打断，傲气的大老板顿时恼火："金先生，你可不可以给我一个完整的时间，你的时间是宝贵的，我的时间也是宝贵的。""那好吧，你需要多少时间？""半个小时。""好！如果半个小时之内你能讲清你的产品，我就接受；如果讲不清那就请你走人。""没问题！"

金卫东把手表摘下来，放在桌上计时。

台湾地区老板介绍他的产品催化剂，金卫东基本上认同，但也不是没有质疑："第一，达尔文讲物竞天择，适者生存。按照你的说法是猪长错了，该有胃酸的时候没有胃酸，还得另加添加剂。但究竟是猪错了，还是我们没有正确认识猪？如果是猪错了，这种动物不应该活到今天，不应该有这么大的种群。第二，如果添加酸化剂，胃的pH值下降了，但是胃有贲门和幽门，幽门有化学感受器，当胃酸分泌到一定程度，幽门就开放了，胃内容物进到肠道里进行继续消化。但如果添加酸化剂，胃还没有来得及消化，幽门一看胃内容物是酸性的，马上开了，失去了胃消化的过程，食物从胃里直接到了小肠，怎么能帮助胃消化呢？第三，到肠里更麻烦了，肠里主要的酶是胰蛋白酶、糜蛋白酶和胰脂肪酶，这3种酶活性最高时都是在中性偏碱的状态下，酸化物进入小肠道以后，小肠pH值变为酸性，这些消化酶就不能发挥作用了，又破坏了肠消化。你的产品第一违背达尔文的基本进化原则，第二破坏了胃消化，第三破坏了肠消化，怎么能好呢？请解释一下。"

高傲的大老板立时满脸通红，想了半天没有结果，他有些拘束地站起来说："在下才疏学浅，对不起，打扰了，我告辞了。但我在一个月内给你报告。"起身要走时，金卫东低头看了看他送的名片，才知道是这位大名鼎鼎的老前辈，赶紧说："先生请留步，原来是您，非常抱歉。"

"不，是我要向您道歉，请不要因为我是谁而接受我，我的确感到今天理屈词穷，没有回答你的问题，但一个月内会请专家给出答案。"

在一个月内，金卫东先后收到两份他寄来回答上述问题的英文报告。他担心金卫东收不到，先后两次寄来同样的报告。

如果你足够优秀，欣赏你的人无处不在。只要你是天鹅蛋，就是生在养鸡场也没有什么关系。

1991年，金卫东尚在深圳的一家外企打工，七八个销售员刚下飞机，不仅老板到机场来了，老板的老板也来了，大家同坐一辆车回公司。

这位老板的老板为台湾地区东吴大学教授，为集团里公认的大才子。他热情地跟大家打招呼："各位才俊都是哪里人士啊？"

"我是辽宁的。"金卫东说。

"啊，辽宁人，东北白山黑水，林海雪原。不过你们那里过去很难出才子，你们那里如果谁考上了秀才，考上了状元，就被称作'破天荒'。"

再小的个子，也能给沙漠留下长长的身影；再小的人物，也能让历史吐出重重的叹息。金卫东听了这话觉得人家说得有一定道理，但也为教授的口气而不舒服。

途中，大才子老板不知是为了排遣时间，还是故意要考考这些推销员，问道："各位，有一首诗我只记得下半句，上半句想不起来了，哪位能否指点一下，'恨不相逢未嫁时'，上句是什么？"

"还君明珠双泪垂。"金卫东答。

"哎，厉害，厉害，东北人不错嘛！晚上到我的办公室论论道，好不好？"

金卫东毫不客气："好啊！"

"你知道什么是道吗？""我知道。""那你说说什么是道。""说不出来。""为什么呢？"金卫东用《道德经》作答："道可道，非常道。""哎呀！高高高，你是真懂啊！"

2006年12月，金卫东随沈阳市政府科技局代表团出国。人称"大才子"的时任沈阳科技局局长宋铁瑜向来"一言堂"，因为他古今中外无所不通，表述准确，没人对得上下联。

团中有人这样评价宋江："宋江文武都不行，怎么还选他当头呢？"

宋铁瑜当即反驳道："宋江的文还是不错的。书中，宋江在发配途中，有次醉酒后写的诗非常好，'心在山东身在吴，飘蓬江海漫嗟吁。他时若遂凌云志，敢笑黄巢不丈夫。'"

金卫东稍加思索，马上说出宋江的一首词："自幼曾攻经史，长成亦有权谋。恰如猛虎卧荒丘，潜伏爪牙忍受。不幸刺文双颊，那堪配在江州。他年若得报冤仇，血染浔阳江口。"

宋铁瑜当即对金卫东刮目相看，考问道："浔阳是哪儿？江州又在何处？"

"浔阳就是江州，实际是今天的江西九江。"

"有何为证？"

"有江州司马白居易《琵琶行》为证。"

宋铁瑜格外兴奋，故意"节外生枝"："能背《琵琶行》吗？"

"就当途中消遣吧。'浔阳江头夜送客，枫叶荻花秋瑟瑟。主人下马客在船，举酒欲饮无管弦。……'"

金卫东流利地背诵了整首诗。

金卫东本科毕业以优异的成绩考上研究生，在读研期间荣获国家首批自然科学基金奖等荣誉。他的博学更表现在他对不同学科、不同门类知识的领悟和应用能力上，不仅在数学、物理、化学方面造诣很深，在文学、历史、地理、哲学方面也似专业人士。他同清华博士谈环保科学游刃有余，同北大经济学家讨论世界经济见解独到，同生物学家争论动物疾病理直气壮，同作家诗人对句写诗也能妙语连珠。

1993年，在吉林延边种畜场，金卫东现场调整配方，做技术交流，得到技术人员的高度认可与尊敬。金卫东的才干学识给李美花等技术人员留下深刻美好的印象，禾丰成立以后，李美花力荐其爱人金虎到禾丰工作，至今金虎已加盟禾丰10年，在朝鲜、尼泊尔奋战拼搏，为禾丰开拓国际事业立下汗马功劳。

1992年，金卫东到吉林盛大公司销售，业务谈得非常成功，席间他一首完整的《将进酒》给李盛学老总及其他管理者留下深刻美好印象，大家都喝了好多杯酒，促进了长久合作。在以后的无数个销售或是各种会议等场合，金卫东每每都会有非常精彩的令人难忘的展现，常常出口成章、妙语连珠，令人惊叹不已。

他扑在书籍上，就像饥饿的人扑在面包上。

《三国演义》《水浒》中那些人物的名、字、拿的什么武器，金卫东都如数家珍。金卫东本科读的兽医，硕士攻读的生理生化专业，在本专业领域有所专长并不为奇，难得的是他知识的广度与深度非常人所及，天文地理、人文哲学、政经历史等可谓博古通今，总给人无所不会的印象与慨叹。与别人一起唱歌，一些经典歌曲谁要是忘词了，他也会提示，何时自己想要清唱一首可以信手拈来。但天赋再高，不学习也会退步。金卫东恰恰是刻苦学习、手不释卷之人。刚下海的那些年火车上时常无座，即使人挨人站着也要看书，他去洗手间都常常带着书报进去。

阅读的最大理由就是摆脱平庸，早一天阅读就多一份人生的精彩，迟一天阅读就多一天平庸的困扰。

无论多么繁忙劳碌，金卫东从未停止过读书学习。每一本书都是一个用黑字印在白纸上的灵魂，只要眼睛、理智接触了它，它就活起来了。

有一次金卫东在西安机场因专注读书，竟没有听到机场反复召唤他的名字而错过了那班飞机。最近他向禾丰管理者推荐阅读十余本新书或经典著作，凡推荐之书必是金卫东已先读过而后为管理者做出的选择。"博学而不穷，笃行而不倦"是对金卫东常年学习工作情景的最好诠释。

如果说，没有智慧的头脑，就像没有蜡烛的灯笼，那么，不学习的人生，可否形容为灯笼中没有点燃的蜡烛？

黑龙江八一农垦大学校长包军教授，2000年参加禾丰成立5周年庆典时，金卫东在40多名博士和博士生导师参加的"名企、名家、名流"座谈会上发言时说："我觉得禾丰一定有美好的前途，因为禾丰是一个有文化的公司，文明是可以学习的，技术是可以模仿的，但是文化是别人不能复制的。禾丰的文化，正是禾丰独特的竞争力。"

在金卫东的带领下，禾丰不追求赢利至上，而是将企业文化放在首位。共同的核心价值观和理想信念将大家凝聚在一起。

不要让同事为你干活，而让他们为我们的总目标干活。

1995年4月，金卫东代表意气风发的创业者，在整个公司没有一分钱收入的情况下，在一间临时租来的办公室，发表了意气风发的《禾丰宣言》："禾丰公司立志成为中国饲料行业最优秀的公司，我们以先进的技术、科学的管理、完善的人才配置和为社会服务的决心向全中国畜牧饲料界庄严保证：禾丰公司永远从客户的需要出发，不断开发新产品，决不因循守旧；禾丰公司永远诚实经营；禾丰公司永远以服务社会为宗旨，靠科学技术和创造性劳动来发展自己。"

从此，《禾丰宣言》就一直是禾丰人的核心价值观，是任何重大决策不可逾越的基本原则。那么，禾丰创办企业的目的是什么？起初他们提出：打破外国企业垄断，创民族饲料品牌。但，这不是企业的核心宗旨。禾丰于1995年年底立下"服务于中国畜牧饲料业，节省资源，造福人类社会"的目标。

此后，金卫东又主导加了"促进食品安全"。这些，都是在禾丰创业之初和发展过程中逐渐形成的核心文化。

金卫东提出："我们在商业领域奋斗，道德品质、诚信是成功的第一要素。有经济学家对人类历史上第一批成功的工业企业家历时历程进行研究，最后他们惊奇地发现，这些企业家都是道德高尚、自律能力极强的人。""一个有文化的企业才是独特的企业。""真正的企业文化的核心应该是理念价值观识别系统，这才是最为重要的。"

我在前文说过，禾丰公司没有那么多挂在墙上的制度，也没有出差时制定的一刀切的报销标准，却人人"守土有则"，遵道德的章，守文明的纪。

现在很多公司追求人云亦云的企业文化建设，把企业文化错误地理解为企业的徽标设计、企业的旗帜、企业的标语、企业的口号，这些只能算是视觉识别系统；而强化穿一样的服装，待人接物彬彬有礼，接电话要微笑，等等，也只能是行为识别系统。

仅仅追求表面一致、内心不一致的"面和心不和"，充其量是乌合之众的集合，无异于挂羊头卖狗肉。

金卫东赞同孔子的"君子和而不同，小人同而不和"。

企业文化是"行"的文化,是为员工感受到、认可的并自觉执行的。企业文化能真正为企业服务的关键在于"行",不在于"说",在于企业的每项战略、管理的每个行为,企业内部所有的管理方法是否按照企业文化而做,绝不是说一套做一套。

真正的情,是一生的感动。人生没有无缘无故的在乎,种什么因,得什么果,谁的心里都有一杆秤,只有珍惜和互动,才会天长地久。

金卫东常引用《论语》里的话:其身正,不令而行;其身不正,虽令不从。"我们不要设那么多规章制度,只要每个员工的上级都比下级强,都能给下级做个好榜样,我们的企业就能管好。"

金卫东倡导:"我们的文化是我们事业成功的道德价值观的保证,除了道德价值观以外,企业文化也包括法的部分,就是制度文化。当每个人都能自觉遵从规则时,我们将无往而不胜,一旦超过了这些界线,那个时候即使是实施惩罚,给予鞭笞,对整个事业来说已经造成了破坏,仍然是不好的。"

建立怎样的企业文化,树立怎样的价值观和人生观,大张旗鼓地营造以真善美为核心的道德体系,不仅是企业的生存之本,也是关系到国家经济命脉和国家前途的长远大计。

金卫东从根上抓起,高举正气、正义、正道的核心价值观大旗,营造出不争官、不争利、不争权的良好小环境,让企业文化挑大梁,撑起良性发展一方天。

在禾丰10周年庆典的时候,金卫东说:"10年个性张扬,唇枪舌剑;10年精诚团结,情谊无限。"禾丰的内部不乏争论,但禾丰内部情深谊长。

2018年11月23日,在中国大农业营销年会上,800余位农牧业企业董事长、总裁、营销总监、技术总监齐聚一堂,听金卫东做了题为《基业长青必是文明的和声》的演讲。

德固赛北亚区副总裁(Dr.Torben Madsen)赞扬道:"禾丰的企业文化、使命和价值观吸引和凝聚着无数有才有志之士,发挥各自才能,贯穿同一战略,坚持同一目标,探索可持续发展,共创经济效益和社会效益。禾丰人对事勇于承担,对人以诚相待,对合作一诺千金。在多年的合作中,德固赛和禾丰建立了互信、互助和共赢的战略合作伙伴关系。"

金卫东早就瞄准了世界标准,一定要做全球型企业。禾丰对照所有的诚信文件和国际标准化,最后确定的质量方针就是六个"永远不":永远不采用不合格原料,永远不允许不规范操作,永远不生产不达标产品,永远不允许不合格服务,永远不忽略不满意客户,永远不容忍不完善服务。

禾丰的荷兰合作伙伴在俄罗斯也有投资。在中国投资,德赫斯是小股东,在俄罗斯投资,德赫斯是大股东,占60%股份。他在中国与禾丰投资非常成功,他在俄罗斯投资也比较成功。他们与俄罗斯的合作,虽然是大股东,经常受到挑战乃至"不被尊重"。

交际和沟通往往有着不同的"属性",这跟二者品质优劣无关。大米和汽油都是优质物品,在各自的领域都有响亮的口碑,但把二者放在一起,就是废品。

俄罗斯老板马克西姆非常敬业,带有俄罗斯人的那种强悍、粗犷。马克西姆非常轻视、怠慢荷兰合作伙伴。在他们几近水火不容时,荷兰伙伴就邀请金卫东和他去趟俄罗斯,拜访并协助他缓和与俄罗斯合作伙伴的关系。荷兰伙伴就想告诉他的俄罗斯伙伴,人家禾丰做得这样成功,对我们还这样尊重,人上有人,你看看人家中国人做的企业,人家取得的业绩多么突出!

但是马克西姆目中无人,一行人到达莫斯科郊外机场,没人接机。他们已经到了这个公司楼下,仍然没人迎接。几个人只好上四楼,走到马克西姆的办公室了,他也不出来。

荷兰合作伙伴敲了半天门,马克西姆才在里边喊了一声:"进来!"

金卫东和两个荷兰伙伴推门后居然看到这样的"景观":马克西姆坐在沙发上,把两只穿着大皮鞋的脚放在老板台上,根本没有对大股东起码的尊重和礼节。

  荷兰伙伴介绍了金卫东，介绍了禾丰几十年来的发展，讲了整个过程。俄罗斯人崇拜强者，崇拜英雄，马克西姆逐渐对金卫东有了感觉，但傲慢劲儿仍然挥之不去。

  大转折出现在俄罗斯老板让来客去看他的工厂时，金卫东进工厂看他的设备和产品，一下就发现他的工厂有问题。金卫东毫不客气，当场指出他们管理的漏洞。进实验室的时候，金卫东向工厂的技术人员问了他们的一种油脂的使用，类似消除静电和增加吸附性的一种油脂，觉得他们选用的丙三醇油脂不对，这种油脂容易被氧化，就推荐他们用另一种饱和烷烃，这是当时禾丰所用的油脂。马克西姆说俄语，荷兰人可以讲英语，可是对专业的化学单词荷兰人讲不好，说不清楚。金卫东便用分子式告诉俄罗斯老板，为什么这个不好，因为它羟基多，就容易被氧化。金卫东又解释这个为什么好，写完以后，他们的技术人员也是化学专家，马上就懂了，并如获至宝，一下子把窗户纸捅破了，他们异常高兴，对金卫东特别尊重。

  只有呼吸过两种空气的人，才知道两种空气的差别。

  俄罗斯老板马上对金卫东客气起来了，觉得为他们解决了非常棘手的问题，真是太好了！晚上，在交谈的过程中，俄罗斯老板问金卫东："你最喜欢俄罗斯什么？"金卫东说："我特别想看看列宾的油画。"

  马克西姆临时调整日程，次日下午领客人去莫斯科最有名的特列季亚科夫国家美术馆，金卫东看希斯金的风景画《松林的早晨》等作品，立刻流利地讲每幅画的创作背景以及所处的历史时代。俄罗斯老板觉得难以理解，一个做饲料的，怎么对俄罗斯艺术和画史知道得这么多？《伊凡雷帝杀子》中主角的血统，他的母亲是谁，他的父亲是谁，金卫东都讲得头头是道。俄罗斯老板越来越对金卫东尊敬，奇怪金卫东知道的这些跟企业并不直接相关。

  晚上，马克西姆破天荒请朋友们一起去吃大餐，餐后意犹未尽，又请大家去酒吧喝酒。他特别愿意跟金卫东在一起，主动跟金卫东套近乎：俄罗斯有个乌拉尔山，乌拉尔山西边为欧洲，东面是亚洲，他说他在乌拉尔山东边出生，以此拉近跟金卫东的距离。他说他是亚洲人，也会说英语，虽然说得不太好。

金卫东和荷兰人都用英语交谈。交谈的过程中，所谈及的俄罗斯内容金卫东都知道，荷兰的伙伴跟俄罗斯老板说："这个金是非常有知识的人。"马克西姆回答："我已经感觉出来了。"又谈了许多欧洲和俄罗斯的话题，所提之处，金卫东都能准确说出地理、人名等。马克西姆对金卫东佩服得五体投地。

金卫东在俄罗斯逗留24小时，马克西姆放下架子，不离左右。晚上，马克西姆"投其所好"，赠送给金卫东一幅画，恭敬地放在金卫东的床头。

那么，企业文化到底能起多大作用？金卫东多次例举TCL李东生在对外公开承认的三大失误中，第一个谈到的就是文化问题："没有坚决地把企业的核心价值观付诸行动，往往过多考虑企业的业绩和个人能力，容忍一些和企业、核心价值观不一致的言行存在。特别是对一些有较好业绩的企业主管。"

金卫东写在一篇文章中的一段话很令人深思："孔子说'不义富且贵，于我如浮云'。什么叫不义？义和仁是连在一起的，'仁之所至义所当然'。符合道德的事牺牲利益也得做。孔子那个年代不义且富贵就不值得尊敬了，现代社会进入知识经济时代不义又没有知识的人还富且贵，更不值得羡慕。现在私营企业占有中国的一半财富。但是私营企业主有知识、有文化、有道德的有多少？为什么大家仇富？为什么老百姓不喜欢富人？因为我们的富人阶层本来就不是一个优秀的群体，改革开放后首批中国富人是失败者的集合，过去谁要是能考上大学，有正当职业，能按月开工资都不能离职经商；在城里能挂衔带长的都不能离职经商；在农村能当上生产队队长的也都不能下海经商。中国今天的大老板们大部分不是德才兼备的人，是当年社会竞争中失败的低素质群体，为什么一些新型企业短时间内能够崛起？不是他们行，是他们的竞争对手不行，在科学态度、科学素养这方面没有优势。"

金卫东明确提出，在禾丰公司，同事之间不允许叫"老板"，"这么称呼很不好，充满着商业味道。"

语言是人生最重要的风向标。不同的语言里有着不同的价值观，顺着每一条语言的路径都会走到不同的终点，清洁的生活产生清洁的语言，清洁的引领营建清洁的社会环境。

德国著名思想家、作家歌德早在两个多世纪前就指出："对每个时候来说，无论是地位卑下的民众或奴仆，还是生活中公认的胜利者，他们作为尘世间的凡人，其最高的幸福仅仅是人格。"

法国大革命时期的革命家罗伯斯庇尔说："如果不使犯罪行为遭到毁灭，就必然使优美的道德遭到毁灭。"

我们怎能不深思？单位中没人惩治腐败，先进向上的将被消解，甚至遭受打击，美好的人际生态会被破坏。

"行得正，做得正，天塌不下来！"

一个真正强大的人，不会把太多心思花在取悦和亲附别人上面。所谓的圈子、资源，都只是衍生品。

金卫东领衔的禾丰公司有两个优点，一是市场竞争力强，二是品牌强，但禾丰也有明显的劣势——攻关能力太弱。

有人出主意：向政府要钱有个小窍门，人家给 100 元，要给"出力者"返回 20 元。

人生如同道路，最近的捷径通常是最坏的路。

禾丰绝不这样干。虽然看得明明白白，也绝不占这样的便宜。

金卫东倡导："绝不走歪道，宁可做个孤独的战斗者。"企业不是为哪个人存在，不为哪个单位存在，而是为股东而存在，为社会而存在，为所有的城市和客户而存在，为努力工作的员工而存在。禾丰已经奋斗 20 多年，几乎没有拿过政府给的优惠贷款和无息贷款，所有贷款全是商业贷款。

鸟儿为什么不怕脚下的树枝折断？因为它相信自己的翅膀。

金卫东率领他的团队走自尊自爱的路。不该得的东西不要，不该伸手的东西绝不伸手。每次申请项目，不时有部下找金卫东："求你了，给谁谁谁打个电话吧。"

"绝不！"金卫东毫不犹豫地回绝。想见你的人，跋山涉水，也总会来到你身边。不想见你的人，你走到他门口他也懒得推开门。

事情办成了，禾丰受益。第一大股东金卫东最受益，但他从来不干这种事。人非神仙，不可能刀枪不入，唯一的武器就是筑高筑牢防范堤坝，拒污于千里之外，君子不吃嗟来之食，必须洁身自好、守土有则，绝不出卖自己的灵魂。

有脾气，也是一份真性情。把嘴边的话咽回去，纵然是成熟，但把该说的话说出来，才是担当。

在一些企业千方百计套贷、"钱到手就我说了算"、用破资产高价还贷，甚至翻牌"赖贷"的环境下，禾丰发展 20 多年，没用过政府投资，也没用过低息贷款。钱紧时，才偶尔用用商业贷款并及时还贷，不欠银行一分钱。

人生的路上，说不定要遇到多少人。但，不管他是谁，不管他做什么，不管他的本事多大、官职多高、财富多少，只有与灵魂干净的人为伍，才能彰显你的标格和魅力。

禾丰上市之前，金卫东在认真整理、自审账目，懂行的朋友提醒他："这哪是董事长干的事？这不是你干的活。现在，你应该走出去公关！"

金卫东回答："我们不公关。"

有人说了上市的潜规则。

金卫东说："让我行贿？对不起，我一分钱也没有！"

"小胳膊拧不过大腿，现在就这风气啊！"

金卫东说:"我就想通过我们上市这个过程,检验一下,像我们这种遵纪守法的企业,依法经营的企业,国家能不能给这样的企业上市的机会。"

"现在就这样,你领先太多,就得当烈士。"

"我宁愿做勇士,绝不当烈士!"

作为禾丰的领军人,金卫东在正义和污浊间大摆疆场,拉开博弈到底的架势,一个人对垒千军万马,结局在河两岸僵持不下。

有记者打来威逼利诱电话,要禾丰拿"好处费",少的几十万,多则几百万。如果不拿钱,把你们不好的地方报道一下,肯定会影响上市。

金卫东严厉回绝:"身正不怕影子斜,你们爱咋折腾咋折腾!"

一切美好的事物都是曲折地接近自己的目标,一切笔直都是骗人的,所有真理都是拐弯的,时间本身就是一个圆圈。

金卫东清楚,上市与不上市,个人财富相差100倍。但他相信人间正道是沧桑,绝不违背良心和价值观,拿着钱去找人。人生价值和职业价值比什么都重要,这是底线,也是铁的原则。

不要陷在患得患失里拔不出脚,人的一生在渴望中度过,又在得失之间平衡。拥有了成熟就不再会有天真,拥有了喧嚣的城市就会失去寂静的乡村,拥有了小溪的清澈就会失去大海的磅礴。

做人像水,尽量往低处走,留下更广阔的余地。做事像山,一定要让自己独特的主见,像高峰一样坚定地挺立。

金卫东征求大家的意见时说:"上市是对公司的一个考验,反过来,也是对社会的一个认知。我们宁可晚上市,甚至不上市,也绝不搞歪门邪道。"

一个人的思维决定了他的格局,而一个人的格局决定了他的结局。

公司必须与各级政府部门和领导打交道,金卫东始终坚守原则,总是用知识的力量、人格的魅力去寻求事业的发展与突破,他坚决反对用钱去打通门路:"花钱办事既违背我个人的道德底线,更是在纵容腐败,也是在助推好人走上违法犯罪的道路。"

我可以走得慢些，但从不后退。

金卫东始终坚守正道经营，坚决反对违法违规，反对寻求可能会有潜在危险的旁门左道。金卫东的坚守有时候也会让人感到他很死板、不开化。

在一切变好之前，我们总要经历一些不开心的日子，这段日子也许很长，也许只是一觉醒来，所以耐心点，给好运一点时间。

在禾丰上市的漫漫征途上，金卫东一直毫不动摇地坚持清洁守纪，"我就是要通过禾丰上市这个过程做一次检验，一是检验禾丰本身能否够格和坚持住自己的定力；二是检验一下国家能否主持公道和正义，能否给予像禾丰这样不愿意挖门洞、找关系的企业以上市的机会。"

决定今天的不是今天，而是昨天对人生的态度；决定明天的不是明天，而是今天对事业的作为。

在禾丰上市的关键时刻，面对社会上流传的惯例的压力，金卫东的逆向思考再次发挥重要作用。通常的企业希望在上市答辩中，专家少提问，以免出错暴露企业问题、节外生枝。金卫东却主动要求专家提问，这一反常态的做法让关心禾丰的人捏了一把汗。躲还躲不开呢，他怎么还往前上？

德是水之源，才是水之波。

金卫东之所以这样做，一是他相信禾丰是一个光明磊落的公司，没有不可回答的问题；二是采用别人不敢采用的方式才会给专家们留下深刻印象，如果回答得完美就能更胜一筹，出奇制胜。金卫东的回答精准而别出心裁，禾丰上市答辩获专家全票通过，金卫东的精彩表现给各位评委留下与众不同的美好印象。

经过5年的准备与煎熬，禾丰终于在2014年8月8日主板沪市上市，金卫东在客户大会上说："禾丰成功上市标志着禾丰与我们的国家都是赢家，我会更加坚守正道经营的人生信条，我也更加热爱自己的国家，对祖国的未来更充满信心，未来唯有用企业更好的发展来回报社会才不负重托。"

久盼的期待实现了，金卫东却清醒地认识到，所有的成败相对于前一秒都是一种过去。过去能支撑未来，却替代不了明天。学会归零是一种积极面向未来的态度。让坏的不影响未来，让好的不迷惑现在。

禾丰在主板沪市成功上市以后，金卫东审时度势，提出下一个3年的阶段性发展目标与策略，力推禾丰在崭新的起点上戒骄戒躁，再创新辉煌。金卫东多次表示，公司上市后绝不是就可以放松了，而是要更加努力，持久创造更佳的经营业绩，绝不辜负众多股东和投资者的信任与厚望。禾丰成功上市以后，金卫东没有丝毫放松与懈怠，仍然风雨兼程，更上层楼，禾丰迎来2014全年的骄人增长、2015年一季度的漂亮开局以及股市良好表现。

人生的长跑，不是扬鞭奋蹄一冲到底，而要根据情况时时调整状态。需要等待时，能静得下心；必须冲刺时，也鼓得起劲。不怕坐冷板凳，也敢于啃硬骨头。张弛有度，不疾不徐，才能行稳致远。

禾丰发展20年不可避免地会遇到很多困难。创业初期采购的困难与压力，当时采购负责人王仲涛先生急得头发出现斑秃，竞争对手扬言要拿出几千万压垮或阻抑禾丰。针对个人与企业安全的恐吓与威胁，一些媒体为了利益的恶意炒作中伤等，每当诸如此类的危机来到面前，董事长金卫东必须直接面对，其中的烦恼与压力可想而知。每当此时，金卫东挺直脊梁，豪迈而一往无前："没什么了不起，我们行得正，做得正，天塌不下来！"

当代社会确实存在物欲横流、信仰缺失、价值观迷离的现象，而金卫东始终保持正直诚信的人生本色，始终坚信人间正道是沧桑，光明磊落做事，坦坦荡荡做人，坚决反对投机取巧，坚决反对有违道德、有违法律的经营。

节制是人生最大的享受，但兑现它是有难度的。物质的释放、精神的释放、欲望的释放都很容易，最难的是节制。

禾丰初创时，有的供应商推荐一些促进生产的药品或添加剂，金卫东与供应商要详细了解其机理及作用，凡是可能对人的健康有危害的药品或原料一律不许使用。国家明令禁止的药品更是不可能进入禾丰的采购清单。在药品、添加剂的使用上也是要尽可能使用下限用量，更多地采用更全面、更平衡的营养技术和完善的饲养管理来提升动物的生产性能。

自律是成功者的通行证，吃不了自律的苦，最终会吃平庸的苦。

一肩挑起担当，一肩挑起社会责任

人生的沟沟坎坎，多半是能力不足所致。所谓门槛，能力不够就是槛，能力够了就是门。

三聚氰胺事发，社会上说什么的都有，有的媒体说饲料企业和三聚氰胺都是潜规则的产物。这样的舆论造出来，饲料企业自己说没加，谁信呢？

社会上谣言四起，他们来势凶猛、一锤定音，要把中国所有的饲料都盖上掺有三聚氰胺的检疫印章，大有把全中国养殖业一网打尽的派头。

谣言像不懂医的人随便开药方，幼儿园老师判高考试卷，把自己不懂、外人不知内幕的结果随手公之于众，社会危害性很大。

这显然不是一件小事。饲料肩负着担当全中国肉蛋奶供给大任，一旦这个畜牧业上游链条折断，引爆价格跌破成本线、产业衰落、加工厂停产，中国副食品供应的大厦将会坍塌，导致消费者恐慌，影响社会安宁……

谣言泛滥像旧新闻一样反复占据头版头条，强行给不知情者"洗脑"，接连甩来一片片迷惑人心的厚被子，捂盖真相。况且传播中不断"枯枝发新芽"，一再让真相蒙冤，形势异常严峻。

在非常时期，农业部组织10家饲料企业开会。

这是一场非此即彼的战斗，不把谣言驱逐出境，真相就要割让国土、丧失主权。

参会的10家企业压力极大，谣言的病毒一旦流行，就很难立马根治。现在已经"病来如山倒"，大敌当前，"病去如抽丝"怎么行？

必须一剑封喉！

现在最紧迫的是，迅速还原真相，既让内行人信服，又让消费者信服。

会场气氛紧张得点把火就能烧着，大家一肚子委屈，却一下子遇上多条岔道，不知道向哪走。说浅了，水过地皮湿，不解渴。说歪了，会分散火力。

金卫东原计划第五个发言，因为那天开会排名他排到第五位。金卫东又一想："我一定要先说。如果你们要说错了我还得纠正，还不如我先说。"

内心强大，就不会听风是雨。知识储备多一些，则拒绝人云亦云。精神振作、有见地的企业家，除了有小心谨慎的习惯之外，还要有敏捷和不因循守旧两种长处。

金卫东流利而简单地讲述了三聚氰胺是怎么回事，农业部副部长一听，觉得特别有道理，提议道："你能不能代表我们行业，给农业部写一封信？"金卫东说："行啊，我可以写。"副部长问："那你需要多长时间？"金卫东说："一个小时就行。"副部长说："那就一个小时，我们给你准备什么材料？"金卫东说："准备纸和笔就行。"

真正具有创造性的人，拥有一双神奇的眼睛，能够发现摆在大家面前，却不被众人所察觉的事物。

金卫东用专业的语言写了《饲料企业也是三聚氰胺的受害者》，深入浅出，有理有据，不懂专业的人也能看懂。

很普通的甚至不起眼的一些字，经他一组合，便语惊四座。

拔出字典里的草，挤出草里的脓，瞄准谣言的软肋，金卫东在开头部分着眼大局，却以"小切口"入手："随着三聚氰胺在牛奶、鸡蛋中被检出以及由此造成的对婴儿的损害，引起社会的恐慌和各界广泛的关注。近期，个别媒体将矛头指向饲料行业，甚至报称在饲料中添加三聚氰胺已是中国饲料行业人人皆知的'潜规则'。作为一名饲料生产者，社会舆论的压力使我如坐针毡；朋友、同学们的揶揄让我有口难辩；最为可悲的是我的配偶、母亲、子女、亲人们也是以偏激的态度、不信任的眼光和深为担忧的语气向我施加压力，我感到十分孤独。中国饲料企业一时间如过街老鼠，似乎我们都是利欲熏心者。扪心自问，在三聚氰胺问题上，我们是委屈的，我们饲料行业被深深地误解了。虽说'内省不疚，何恤人言'，但我还是希望以这种公开的方式向政府及行业主管部门，实事求是地反映我们行业的情况，汇报我们企业的苦衷，以期被社会公正地对待。"

你们随口一说，我却认真地难过。

金卫东从三个专题六个方面阐述了饲料企业为什么不添加三聚氰胺，深入浅出，令人信服。我简要摘录少许文字：

"三聚氰胺是一种极为稳定的有机化合物，其分子式为 $C_3N_6H_6$，分子量约126。多作为装饰材料用，如防火板的表面涂层或黏合剂。由于其分子结构的稳定性，即使是用火也不能将其引燃，在动物体内不能被分解，也不发挥促进生产的任何功能。因此可以排除饲料企业因功效的原因有意向饲料中添加三聚氰胺的可能。"

人需要真理，就像走生道的人需要引路人一样。金卫东道出这个行业的内在属性——

"饲料行业是一个客观公正的行业。这个行业的终端消费者是动物，动物不受人言的蛊惑，因此做饲料来不得半点虚假，品质不过关就不产奶、不产肉、不下蛋。这个行业的生产者和购买者，双方都是私人企业，交易过程不讲关系，不讲情面，不用回扣，一切公开透明。"

关键时刻挺身而出，不仅仅为受委屈的饲料企业洗冤，更重要的是拨乱反正，为中国老百姓吃上放心肉，推动畜牧业发展保驾护航。

如若重情，世界上所有的相遇都是久别重逢。

禾丰创业初期，曾得到丁云峰同学王怀志的帮助。在日益激烈的市场竞争中，王怀志不断遭遇强风暴雨，事业止步不前呈倒退之势，求助禾丰给他担保从银行贷款几百万元,力图东山再起。但壮志未酬,2005年他在出差的火车上突然病故,抛下妻子和两个年幼的孩子。银行登门要求还款,妻子无处可求,找到禾丰,金卫东说:"我们受怀志之恩,必当回报,我们得让怀志走得放心。"金卫东决定不让她们孤儿寡母破产还债,由他个人承担债务。对此,同事们坚决反对,最后还是由禾丰还清了全部本息。

在王怀志的葬礼上,金卫东热泪双流,深情而忧伤地吟唱《送别》为挚友送行:"长亭外,古道边,芳草碧连天。晚风拂柳笛声残,夕阳山外山……"听者无不落泪。

2008年禾丰研发总监季文彦检查出结肠肿瘤,在外地出差的金卫东闻讯火速赶回沈阳,与医生详细讨论为他确定手术方案。火车上,他给季老师写了这样一首发自肺腑的小诗:"文彦,我的兄长,你的生命最有力量,无论在哪里,我时刻感觉到你火热的胸膛。如果我是女生,你是我的偶像;今天我是男人,你是我的死党。我们一起欢乐,亦曾共同忧伤,事业蒸蒸日上,情谊地久天长。人生百年而已,我们同行同往,我们笑傲江湖,拔剑披肝沥胆,我们心有灵犀,永远挂肚牵肠。人吃五谷杂粮,难免大病小恙,让我为你负责,保你体健身康,我发菩提宏愿,让你重返战场,再度跃马扬鞭,做我坚强臂膀!"

在季文彦灰心绝望的那些日子里,这首诗给了他巨大的鼓舞和力量。在2008年年底的新年晚会上,赵文馨当众朗诵了这首诗,季文彦与金卫东紧紧拥抱,现场掌声雷动,在场的人个个泪流满面……

天无非阴晴,人不过聚散,沧海桑田,我心不惊,自然安稳。活在当下并安于自己的选择,为自己的每一个选择负完全的责任,便是晴天。

金卫东性情豁达,亦有广济天下的博爱之心。在他46岁生日时,金卫东将日后财产进行了书面分配,决定将绝大部分资产在其身后捐献给国家生命研究机构,以推动中国生命科学的发展与进步,并邀请禾丰集团几位高管对他的这个决定予以见证。

有人提起把财富留给后人,金卫东说:"我最欣赏林则徐的话,

'子孙若如我，留钱做什么？子孙不如我，留钱做什么？'"

而当母校沈阳农业大学成立50周年时，金卫东当即表态："我捐1000万！"

禾丰的另五位创业股东（七位股东，除了邵彩梅博士，都是沈阳农业大学的校友）也合捐了1000万。

按常规做法，禾丰公司出钱捐助也顺理成章。校友回报母校，也能提升禾丰公司的知名度，还相当于打个大广告。

金卫东郑重承诺了个人捐款，却拿不出钱来。当时手里有点钱，计划给在北京居住的年近八旬的母亲换个电梯房。母亲住在没有电梯的六层楼，上上下下很吃力。

金卫东向老母亲说了实情，住电梯房要缓一缓。

母亲特别支持："儿子，妈是老师，你捐款支持教育事业妈是最高兴的了，现在如果不是住六楼，能常运动，这些年妈也不会有这么好的身体，你放心捐吧！"

可是，省下的换房钱还是太少，金卫东跟沈阳农业大学校长商量："我们老股东没那么多钱，为了企业发展，每年的分红很少。我想了想，只好实行'期捐'。"

见校长对"期捐"不太理解，金卫东又补充道："未来3年时间内，分红我一定凑够1000万。加上另外五名同学的捐款，计2000万元，一分不少地捐给母校。"

"我这样做，如同给缺了螺丝的一扇门安了螺丝，这钱比我自己用了更有价值。"

金卫东没有食言，捐款全部按时到位。知情的人非常感动：纵观海内外的捐款，有钱才捐，没有钱就算了，哪有"期捐"的？

真正去坚持一件事，时间看得见。

1998年，禾丰稍有起色，账面上仅仅有10万元，闻知黑龙江省松花江及嫩江流域突发百年不遇的洪涝灾害，金卫东和时任财务经理王仲涛，连夜坐火车北上去赈灾。

他们舍不得坐卧铺，在硬座车厢里轮流值班，看管旅行袋里的现金。下车后他们一路走一路打听，在泥泞的土路上跋涉，鞋子和裤脚溅满了稀泥，终于找到受灾最严重的黑龙江省泰来县大兴镇五桥村，表达了一个刚刚成立不久、翅膀未硬的民营小公司，为孩子们尽点绵薄之力的愿望……

这件事只有内部员工知道，禾丰没有借机宣传自己。

当地政府收到10万元现金几乎惊呆了，镇里哪见过这么多现金？当时社会上的救灾物资不少，大多是旧的棉衣、不用的书本，泰来县当时接到最大的一笔捐助是价值几万元的矿泉水，从未有过这样大数额的现金捐助！

镇政府非常重视，决定用这些钱建一所学校，命名为"禾丰希望小学"。

刚刚加盟禾丰的董桦参加了希望小学落成典礼，她在《爱在深秋，爱在禾丰》一文中记录了当时的情景："庆典仪式开始了，我们手里捧着孩子们献上的鲜花，听着他们一边哭泣一边朗诵：'百年不遇的洪水袭来，我们丧失了亲人，我们丧失了家园，我们丧失了学校，我们无依无靠。在生命失去希望之时，社会各界伸出了援助之手，尤其是禾丰公司的叔叔阿姨们，你们还不富裕，你们还有父母需要赡养，你们也有儿女需要抚育，你们却把无私的大爱给了我们，你们就是我们的爸爸和妈妈……'操场上早已哭成一片，我也未能把持住自己，几度泪流满面……

"美好的时光总是这样匆匆，很快到了我们不得不离开的时刻了，车启动了，后面留下一片扬尘，望着伫立在尘土中一边哭一边笑一边挥舞着冻得通红小手的孩子们，我的眼泪又一次夺眶而出……"

播种伟大思想的企业必将产生伟大的行动。禾丰牧业发展了，始终不忘"以回报社会为宗旨"的《禾丰宣言》。

人生有两条起跑线，一条是知识的起跑线，一条是品德的起跑线。人生跑在终点的人，都是品德线不输的人。

在金卫东的倡导和推动下，禾丰牧业已在黑龙江、辽宁等地援建多所希望小学、中学；连续十多年向沈阳教育基金会捐资，资助贫困学生；对沈阳农业大学、中国海洋大学、黑龙江八一农垦大学、东北农业大学、南京农业大学、西北农林科技大学都有不断的捐资助学活动；参与支持辽宁对口援疆，向塔城教育局捐资助学；在印度洋海啸、南方洪灾、汶川地震、玉树地震等灾难发生后，禾丰都在第一时间捐助善款；金卫东支持成立的集团内部"爱之翼基金"，20多年来累计发出奖学、助学或助困资金近400万元，广泛惠及基层员工及其家属子女。

贫困者的存在，是时代的伤疤。一个时代不管盖了多少高楼，不管有多少人买了珠宝首饰，当还有人在挨饿，还有孩子读不起书，人们应该思索一下，让自己的钱产生应有的道德感。

2017年8月，金卫东决定禾丰牧业与辽宁省农村信用联社共同发起成立"农信禾丰扶贫助学基金"；金卫东个人捐资设立了"金卫东兄妹奖学基金"，为母校海城高中优秀学生提供奖学金20年。

分享是快乐，也是人类共同期冀的美好，但，绝不是附加利益。

2005年10月18日，金卫东应邀参加中国农业大学向贫困学生捐款活动，代表34家资助企业发表即兴演讲："'自助者天助。'今天，我们向你们贡献了一点点，大家却为我们安排了这么隆重的表达仪式，我们感到诚惶诚恐。这里我想代表所有企业说一说我们的心声，我们的资助不要任何回报，不附加任何条件。我们不希望被资助者一定毕业后为我们服务。天高任鸟飞，海阔凭鱼跃，你们应该在更广阔的天地下自由选择。同时我们也不附加另一个条件，因为这个条件会使你们变弱——我们也不承诺，一定提供给你们未来的工作机会，一定保证你们……"

金卫东领衔的禾丰从起步那天起，就承担起中国企业家的道德和责任。

企业家和商人是不同的。

在秦朝，商人即使富得流油，朝廷也不允许穿高贵的丝绸衣物；在汉朝，商人的女儿甚至不能算作良家子女；隋唐时代则明确规定，剥夺了商人科举资格，不能入朝为官。

因为商人不生产商品，而只是倒卖商品，没有直接创造财富。

企业家们以做成某一件事为目标，利润不过是一个结果。而在一般意义上的商人看来，利润就是他追求的目标，就是他的"全部"，其他都不过是手段而已。

2014年至2016年，中国经济压力非常大，大量企业从中国撤资，中国外汇储备在不到两年的时间里，减少了近1万亿美元。

外汇储备断崖式减少，除了国际资本的撤资，就是大量中国企业不看好国内经济前景，纷纷去国外投资建厂。

2015年美国进入加息周期，美元不断流回美国，世界各国经济都面临很大的困难。此时市场非常敏感，大财团在中国撤资，会引发外资的撤资潮，加剧中国经济风险。

当人们怀疑福耀玻璃曹德旺也要"逃离"，曹德旺当即挺身正名："真正的企业家是不会跑的，因为他有责任心，要对自己的民族、自己的国家和历史负责。"

季羡林先生早有"预知"："根据我个人的观察，对世界上绝大多数人来说，人生一无意义，二无价值……如果真有意义和价值的话，只在于对人类发展的承上启下，承前启后的责任感。"

成由勤俭败由奢

自己成为光源，才能照亮到人。

金卫东的节俭很出名。说来令人吃惊，这样一位上市大公司的董事长，从未坐过飞机商务舱和头等舱。出差坐飞机，向来选择"红眼航班"，坐最早的航班或最晚的航班，图便宜，多为打折机票。金卫东没有秘书，也没有专职司机，来来往往一律自己买票。每次到机场，为了节省停车费，离大老远呢，金卫东就让送他的车停下，他自己拉着箱子去候机厅。

心守一事，不是期待别人的鲜花与掌声，而是在"利他主义"的光芒照耀下，自己内心的愉悦与满足。

从沈阳到北京，金卫东经常坐53次、54次火车往返。碰上紧急事情，购票困难，他就买站票，上了火车再买个小板凳，一坐就是几个小时。

出差时，如果一行四五个人，他会首选驾车的方式，因为这样会节省费用。20多年来，金卫东始终坚持着上述的工作方式，节俭早已是他的行为因子。

一次，金卫东和几位朋友一起坐53次火车从北京回沈阳，其中还有政府的领导。早上到沈阳后，金卫东说："我请大家吃早餐。"进了一家有自助早餐的酒店，38元一位。金卫东说："这个不行，我领你们去更好的。"到另一家饭店，金卫东一看每位18元，便在此就餐。领导打趣道："你这么做对。穿皮袄吃豆腐渣，该省的省，该花的花。"

辽宁省政府的一位重要部门的处长到北京，金卫东请客吃饭，到一个小饭店，点了几道毛菜。事后，这位处长很感慨，当时可能会觉得不是太受尊重，但是随着交流和对金卫东的深入了解，敬意油然而生，觉得辽宁有这样的企业家，辽宁经济会大有希望。多年来，金卫东随有关领导到国外考察，通常都是与同行者合住一个房间，极少自己包房。

天空不曾留下痕迹，但我已经飞过。

2019年7月17日，我去禾丰采访，恰逢金卫东接待南方的一位市长，安顿好市长朋友已经夜深，金卫东仍然要回到公司五楼宿舍住宿。禾丰公司除了会议室，各办公室都没安空调，这个季节很热。闻知金卫东要回到公司住宿，随同的禾丰公司副总裁孙利戈劝他："金总，今晚就住在这吧。"

"为啥花这钱？还是回公司住吧。"

节俭像庄稼长满预留的所有土地，像练字的人不放弃纸上的每一块空隙。

有一次，沈阳禾丰的同事带客户去北京旅游，金卫东没有时间看望，决定送客户每人一顶帽子，安排年轻职工王玉去办。

金卫东问王玉："你打算花多少钱买帽子？"

"50块钱一顶的。"

"你们这么办事不行，"金卫东说，"要么买便宜的，要么买好的。不就个遮阳帽嘛，我就给你每顶8块钱。"

王玉感到很为难。在北京找来找去，认为10块一顶的帽子不错，金卫东答应了。这件事令王玉很吃惊，董事长无论干什么，都以很高的标准、严格的要求做事。

节俭要一视同仁，金卫东请政府干部吃饭，一顿饭花不到百元。

同事给金卫东用手机打电话，金卫东问："你在办公室没？""在啊。""在办公室为什么不用座机打？"

金卫东开了很多年捷达车。在路上行驶，被人家的奔驰、宝马、奥迪汽车，一辆一辆超过。车上坐着外单位的业务员，他问金卫东："这是什么车？"

金卫东说："你听说美国空军一号没？"

这位业务员陷入云里雾里，停车时，业务员从车上下来，左看右看那辆极为普通的车，疑惑地说："不就是捷达车吗？"

禾丰的业务员打趣道："我们公司老厉害了，有辆'捷达一号'。"

当你保持身正心正、对这个世界充满善意时，美好的人和事自然会被你吸引。反之，当你悲观烦躁、郁郁寡欢时，负面的东西就会暗潮汹涌。

办公室人员跑事太多，需要辆好车，公司买了辆宝马。金卫东从未开过这辆高档车，由负责办公室工作的马春理开。大家议论："这车是给马春理买的。"

禾丰公司当年最好的一辆车是辆奥迪，为公司总裁王凤久个人贷款买的。总裁有大量的公务活动，连董事长都开"烂车"，王凤久便自己掏腰包买辆好车，"私车公用"，杜绝公车私用。

2019年7月26日，我乘坐金卫东开的豪华跑车去本溪开会。按一下自动钮，车盖自动缩进去，我们伴着大自然的风，头发飘了起来，像黑色火焰在燃烧。在高速公路上，汽车鸟一样飞翔，树木和村庄唰唰唰后退，不同的风景像幻灯片一样，在预设的轨道上快速"翻篇"……

金卫东告诉我，他开着这车去沈阳农业大学，一位主任朋友见了跑车非常羡慕，感慨道："我这辈子是开不起这样的车了。"

这位主任花50多万元买的奥迪车也不错，但跟这辆跑车相比，还是相形见绌。

"咱俩换吧。"

"你同意吗？"

"同意。"

主任喜形于色，金卫东这才说出实情：原来，这是减价的旧车，原价90多万元，金卫东买时只花了15万元。

公司还买了辆房车。一位个体老板为向权势人物"攻关"所买。中央八项规定下达后，官员不敢坐他的房车出去游玩，这车便闲置起来，在车市上卖不出去，网上也卖不出去。有钱人不会买这二手货，没钱人又买不起。这位老板找到金卫东，说自己"手头太紧"请金卫东帮忙，37万元出手。

人的语言在心爱的事物面前会谦卑地收拢翅膀。

2006年，任禾丰上海华东公司总经理的丁云峰，为了交际"撑面子"，花776元买双佐丹奴名牌皮鞋。回到沈阳开董事会，金卫东问："你这鞋不错啊，多少钱？"

丁云峰知道金卫东俭朴，便没说实话："276元。"

金卫东说："这么便宜，给我也买一双。"

"好嘞。"

丁云峰回上海后，把同样的鞋邮回沈阳一双。

时隔两个月，金卫东在上海逛商场，看到同样的佐丹奴鞋一问价，服务员说了实价。金卫东说："我的朋友买一双，跟这一模一样，才花200多块钱。"

"怎么可能？"服务员说，"这是我们镇店之宝，你肯定弄错了。"

金卫东问丁云峰："这鞋到底多少钱一双？"

丁云峰知道露馅了，嘿嘿嘿乐。金卫东打趣道："吹牛是要上税的。"

禾丰公司许多人知道这个典故，见面便逗："喂，你这鞋不错啊！"

听的人笑着对"下联"："少嘚瑟，吹牛是要上税的。"

好几位朋友对我说："公司的一号人物太关键了，他这样率先垂范，想跑偏也偏不了。"

1995年创业时期，大家挤在七楼窄小的宿舍，床不够就打地铺睡。最怕晚上来传呼，要下到一楼去回电话。后来买个"大哥大"，谁出门了谁带。

想左右全局的人，须先能左右自己。

金卫东说："我给你们做表率，你们给员工做表率。我随随便便花一块钱，员工敢花十块钱。"

现在，禾丰公司的干部员工出差，没有定什么标准，自己掂量着办。可喜的是，节约理念已经深入骨髓，没有一人浪费。

在大连开总结会，大家住工人宿舍，上下铺，晚上没有空调。大家点上蚊香驱蚊，第二天最热的话题便是，谁挨没挨蚊子咬，咬几个包。

禾丰副总裁丁云峰性情豪放、仗义疏财，经常请下属吃饭，向来自掏腰包。员工们干得好，丁云峰喜欢发红包。一个红包一两千元，向来不花公司的钱。闻知办公室需要咖啡机，丁云峰掏了钱交给下属："去买一个，我赞助。"

年底发奖金，总部以为副总裁王凤久（刚才还是总裁，现在变成副总裁，在禾丰，职位升降完全根据工作需要，而非地位高低）算分公司的，分公司认为他是总部的，令主管财务的林梅有些为难。

王凤久问林梅："差多少钱？"

"4000多元。"

"我自己拿。"

世上的好多东西是不能互换的。比如，节俭和浪费。比如，毛巾用旧了可以当抹布，抹布用旧了却不可以当毛巾。

提到我们制定了数百数千年仍在补充、完善的规章制度，非常令人感慨。我们立刻想到把这些制度挂在墙上的镜框里，甚至摆在每个人的办公桌上。其实，最大的制度在人心，最严格的制度也在人心。那些断崖式坍塌的单位，那些倒下的高职位"巨人"，都不是因制度缺失而颓废，而是良心失衡。

我们提起企业文化，往往想到一个多么高级的策划，一个文图俱全的方案，或者挂在墙上的字画，挂在职工嘴上的什么条款。其实，当托举它们的道德失衡后，这些东西便成为失去树枝的树叶——没有理想的召唤，如同寒冷的冬天永失春风，僵枝永远不能返青。

榜样的力量是无穷的。当美好深入人心，谁都不用在途中滞留采花保存，大家只管往前走，一路上百花自会盛开。

拿小事当大事做

我们不必被世界太大、问题太杂所迷惑，其实，世上所有的"巨无霸"都是由微小的细胞构成。与其说大包含着小，不如说小掌控着大。

我们应该引起高度警醒和重视，微小又强大的敌人一再与我们过招、较量。2003年袭击中国的SARS，2005年在非洲大流行的埃博拉病毒，2019年年末发生的新冠肺炎疫情，已经以"抄后路"的方式给人类上了一课，提醒人们，未来在几十年内能杀掉上千万人的，不是战争，不是导弹核武器，而是微生物。

至于为什么会这样，答案尚在探索的路上没有揭晓。至少可以证明，防微杜渐，应该是当代人格外重视的话题。

我们要善于从微小入手，从奶水里找到产它的一只羊，从一滴露珠里找到水源，从一粒果实里找到母树，在无从下手里捕捉答案。

关于一些人极力"唱衰东北"，金卫东也有独到的理解。东北的热度下降，有东北自身的问题，也有大环境的问题。全国都说"东北不行了"，这本身就是个大问题。经济是波浪形前行，马鞍形发展，东北也不例外。低谷也许永远是低谷，也可能是积蓄力量反弹、上扬。一些东北人的豪气、大气，成了小家子气，说大话办小事，文明服务上不去，已经到了非改不可的地步。

金卫东向我讲了两个故事。一次在浙江安吉，金卫东被风景吸引一门心思照相，忘了自己穿的运动服放在哪儿了。金卫东特别想找回这件衣服，这是好朋友从巴塞罗那买来送他的。问了多位服务人员都不知道，金卫东还给当地的旅游局局长打了电话，仍没找到，金卫东只好遗憾地回到北京。几天后，人家把衣服寄到北京。

同样是服务，在省城沈阳，金卫东却遭遇截然相反的事。

夜深了，金卫东像往常一样匆忙赶到沈阳北站，乘坐54次火车回北京。

在电子取票机旁，金卫东发现机器出票口有张车票没人拿，上面写着沈阳—营口。金卫东想，忘了拿票的人该有多着急！

这位上市大公司的董事长没有进候车室，而是拿了车票送到服务台："小姐，我刚才在自动取票机发现这张车票，也不知是谁丢的。"

服务员爱搭不理地说："放那吧。"

金卫东建议："请广播几遍，让丢票的人来服务台取票。"

服务员又用眼睛翻了金卫东一下，意思很明显：不用你多管闲事。

在候车室，金卫东乘坐的车次差十几分钟就开车了，听到广播里广播："有遗失东西的旅客，请去失物招领处认领。"

金卫东急了，广播得这么含混，丢票的人能知道吗？

金卫东连忙一路小跑去找服务员："你这样广播不行啊，明明是丢了车票，你说是失物招领，丢票的人也不会注意啊。你应该喊丢票人的名字。"

"我们有规定，就喊失物招领。"

"你喊丢票人的名字，才会引起丢票人的注意。"

"我喊名字要冒领呢？"

"一个车票不至于冒领。再说，名字与身份证对不上，检票关也过不了。"

"不行。单位有规定。"

金卫东商量着说："好妹妹，你就喊车票上的名字，算帮我个忙。"

也不是他丢了车票，何必呢？服务员觉得金卫东这样做挺怪，也被金卫东的执着打动，按金卫东说的喊一次，不到两分钟，一位抱着小孩子的妇女匆忙跑过来，得知实情，她接过车票连连向金卫东道谢："大哥，太感谢您了！没有车票，我就上不去车了。"

爱是一种责任。对他人关怀关爱，为身边的人着想，既是一种美，更是人性的升华。

2003年，金卫东刚到北京三元公司，为了拿下一家大客户，金卫东亲力亲为。请人家来之前，他亲自去安排宾馆。一连找了多家才定下一家新宾馆。金卫东进屋后，发现房间有不流通的气味。他打开房间把味道放掉，安排人买了水果。

水果摆好了，金卫东发现一个细节："光买水果放在这不行，没有水果刀客人怎么吃？赶快告诉司机，去接客人前买把水果刀。"

金卫东的工作日程总是排得满满的。若是开车出差就精心设计路线。沿线的公司力争都能走到，常常会赶到某一公司在食堂吃上一顿工作餐，边吃饭边与管理者交流工作。

金卫东定居北京以后，没有动车时就总是坐K54、K53次火车夕发朝至往返北京和沈阳，为的是不影响白天工作。动车、高铁开通以后，沈阳与北京之间的往返就更加频繁，常常上午在沈阳接待完客人，晚上就已回到北京与来宾共进晚餐。微信出现后，他在火车上经常在各个微信群中与管理者或基层员工沟通交流。接机或送机也时常要请有沟通需要的管理者在路上面谈。若是接同事或朋友，金卫东就常常精心设计好接的时间或地点，无突发状况总能无缝对接，这样节省时间也减少停车的烦琐。

"不进步，没退路"，这是激励式管理。但金卫东主张："自己的公司，要培养人，不要轻易开除。"我们既要理性，又要非常有情有义地对待挑战。

不太优秀却又有感情的人多了，这就是一种危机。怎么办？要开展新业务，给这些人提升能力的机会，发展的机会。

在日常工作和生活中，金卫东更不容许没有创新和思考的会议、活动，总是要求禾丰人时刻保持创新精神，他要求禾丰的每一次会议都要"与以往不同"，至少要有一个亮点和一项创新；他要求日常行政工作不能一成不变，要有创意有创新，给客人留下深刻印象；他要求禾丰所有总经理和管理者要有创新精神，曾在会议上和大家分享美国的《企业家宣言》，讲到其中最重要的就是"创新精神"。在筹备禾丰成立20周年活动时，他要求大家要有创新，不要同5周年、10周年、15周年庆典雷同，在大家为他的提议绞尽脑汁、冥思苦想时，他提出可否加入"禾丰嘉年华"活动，在嘉年华活动中可以有不同风格的用餐区、不同风情的表演区来供与会嘉宾休闲娱乐，给客人带来不一样的体验。

2019年7月26日，我采访金卫东时，他刚刚"休假"回到沈阳。金卫东告诉我，这是他人生的"第一次休假"，利用一周亲自驾车，拜访了黑龙江省黑河市市长，拜访了农科院院长，拜访了农业大学校长和客户。

刚从外地回来，他立刻静下心来写材料。工作到午夜11点半，赶紧休息。闹钟定时在早6点叫他起床，要保持第二天的最佳状态。早6点起来一看，头发白了，赶紧染发。匆忙吃点早饭，开车去现场参加"省长质量奖"答辩。

"禾丰企业为中国前十，东北第一。禾丰有标杆，但没有偶像。"金卫东每说一个观点，都会引起现场的惊叹声，他绝不照本宣科，绝不将他人的观点攒成"拼盘"，而是自己有理论、有思想、有见地的新阐述。关于企业文化，关于企业管理，关于企业主打产品，关于企业未来，金卫东在现场刮起一股"新风"。

在场的领导和多个部委的专家力挺金卫东，惊叹辽宁企业还有这样的人才。

"企业越来越大，禾丰如何控制风险？"

"最重要的，"金卫东说，"行得正，使得正，有'利他主义'思维。"企业只为自己赢利，迟早要失败。

"外部世界的挑战太多，有些是不可控的。为什么失败？企业家和跳高运动员一样，只有在新的高度上败下阵来。不挑战新高，就不会失败。"

为了抵达而出发，哪怕接受不完美的抵达。

金卫东头一个演讲，后头还有19位演讲者。"该忙什么忙什么吧，"一位资深专家兴奋地说，"谁也不会像你讲得这样精彩。"

金卫东是中国万人计划领军人才。

当年参加科技部的答辩，金卫东"一战成名"。

报名答辩的群体中，金卫东算是"小字辈"。人家都是这个大学校长，那个大学副校长，硕士、博士一大堆，金卫东以民营企业董事长的身份跻身名流竞争，真有点"小鱼穿大串"。

考生在全国几个考场隔空答辩，金卫东在沈阳分考场。每个考生都面对镜头答辩，专家分布在北京、上海，也可能在国外。他们的声音通过卫星传递的视频来决定考生的命运。专家们随时提出犀利的问题，考生当即解答。

一个人深度整理和收拾自己的内心，这本身就很迷人。

全国数万名考生人才济济，金卫东知道能参加答辩的绝非等闲之辈，他做了充分准备。"语不惊人死不休"，必须准备好答辩文稿。知识烂熟于心，他要施展过目不忘的优势，决定脱稿答辩。这不仅仅是考验记忆力和应变能力,更是考验对尖端考题的掌握程度。

外在美是一种软硬通吃的实力,有时候它比内在美更容易决定一个人的成败。你的形象好不好,直接反映了你的心理状态、精神面貌和内心境界。

金卫东担心远程视频效果不好,自己穿了精美的西装,打好领带。又事先去了答辩现场,找了台灯、大灯、射灯,照射在自己的脸上。为了突出光照效果,金卫东还认真化了妆。不但要本领好,知识好,还要形象好,引领风尚……

即便在万人瞩目的考场上,他依旧如芭蕾舞中的王子,保持不曾失控的优雅。功夫不负有心人。连金卫东自己也万般吃惊,谁也想不到,金卫东荣获首轮答辩全国第一名,第二轮也奇迹般地摘取全国第一。

每一个优秀的人,都不是与生俱来带着光环的,也不一定是比别人幸运。他们只是在任何一件小事上,都对自己有所要求,不因舒适而散漫放纵,不因辛苦而放弃追求。雕塑自己的过程,必定伴随疼痛与辛苦,经过一锤一凿的自我敲打,终于实现茧破蝶飞。

祖国至上

聪明能够先天遗传,智慧则需要后天的修炼。拿得起是为了本能的生存,放得下则是为了更好地生活;拿得起是一个人的能力,放得下便是一个人的智慧;拿得起来的人是聪明的,放得下的人往往是智慧的。

同外国企业合作,金卫东带领他的团队永远坚持一个中国的立场,坚持祖国至上的立场,不管是言辞还是行动,哪怕对国家稍有微词,不管利润多大,毫不犹豫地实行"一票否决权"。禾丰集团在越南建厂,收益很大。但一次酒后,越南合作者竟然说:"我们越南打败过美国,也打败过中国,美国不行,你们中国也不行。"酒后吐真言,金卫东洞悉这家伙心口不一,立刻关了在越南的工厂。

有时候选择是为了更好地前行，有时候放弃是为了更好地拥有，有时候失去是为了更好地得到。

金卫东在美国公司干得出色，但他看不惯美国人的骄狂，居然在咖啡厅里提示："咖啡仅供外方职工，中方职工请自重。"

"我们帮外国人挣中国人的钱，还遭受歧视，心里很不舒服。"外资企业在中国获得暴利，每吨挣一万元，为什么还这样小瞧中国人？"辞职单干，创建中国自己的饲料工业"的萌芽，由此而生。

王振勇博士主要负责海外业务，他向我讲述了金卫东对驻海外管理者的要求：第一，要爱国，永远记住国家利益至上。第二，会英语。第三，懂技术。第四，品德要好。第五，会沟通和管理。

金卫东的夫人当年在美国留学，快要生产了，朋友们多数建议她在美国生孩子。有不少人千方百计找机会在美国生孩子，争相取得美国国籍。金卫东果断表态："为什么要在美国生？美国有什么好？我们是中国人，咱的孩子必须回中国生。"

金卫东的大儿媳在加拿大留学，也遇到同样的问题，她尊重金卫东的意见，回到祖国生孩子。儿媳持加拿大绿卡，回国结婚后，再也不回加拿大，现为沈阳农业大学教师。

2006年，禾丰总部近万平方米的大楼落成，在高贵典雅的内部装修上，金卫东萃取了"中国经典"。7个会议室，分别对应7个兴盛的王朝。秦厅的装饰选用了《江山万里图》以象征统一天下，用小篆刻写《始皇本纪》象征着语言文字的统一，用雕龙的秦砖呼应秦砖汉瓦，其顶灯与所有的装饰均选用秦代式样，从西安运来的陶俑威风凛凛，几案上一把秦剑卧冰三尺，置身其中你会感觉庄严肃穆，齐家治国平天下的欲望油然而生。汉祖厅——马超龙雀+出使西域的石刻墙饰（汉代），六楼唐宗厅——马球图（唐代），宋祖厅——清明上河图（宋代），五楼天骄厅——御马射雕浮雕墙饰（元代），四楼明皇厅——明式木质家具+青花瓷（明代），三楼康乾厅——仿紫禁城宫门墙饰，清代图腾浮雕墙饰（清代）。

2005年秋天,荷兰德赫斯家族成员全员出动,老董事长Henk及其夫人Victoria、长子CodeHeus、商务经理Rinus、财务总监Max一同来访。

下飞机后他们来到禾丰在北京的办公室,双方落座,金卫东和邵彩梅博士代表禾丰与他们谈判,因为外语好又有国际事务经验,清华大学教授、金卫东夫人毛东辉老师被邀请助阵。

在简短的寒暄之后开始正式商谈。CodeHeus这位年轻的老板雄心勃勃、目空一切地向人们介绍了德赫斯的规模、现状以及未来的发展,以居高临下的口气告诉金卫东团队:"如果禾丰能够与德赫斯合作,你们就能够得到世界上最先进的技术、最先进的管理经验,就会学到世界上最好公司的国际化的方式和方法。如果要合作,德赫斯就要控股,或者起码要成为第一大股东,禾丰成为德赫斯集团的一部分,我们加以指导和管理,企业一定会有光明的、美好的未来。"

德赫斯公司少壮派掌门人的口气,比楼道里的感应灯脾气都大,有一点动静就瞪眼睛。

金卫东绝不容忍他的观点!中国的公司,为什么要让你们操控?在中国,你凭什么如此骄横、如此颐指气使?

金卫东清楚,眼下第一要务,必须迅疾出手,让国格和人格高高挺起胸膛,挫败对方的傲气,勾勒平等互利的合作框架。

当时金卫东的英语口语说得不流利,虽然能够百分百听懂,但还不能流畅地表达,于是请夫人毛东辉翻译他的话:"请不要和我这样说话,你不是救世主,我们要找的是合作伙伴,不是找主人,在你考虑与禾丰合作的时候,请不要首先认定通过合作就会贡献给禾丰这么多利益,请你也考虑一下,与禾丰合作对你们的意义何在,你们同禾丰合作能获得哪些好处。如果这个合作像你所理解的那样只对禾丰单方有益,你们像救世主一样地施舍,这样的合作就没有合作的基础,那就停止为期一周的考察,你们现在就可以回荷兰了,禾丰不需要这样的合作。"

见毛东辉不愿意把这话直接翻译给对方,金卫东便请邵彩梅博士代为翻译。无论是金卫东夫人毛东辉还是邵彩梅博士，都不愿意把话直接翻译给对方，因为她们觉得这太强硬甚至是不太礼貌的待客方式。

哪怕走到路的尽头也要临水照镜！

金卫东果断地挑开了说："双方合作要建立在平等互利的平台上，我们有我们的人才，有我们的文化，有我们优秀的管理经验。既然你们感到你们那样强大，我们差很多，就不要合作了嘛。"

金卫东让邵彩梅博士翻译过去，邵彩梅认为这话有些过火，不好意思翻译。

金卫东让夫人毛东辉翻译，毛东辉也置之不理。

两位翻译的沉默丝毫没有打退金卫东的固执，他想，宁可失去合作机会，也绝不有失人格和国格。两位翻译不好意思，实在没有退路，金卫东便硬着头皮，用不太熟练的英语，把上述内容说了。

气氛一下子降到了冰点。他们都没有想到，德赫斯家族第三次来到禾丰的访问会是这样一个强硬的开场，他们没想到中国新一代的企业家是这样自强、自信和自主。他们犹豫了，应该打道回府还是继续考察？

德赫斯是荷兰最大的饲料生产企业，这是家有百年历史、四代传承、响彻全球的著名企业。掌门人CodeHeus是三十几岁、器宇轩昂的企业家，温文尔雅的礼仪之外是钢铁一般的意志和挑战对手的雄心，与禾丰旗鼓相当，与金卫东不谋而合。强手之间的对抗与合作，将强烈冲击世界饲料企业的格局。

因为他们在100年的经营中没有犯过重大错误，成长为全球饲料行业的领军企业，德赫斯在2001年被授予"皇家德赫斯"称号。

习近平总书记访问荷兰时，到访的唯一一家荷兰企业就是德赫斯。

勇气是尽管你感觉担心，但仍能迎难而上，尽管你感觉痛苦，但仍能直接面对。金卫东的话"一个道岔"，把合作引向路口，谁也说不清将向何处去。

弱国无外交，弱企业没有主动权。丛林法则是狮子定的，决定吃不吃野羊，不在于野羊是老的小的病的还是健壮的，而在于狮子饿不饿。当代中国日益强大，不是弱小的野羊，也不当欺弱凌小的狮子，而是与所有主权国家都是平起平坐的伙伴，是法则的共同缔约者，为什么要听令于人，让人家牵着鼻子走？

金卫东想，宁可不合作，也绝不甘居人下，更不能削弱国格。现在不是企业与企业的比拼，而是民族与民族的博弈，国家与国家的较量。

时间一分一秒地过去，谁也不知道下一秒会发生什么。僵持如锉，锉疼时间，也锉伤在场所有人的感觉。蓦地，意外不期而现，荷兰老董事长 Henk 把咖啡杯举起来，对他的儿子说："儿子，我们庆祝一下吧。"

儿子问："庆祝什么？他的态度这样不好！"

"我们来干什么来啦？"老董事长和蔼地说，"我们来找优秀的合作伙伴。金这样维护公司利益，跟他们合作，他也会维护我们的利益。这样的强势合作者，正是我们要找的合作伙伴。"

洽谈有了转机，为期一周的考察继续进行。考察由王凤久总裁、邵彩梅博士、赵文馨总监全程陪同，他们温和友善的态度，良好的外语沟通能力化解了北京会面的尴尬。从北京到沈阳到长春，到哈尔滨到大庆，他们参观了禾丰十几家新建工厂，在硬件过硬的同时，他们也看到了禾丰专业化的营销模式，看到了人才济济的现代化管理。

此波刚平彼波起，在资产额度和投资额度上再出分歧。

当时禾丰净资产2亿，加上人才和无形资产，作价10亿。荷兰公司买1.5亿，占股15%。

荷兰德赫斯公司兄弟对10亿不认同，找世界级审计事务所对禾丰进行调查。

世界第二大律师事务所美国贝克·麦坚石公司和世界四大会计师事务所之一普华永道会计师事务所，对禾丰进行了40多天的调查，得出结论："禾丰保持十余年健康高速成长并极具发展潜力。财富来源合法，财产真实可靠，公司结构合理，逻辑严密，企业管理的正规化程度超过了很多外资企业。"

于是，德赫斯公司一锤定音，立即出资入股禾丰。

此次合作对禾丰具有里程碑的意义，同样对中国饲料企业具有重大意义。此前饲料行业几乎与所有外国大企业的合资都是外方绝对控股，中国人做小股东，总是外方主导合资企业的管理，德赫斯却改变初衷甘愿做配角，甘愿把命运交给禾丰来主宰。

在大局已定的前提下，金卫东没有只考虑禾丰的利益，而是提高站位，放大格局，以未来的眼光和世界的眼光衡量合作，专程去德赫斯公司洽谈。

山雨欲来风满楼，德赫斯公司引发了小小的地震。掌控公司的兄弟俩不知道发生了什么变故，却料到金卫东一定为禾丰争取最大的利益而来。

德赫斯公司严阵以待，近乎风声鹤唳，掌管公司业务的兄弟俩剑拔弩张，矛盾似即将点燃的导火索，一触即发。

没想到，金卫东的话令他们大为吃惊："我这次来德赫斯公司，主要谈两个问题。第一，昨晚上我把公司卖了，很难过。你们投资禾丰的1.5亿，可以先投5000万元，免得受损失。如果禾丰发展得非常好，你们再继续投。发展得不好，就不要投了。第二，我们一定要达到利润指标，亏损了，我们达不到计划指标，我们全部承担亏损责任。你们可以分期投入，如果禾丰发展得不好，你们可以退股。"

德赫斯兄弟一下子蒙了，事先做了多手准备，怎么也没想到，金卫东会这样谈！

金卫东具有东方企业家风范的大气，无时无刻不展现中国文化、中国骨气、中国智慧和中国善良，既让兄弟俩钦佩，也打乱了兄弟俩做过充足准备的计划。

他们急忙给他们的父亲打电话商量怎么办。

"我们俩准备与你们讨价还价呢，"大哥说，"现在，我们为你们的真诚而感动，不再有任何怀疑。就按原定的办，禾丰作价10亿，我们投资1.5亿,我们完全相信你们,资金一步到位,同股同筹。"

双方当即签订了合作协议。

2006年8月,在荷兰皇家德赫斯公司与禾丰双方签约后的晚宴上,荷兰皇家德赫斯公司新任掌门人、年轻的CodeHeus先生系好西装扣子,郑重站起身,激动地说:"我非常高兴,能与禾丰这样伟大的公司结盟。我想告诉各位,是什么原因使我们改变初衷,同意做一个小股东来与禾丰合作发展。可能你们认为是禾丰有很强的盈利能力,不错,禾丰挺能赚钱;可能你们认为是我们看中了禾丰的人才,不错,禾丰有一个很好的团队。但是我想告诉大家,我们最后下决心跨万里之遥投资禾丰,甘做小股东,更为重要的两个原因是:第一,我非常欣赏存在于你们创始人之间的深厚情谊,你们不管是在最艰苦的创业时期,还是在成功的时候,总是亲如手足,相互关照,因此我可以期望当我们成为合作伙伴的时候也能被这样对待。第二,我非常感动于你们愿意把股份送给优秀员工,你们懂得分享财富比独占更令人幸福。"

一切福田,都离不开心田。心田上播下善良的种子,总有一天会开花结果。

2008年,禾丰的优秀业绩享誉世界,进入荷兰合作银行的视线。作为世界上唯一的3A级银行,在对禾丰进行3个月的全面考察后,他们决定把其在中国的首批贷款发放给禾丰。在签字仪式上,荷兰首相鲍肯内德和农业、自然及食品质量大臣弗尔堡女士也盛装出席。这是中国民营企业首次获得跨国银行的信用贷款,此举在辽沈大地、在饲料行业、在中国民营企业引起了巨大轰动……

时间是最好的裁判。禾丰没有让所有垂青的人失望,果然好戏连台,创造了一个又一个奇迹。荷兰德赫斯与中国禾丰的合作是世界上跨国公司最完美的合作典范之一,2015年,德赫斯只减持1/4,就分红4亿多。

"一开始,我们在越南的饲料工厂不知道怎么使用谷壳,因为欧洲不生产水稻。但是,禾丰和我们分享了中国谷壳使用的知识和诀窍,这对我们在越南开展业务非常有价值。"德赫斯驻亚洲技术总监介绍。

在讨论完一体化生产和董事会之后，CodeHeus第三天就匆忙地回欧洲了。受到禾丰合作成功的激励，德赫斯在2006年之后，改变了以往聚焦欧洲市场的做法，在全球市场发力，陆续在亚洲的越南、印尼和印度等7个国家建设了工厂，并定期派员工到禾丰来交流学习。

遇见对的人，做喜欢的事，每一刻都热血沸腾。

"中国是我们在亚洲开始国际合作的第一个国家。禾丰帮助我，打开了这个最大新兴市场和更大市场的大门。找到金这样值得信任的真正企业家，是我们最大的幸运。在禾丰与德赫斯合作过程中，我们加深了相互的理解，增进了彼此的情谊，禾丰变得更加严谨和成熟，德赫斯公司也变得更加勇敢和开放。"2006年，CodeHeus接任董事长后，用他自己的话说，他学习禾丰董事长金卫东的方式和方法，制定了德赫斯公司长远的积极大胆的事业目标，并且模仿金卫东的方式做了激动人心的全集团的管理报告，获得了良好的效果。德赫斯在贡献了他们宝贵的经验、数据积累和知识信息的同时，也从年轻的禾丰公司身上学到了建立积极大胆的事业目标，用积极的手段快速提升业务规模，用更加开放的态度与管理者分享企业的成果等先进理念。禾丰的进步有目共睹，而德赫斯这家百年家族企业也从所投资的这家年轻的中国公司身上汲取了宝贵的进取精神，学到别具一格的管理经验，进而也促进了德赫斯自身的成长，并实现了他们近几年异乎寻常的发展。

在与禾丰的成功合作后，他们又成功投资了南非、巴西等国家，6年之内事业规模翻了一倍。2011年荣获荷兰皇家企业荣誉，这份光荣只授予百年历史的翘楚企业，德赫斯荣列荷兰50家皇家公司之一。禾丰牧业2014年在上海主板成功上市，禾丰事业获得社会高度关注和认可。这次跨国合作是真正意义上的相得益彰，不仅于双方的事业是一次飞跃，对于中荷双方的企业家也是一次历练和人生价值的升华，中国禾丰与荷兰德赫斯成了休戚与共的一家人。

普通的一天

抬头敢于仰望星空，低头肯于踏实付出，选定方向默默走下去，就是捷径。

《沈阳日报》记者刘国栋跟随金卫东一天，写了《我当金卫东一天助理》，副标题为"来自辽宁禾丰牧业股份有限公司的蹲点日记"。

2019年5月29日，深夜1时，一架从昆明到沈阳的航班徐徐降落沈阳。

一位中年人拉着行李箱，坐上早就约好的出租车，直奔位于沈北新区辉山大街169号的禾丰饲料产业园，在五楼一间只有一张床一只柜，像旧时招待所的房间里住下时，已是深夜2时。他就是禾丰牧业创始人、董事长金卫东。这位著名企业家的新一天就这样开始了。此时，我还在梦中。按事先约定，这一天我要当金卫东的助理，可我已输在"起点"上了——一名合格的助理，是要到机场接机的。

从早餐开始

7：45，我驱车赶到了禾丰牧业的总部一楼。

我的助理工作从早餐开始。可金卫东不用助理帮助取餐，而是与员工一起排队，取了一碗刀削面加一个小咸菜。与周边员工打个招呼，毫不生分地就近坐下，金卫东以极快速度开始吃饭。我看到，职工食堂坐得满满的。在禾丰牧业，员工的早餐基本上都在公司解决，因为距离市内较远，大部分员工靠公司的大巴车接送，不少员工起床早来不及吃早餐。

"我们很重视公司员工的早餐。"金卫东说。

一封感谢信与一条微信

8：00，总裁办工作人员送来一位叫梅津的日本友人给金卫东的礼物及用中日两国语言写的感谢信。我拆开了礼物及信函。这是金卫东为我安排的第一份助理的活。里面是一盒茶叶和一个喝茶的手工陶瓷杯。茶杯是日本画家理事会一位理事的作品。

我读了这封感谢信。信里说与金卫东一见如故，感受到了其人格魅力，并表示愿意代理禾丰牧业出口日本的食品。"做饲料的禾丰开始进军食品行业了？"我很好奇。"禾丰牧业从2009年就开始肉鸡加工，目前已经发展了饲料、贸易、综合、产业化和食品五大业务板块。"金卫东说。据2018年全口径统计，禾丰牧业销售收入超过350亿元，进入中国饲料工业的前十名。在他的描述中，我感受到一种发自心底的自豪。

8：20，金卫东的手机发出提示音。他要我看一下微信。跳出来的是一条英文的链接。看我看不懂英文有些窘迫，金卫东拿过手机，稍看一下，对我说："这是前一天《中国日报》的报道。"他大概向我介绍了内容。

结束一天的助理工作后，我找来了中文版报道"温习"，才意识到它们对我了解金卫东的重要性。28日，《中国日报》有三篇文章提到了禾丰牧业与金卫东。第一篇的题目是"禾丰的合作伙伴百年企业荷兰皇家德赫斯公司总裁CodeHeus向金卫东学习企业家精神"。文中引用了CodeHeus的话：在与金卫东合作过程中，他发现金卫东具有明显的企业家精神。第二篇是关于金卫东的专访。他提出"'一带一路'让中国发展空间更大"的观点。这也是禾丰牧业实践后得出的结论。早在2005年，禾丰牧业就开始陆续在"一带一路"沿线国家7个国家合资兴建了11个工厂，目前累计投资已经超过5亿元，发展态势良好。在第三篇，金卫东谈及了一些行业性困难。文中引用他的话说，一些眼前的困难，也是产业发展的机遇。

跨国视频

9：00，禾丰牧业主管国际业务的副总裁王振勇来汇报禾丰牧业在尼泊尔的合资情况。

从2005年开始，禾丰牧业联手尼泊尔知名企业投资2500万元，在尼泊尔建立了三个饲料厂、一个工厂。今年，双方又有扩大投资意向，布局地点想选择在离印度200公里的地方，也便于照应在印度的禾丰牧业工厂。在分析得失后，金卫东基本同意了王振勇的想法，准备在今年8月与尼泊尔方面见面，敲定投资额度及双方占比。

我记录了他们的谈话纪要。

9：40，王振勇陪同金卫东召开一次跨国视频会议。

我打开了笔记本电脑，与禾丰牧业一个国际合作伙伴——印尼实嘉集团的主要负责人之一IWI视频连线。"哈喽，IWI！"金卫东用流利的英语与对方进行交流。金卫东告诉我，他们谈论的主题就是印尼局势。这些天是印尼大选，金卫东担心印尼的局势会影响投资。而IWI说，大选产生的动荡正在平息。过了一会儿，禾丰牧业印尼分公司总经理赵长军加入视频电话。赵长军印证了IWI的话。

2017年、2018年，禾丰牧业累计投入1亿元在印尼投资了两个水产项目，包括赵长军在内，中方有7人在印尼工作。王振勇告诉我，禾丰牧业约有30人常驻国外，他负责的国际业务部40人中所有人都能用英语自由交流。"我们有总监以上管理人员30人，绝大部分可自如用英语交流，我们董事会工作语言就是英语。"金卫东加了一句。

2011年销售突破100亿元，2016年突破200亿元，2018年达到350亿元。禾丰牧业之所以能实现如此业绩，是因为聚集了一批卓越人才。金卫东本身就是一位专家型、学者型企业家，王振勇也是一位博士。一批80后技术专家正成为公司技术攻关的主力。公司还从国外引进了一些高端人才，其中有一位毕业于荷兰瓦格宁根大学畜牧学的硕士，他还获得了"中国绿卡"。目前，在禾丰牧业，光国家级专家就有30多位，人才是公司的最大底气。

一个上午，禾丰牧业办公楼迎来了一批批客人。

七楼七个会议室全满了。开完视频会后，金卫东又接到几个会议的邀请。六楼有个生态制剂技术研讨会,由一位加拿大人在主持。金卫东"闯"进来了,与这位在荷兰一家公司就职的老外交流了想法。随后,他到五楼参加了1—5月份工作总结会。这个会有来自东北三省的业务员参加。在各方代表对各自"领地"总结期间,金卫东随时提问。他认为,科学养殖大有可为。他说,"猪粮"安天下,禾丰牧业要担负起社会责任,禾丰牧业的业务员不仅要适应市场发展,还要引导和教育市场。没有废话,一语直抵要害,金卫东懂技术、了解市场,折服了大家,也折服了我这位不专业的临时助理。

后来我获知,这一天在禾丰牧业总部大楼里共召开18场会议,这还不包括高管们的单独会见。从中,我也看到了禾丰牧业一个有活力的细节。

下去调研

10:30,金卫东开始到下属企业调研,第一站是禾丰牧业产业园内的预混饲料车间。

禾丰牧业产业园,占地面积达300亩地,有8个饲料加工或饲料原料生产车间、3个生物制药车间。我们去的预混饲料车间可有些门道。经理镡春说,这个占地两万平方米的车间有亚洲最先进的流水线,生产着禾丰牧业的核心产品。

在中控室,我们看到160块显示屏正在进行可视化管理,让每个生产环节都有质量的保证,就像车间里涂在地面的一行行小脚印一样,让人很容易联想到一份踏实与信赖。这个车间年设计能力为单班10万吨,而全部员工仅为32人,还包括清洁人员,正走在智能化的路上。

走走停停,金卫东不时蹲下来抚摸饲料袋。这些袋子上有二维码,用户用手机扫一扫就能对生产流程有所了解并能进行质量追溯。禾丰牧业在全国有5个这样的混料生产工厂。"产品质量一定要保证,这是我们的核心竞争力和未来!"金卫东叮嘱镡春。

12:40,我随金卫东上了辆吉普车,去地处马刚乡和清水台乡的一个养殖场和一个屠宰场。金卫东坐在副驾驶,当起我的"助理"了。"你是金总司机?"我问司机。出乎我意料,司机回答:"金总没有司机。""禾丰牧业现有12名高管,都没有专职司机和专职秘书,更没有助理。"金卫东说。自己开车、自己写发言稿、做PPT、自己订票、改签……那是禾丰牧业高管们正常的事。

"所以,说给金卫东当助理就是伪命题。"金卫东笑言。

半小时后,我们来到了青年鸡场。这是一个尚未完全建成的养殖场,可一个标语"养殖重地,注意防疫"告诉人们,这里已开始了养殖。青年鸡场总经理迟国庆说,这里已经建好两栋鸡场,每栋养殖能力为6万只鸡,最终将建9栋。两栋的鸡刚出栏,所以看不到鸡,没有异味。鸡场旁边有一个大罐子,迟国庆说,那是饲料罐。鸡饲料通过饲料罐、管道接进鸡场,大大减少了环境污染。有意思的是,鸡场名字里的"青年"二字是指鸡的"年龄"。60天阶段的鸡,一般农户不愿养,而禾丰牧业可以凭借技术优势承担下来。

下一站是禾丰牧业控股的华康肉禽有限公司,一座现代化标准屠宰场。这也是禾丰牧业最重要的出口基地。一人一件白大褂,头戴防尘帽、脚套鞋套,把手机集中起来,然后总经理田政文才带我们进了车间。这个占地1.4万平方米、跨度达130米的屠宰车间,给人以干净、整洁、卫生的印象。隔着一层门,我们看到车间里面一群身着白大褂、戴口罩的工人正在紧张忙碌着。这是生鸡的屠宰生产线,从毛鸡电麻、放血、浸烫、剖毛、分割,到包装和速冻全过程,均在这里完成。"每天在这里可以屠宰8万只鸡,效率、成本、品质等核心指标达到国内领先水平。"田政文说。去年,禾丰牧业白条鸡生产4.55亿只,相当于全国份额的10%,在东北市场上大约每5只白条鸡就有一只来自禾丰牧业。

田政文,就像此前见过的镡春、迟国庆一样,有着很强的企业自豪感。为什么?田政文帮我找到了答案。"我们是禾丰牧业股东,是禾丰牧业实实在在的主人,我不努力谁努力?"在禾丰牧业有一个股权激励政策，表现优秀者将获得股权激励。近日，新一轮的股权激励制度刚落实，企业持股人已经有432人了。

不得不说，禾丰牧业的崛起，真是有太多的道理可讲。

在调研的路上，金卫东还抽空跟我谈论起文学。"卑鄙是卑鄙者的通行证，高尚是高尚者的墓志铭……"他背诵了著名诗人北岛的名作《回答》，"新的转机和闪闪星斗，正在缀满没有遮拦的天空。那是五千年的象形文字，那是未来人们凝视的眼睛。"他居然从头背到尾！这可能是多数人没有见到过的金卫东，这也让我想到了一周前他在2019中国畜牧业博览会创新大会上的演讲《创新与企业家精神》。他引经据典，同样提到了象形文字。同样，他也背诵了一首小诗，是美国总统亚伯拉罕·林肯写的——

> 我不求必赢，
> 但矢志真诚。
> 我不唯成功，
> 但矢志光明。
> 我必与正念之人并肩，
> 其正则是，其非则反。

说起这首短诗，还有一个故事。副总裁邸国看到了这首诗，觉得非常好，就发到公司高管群里。"我不求必胜，但矢志真诚。我不一定求成功，但定必言行如一，贯彻始终。我必将与正人君子并肩，是其所是，非其所非。"这便是邸国当时发的诗原文，是香港《明报》上发表的。金卫东看了，认为翻译得不准确。当时，沈阳农业大学请他带博士生，他便拿这首诗的英文来面试10名学生，谁翻译准确他就要谁，结果9个学生认为《明报》翻译得好，只有一个学生对他说："老师，我觉得《明报》翻译得也不好，他翻译的有错误。"于是，金卫东收他做了第一个学生。

演讲时背诵的诗,就是金卫东自己翻译的。

到底什么是企业家精神,仁者见仁,智者见智,但归根结底,企业家精神不仅仅是经济命题,更是一个文化命题。我想,禾丰牧业的实践已经证明了金卫东。他说:"什么是伟大的企业家呢?我觉得应该是那些既懂科学也懂艺术的人,既有知识又有丰富的内心世界的人,既有风险喜好又能控制局面的人,既对现实功利有追求又对人类的未来有责任心的人。我想这样的人才是未来的企业家。创新精神、责任意识、学习能力、批判态度、怀疑精神,企业家应该拥有这些特质。"

晚上的"公司日"

这一天是特别的日子——禾丰牧业24岁的生日,员工口中所说的"公司日"。

19:00,禾丰牧业组织了"讲述禾丰故事解析公司文化"生日派对,在七楼会议室聚集了200多名员工。公司创始人金卫东、王凤久、丁云峰分别演讲。金卫东讲了诚信,王凤久讲了企业担当,丁云峰则诠释了合作共赢。这让我进一步了解了禾丰人的文化使命,也让我想起了挂在金卫东办公室里的一幅画。那是金卫东在缅甸买的、有关7位苦行僧的画。巧的是,画里有一位女性苦行僧,而禾丰牧业7位创始人里也有一位女性——首席技术官邵彩梅。他说,看到了这幅画心有所感,便买下来,挂在办公室里。它也提示自己要保持"苦行僧"的本色。

22:30,"公司日"活动结束了。

我也告别了一天助理的生活。而第二天金卫东5点来钟就要起床,赶第二天8点飞往北京的航班。作为评委,金卫东要参加当日下午北京农业大学组织的博士论文答辩。问他为何这么早赶飞机,金卫东的回答是:"这个航班折扣大,只有400元,比高铁还便宜……"

一个人是否成功,不是用来衡量的,而是用人品和行为做标准。你若不能创造价值,就没有存在的价值。

"七君子"不离不弃

每个人的一生中,都会经历很多次单枪匹马的战斗,有些路只能一个人走,但当你回头望,总会发现有人守在不远处,不言语,不声张,但就在那里。

遇事方知人,化事方鉴心。人与人之间的交往,并不是一方努力付出的结果,而是相互扶持、互相鼓励的,在平凡的生活中,就像彼此人生路上的一盏明灯,伴君前行。

从艰辛创业到扬名国内外,长达25年,禾丰牧业团队当初联合创业的7位高管,各有令人骄傲的特长,他们始终亲如兄弟,从来没有红过一次脸,他们不断将自己的股份分享给公司其他骨干,中坚力量不断壮大,没有一人离开。这几位创始人被外界美誉为禾丰"七君子",在中国民营企业的发展史留下一个传奇佳话。

友情已深吸入肺,想吐都吐不出来。"世界倾诉殆尽之时,也未敢遗失你的背影。"

这天,在禾丰总部一间会议室里,金卫东与我们分享了禾丰"七君子"不离不弃的故事。

"禾丰能够成立,动物营养学硕士、前任的禾丰总裁王凤久是发起人,他是在跨国公司的同事,创始人里年龄最小的。"金卫东的思绪回溯到1995年春天,"我们在外企打工的时候,老是觉得这不平等,那不公平,老想有朝一日我们自己干,但是什么时候开干呢?"

1995年3月的一天,正在武汉某跨国公司亚洲部担任助理的金卫东,接到老同学、同在一家公司担任要职的王凤久从北京打来的电话:"卫东,我们打工这么多年了,当年你说领着我们一起创业,现在时机已经成熟了,不知道卫东你是不是忘记了当年自己的理想?如果你现在养尊处优了,挣得也多,不想再创业了,那我们也继续在各自的方向上发展,如果你当年的志向没变,就请你现在开始带领我们创业。"

金卫东当即回应:"我的想法一点也没变,一直等待这一天。"

创业伊始,金卫东说自己也有很大的压力,觉得自己能力不够,要找人创业。找谁创业,人家愿意不愿意来,不能强求。于是,金卫东就含蓄地将7位创始人名字写进了这首诗中:"铁生万里金做岸,石成千仞云为峰,俊松枝头凤久立,涛声依旧彩梅红。"随后,丁云峰、王凤久、王仲涛、邵彩梅、高俊松、张铁生各自放弃了原本待遇丰厚的工作,从天南地北聚集到一起,7人中有1个博士、4个硕士、两个本科生,平均年龄30岁。

岁月静好,从早晨到暮夕,从开始到无限,唯有深情共未来。

金卫东曾在缅甸花10美元购买了一幅画:"我之所以喜欢这幅画是因为我觉得这幅画画的就是我们禾丰,7个苦行僧,6个男的、1个女的,在雨中砥砺前行,只有一把伞,让领头的人抬头看路,他往哪里走,大家就往哪里跟,绝对相信他,哪怕走错了,也不埋怨。我想,那个领头人,暂时就是我。大家相信我,把伞给了我,我就必须尽我的能力把大家领向正确的方向,绝不辜负大家的信任,禾丰就是这样一步一步壮大起来的。"

友不在多,贵在风雨同行。情不论久,重在有忙必帮。好的朋友,就像春天里的风,可以让枯木发芽吐绿;就像夏天的雨,可以滋润你干枯的心灵。当你不开心时,他能毫不犹豫地给你送来安慰;当你处在人生困境,他能第一个站出来遮风挡雨,愿意陪你甘苦与共。

时光若白驹过隙,呼呼迈进。二十五载说长不长,说短不短。"七君子"个个把牢不可破的友情和"利他主义"虔诚地举过头顶,心连心,手拉手,荣辱与共,共创未来。

彼时,金卫东也承受着从未有过的压力:"我们的对手是有百年历史的跨国公司,他们几乎垄断了中国的预混料市场,我们失败的可能性远大于成功,而一般的成功甚至都不能保证我们原来的收入水平,但在当时,我们的共同愿望是打破外资企业的垄断,创立中国人自己的名牌预混料。"

1995年4月，现禾丰集团副总裁、时任美国独资的康地公司销售经理邵彩梅接到金卫东的电话："邵博士，禾丰公司成立了，我们缺技术人员，我正式邀请你加入我们的团队，成为禾丰的创始人。"

电话那头静如平湖。

"邵博士，你别有任何压力，你不用带配方，我在技术上知道得比你还多。"金卫东又说。

"我考虑考虑，这件事太大了！"邵彩梅回答。

邵彩梅当时如鱼得水，在美国康地公司干得很出色，28岁就被破格提拔为公司销售经理，月薪万元。这在平均月薪千元多的时代，已经是高薪了。

如果邵彩梅来沈阳创业，月薪会一落千丈！

邵彩梅6岁上学，16岁大学毕业，25岁博士毕业，为同专业中国最年轻的博士，无论学业还是现在的收入和行业影响力，都是令同代人羡慕的榜样。

"金卫东的邀请你别当真，"丈夫孔祥春阻拦道，"康地公司这样重视你，破格提拔你，生孩子人家还给你租房子，工资又这么高，你没有理由走啊！"

父亲很少出远门，为了劝女儿，专程从山东来到北京："你跟金卫东他们不一样啊，人家回到老家创业，回家乡了，那几个人都是沈阳人，又都是同学。你回东北，离家越来越远。那是当年山东人闯关东逃荒的地方，你怎么往那去？"

丈夫甚至说："你是对我有意见吗？孩子才生下来几个月，我的工作也刚刚稳定，各方面都很好，你为什么要离开？"

缘分像一本书，翻得不经意会错过童话，读得太认真会流干眼泪。

邵彩梅和孔祥春从学生时代起恋爱9年，现在工作和家庭刚刚稳定。

金卫东回沈阳创业之前，跟邵彩梅同在康地公司。金卫东早就向她透露过："如果有机会，咱们一起做点事。"邵彩梅钦佩金卫东的人品和超强的工作能力，可让她离开待遇优厚的外资公司到东北去，太难为她了!

第二次,金卫东来到北京,特意找了离邵彩梅家只有百米远的樱花酒店入住。

金卫东说:"我知道你现在特别有难度,我们的公司一切刚刚开始,我只能给你们几个月薪1500元,我1600元。现在,我只是刚刚开始,不到2年,我让你风风光光回北京。我们不只是办东北的企业,不想让你永远在东北沈阳,我们会在北京办公司。我们这些人对市场非常了解,第一年,可能赚不到钱。第二年就开始赚钱,一年收入一两百万一点问题都没有。"

在家休产假的邵彩梅没有答复金卫东。

母亲知道后,劝说道:"姑娘,你在北京我们以你为骄傲,你和丈夫在一起生活多好,公司还给你租房子。"

父亲说:"二闺女,你要上沈阳,带着孩子,一走不知道多长时间回来一次。夫妻两地长期分居,这是对父母最大的不孝!"

金卫东又来到北京,仍然住在樱花酒店。他给邵彩梅打电话:"邵博士,我病了。"

邵彩梅知道金卫东如此心诚、上火,他的病与自己不无关系。但她仍然没有答应上东北沈阳创业:"这件事太大了,我爱人肯定不放我!"

王仲涛、王凤久等几个人,隔几天就给邵彩梅打一次电话:"邵博士考虑好了吧?啥时候过来啊?""我们团队就你一个博士,放心吧,绝不会亏待你的。"

见邵彩梅有些动心,丈夫孔祥春再拦"一道坝":"离家这么远,公司也有风险,不一定能不能干起来。再说,孩子怎么办?"

"我只能带着。"

"能不能不去?"

"我实在压力太大了。现在看,算是白手起家,困难不少。从事业的长远发展看,我特别相信这些人。"

"唉，"孔祥春叹息一声，"我尊重你的选择吧，他们这样重视你，我不让你去，你会埋怨我一辈子。我不留下被你埋怨一辈子的借口，我放你。但你一旦在那里受委屈了，回来还能找到工作不？"

"没问题。"

"既然这样，我只能放你走。"

1995年11月，金卫东又打来电话："邵博士，你来，我现在就给你租房子。"

康地公司总经理温东南来自香港，收到邵彩梅的辞职书十分吃惊："邵博士，你的工作态度、你的认真程度那样好，没想到你会辞职。你为什么要去东北？"

见邵彩梅沉默不语，温东南又说："你知道吗？一个企业刚刚成立，很可能两三年就不行了。这种企业能干长吗？风险太大了，你嫌工资低，我可以给你提。哪儿不合适，我给你改善，你不能走。"

温东南挽留了邵彩梅三次毫无效果，邵彩梅离开前，温东南仍说："好，你走吧。我等你两年。如果到金卫东那里感到不满意，你再回来。"

寒天冻地，带着刚出生的孩子来沈阳创业，冒着"泡烟雪"，在有冰的光滑地面上骑自行车，跟大家一样出差。孩子睡着，邵彩梅坐在小马扎上"加班"。买了慢车票站到黑龙江佳木斯拜访客户，冬天周五去新城子工厂的328路公交车站，冻得脚疼不敢触地，狂奔着追赶长途客车赶往客户的猪场……

"痛并快乐着，"我采访时，邵彩梅对我说，"来禾丰，这是我人生最好的选择。"

在金卫东20多年如一日的引领和感召下，禾丰的7名创始人始终团结在一起，不但没有在禾丰成功以后分崩离析，而且都仍然奋斗在事业的第一线，仍承担着最为繁重的工作。张铁生大哥因年龄原因处于半退休状态，有工作需要随时回来；丁云峰已出任新一任总裁；王仲涛出任新一任监事长；邵彩梅博士继续统领集团技术工作；高俊松负责技术服务工作。

大家像珍爱眼珠一样珍爱信任。因为，信任就像一张纸，一旦折皱了，即使抚平，也恢复不了原样。

有人懂迁就包容，有人擅长适可而止，哪有什么天生的人和？做人其实很简单，以心换心，你真我更真，你假我转身。

25年来，正是以金卫东为首的7位创始人的精诚携手、恪尽职守、冲锋在前、勇于担当等诸多品质，影响着一批又一批的禾丰管理者拼搏奋进。

禾丰小有成就后，禾丰创业团队被人誉为农牧业的"梦之队"，每位成员都各具特色、各有风采。邵彩梅博士带8个月大的孩子闯荡东北沈阳，20多年风雨兼程、咬牙打拼，为禾丰发展做出了独一无二的贡献，才学之精深及为人之谦和深受业内外尊重与敬仰。她看似温婉，不反驳别人，却会用实际行动表达"反驳"。如果有人说她做得不好，她会用行动做得更好。民歌唱得很出彩。专业显赫，在行业内有着卓越的影响力。小小的身躯有着强大的爆发力。很多人视为她偶像、女神。丁云峰睿智幽默、仗义疏财、豪放，是位出色的营销专家，对公司战略理解和战略定位坚定执行、毫无偏差，坚决反对公司做房地产。奠定公司最初的东北市场基础后，7位创业者中唯一一家在沈阳的他别家离友，远赴上海领衔创业8年，开辟了华东新主战场。王仲涛帅气、潇洒，外号"小鲜肉"。他执行力强，企业管理能力出色。他襟怀坦荡，1995年背着一口锅从天津回沈阳创业，负责多个分公司开创，领军集团贸易工作多年，贡献卓著。王凤久忠厚老实，最难的时候，尽可放心地选他冲锋陷阵。"手头紧了找他借钱，指定行。"他热爱文学，文笔精妙，带出一大批文字很好的人。集团所有的文件、文书，他来把关。他恪守的观点是："世界上很多人爱示强，我们不应该这样，应该示弱，示弱是很艰难的。很多事情因为你示强才出了问题。""真正的伟大是单纯的，真正的智慧是坦诚的，真正的力量是温和的。"高俊松温文尔雅，学识渊博，颇具学者风范，多年来转战南北，任劳任怨。

好友是另一个自我，你轻轻的一句晚安，换我一晚的心安。

我就是彼，彼就是我。你给我一分，我还你十分；你对我真心，我为你用心；你陪我共风雨，我与你并肩行；你陪我一程，我记你一生。

禾丰发展蓄势再发，因为培养了一大批人才。关于珍惜人才，金卫东常常提起拿破仑在战争期间的观点，要"让驴子和学者走在队伍中间"。

有苦同当，有乐同享，大家乐此不疲。哪怕把大家装进打了箍的桶里，越箍越紧，憋闷得要死，也没有人跑出去。有一天桶箍打开了，你看看我，我看看你，谁也不想先出去。

禾丰的第一位销售员王学强，从中国科学院生态所辞职加盟禾丰，现在是掌管核心业务的集团副总裁；第一位办公室秘书赵文馨，1995年刚刚毕业即入职禾丰，现在是董事兼集团人力资源总监；王振勇博士硕士毕业后即加盟禾丰，从业务员做起，现任集团主管国际事业的副总裁；高全利1996年从大型养鸡场辞职来到禾丰，从一个业务员成长为集团常务副总裁；邱嘉辉来自大连种鸡场，也从业务员干起，现在是执掌集团产业化板块的副总裁；邸国毕业后做养鸭场的技术员，1996年入职禾丰做业务员，现在是禾丰副总裁、董事会秘书；王国志毕业后到禾丰做业务员，现任山东区总监；姜维胜1998年大学毕业就加入禾丰做业务员，现在已成长为禾丰反刍饲料事业的领头人；曲艳阳2000年毕业，到禾丰从办公室秘书做起，现任职禾丰食品销售总经理；孙瑜毕业即加入北京三元禾丰创业，现在负责关内区采购……

不怕从零开始，就怕从未开始。

创业时业务员打电话，办厂没钱只能赊货，打100个电话，才可能有一个人赊货。销售经常被拒绝，当时主要联络手段是电话，"买货才是大爷"。登门拜访十几次，有可能只成功一次。

工资向销售倾斜，办公室月薪300元，销售的挣3000元。

创业者们求贤若渴。他们像一只只在树林中结网的蜘蛛，将心思分成许多份给别人，把四面八方的亲戚串联在一起，共同吸吮网上的露珠。

"金卫东的嘴"，会说，水平高；"丁云峰的鬼"，点子多，有花样；"王凤久的腿"，勤快，不怕累。

对手变成朋友，就比朋友更可靠，朋友变成对手，比对手更危险。

高俊松硕士毕业后加盟别的公司，拿订单特别厉害，一次卖了5万吨。丁云峰觉得这是个人才，应该挖来。都在一个大楼办公，丁云峰请高俊松到自己的办公室来，大幅度"刺激"他，故意做个销售15吨的订单，有意识让高俊松看见。高俊松果然惊愕，五官都不在原位了："哎呀，你们拿下15吨的销售订单？"

丁云峰不慌不忙地问："你们怎么样？"

"不行，才5吨。"

"太少了！"丁云峰一再摇头，"你们也不行啊，怎么才5吨？"

高俊松回到单位就说："我要去禾丰公司，人家的团队真厉害，一个订单就15吨。在这样的公司干才有前途。"20多年过去，这件事一直是大家风趣的谈资。

哪个年轻人不关注自己的前程？好比业务是碗，人才是水。不能只看到碗，看不到碗里的水。希望是埋伏的士兵，随时等待一跃而起冲出去，与前程的大部队会合。

现禾丰分公司总经理董桦，原来在别的公司工作，都在农垦大厦一个楼内办公。禾丰在招兵买马阶段，觉得董桦人不错，金卫东想挖她。

这天，董桦来818房间问金卫东："你们创业了，不做工作服吗？"

金卫东问："你们公司怎么样？"

"从哪个方面说？"

"今年跟去年比呢？"

"不如去年。"

"去年跟前年比呢？"

"赶不上前年。"

金卫东笑了笑说:"这就好比,你们从楼上往下走,我们从楼下往上走。有一天,我们从楼上相遇了,你们的公司没了。从长远看,你不如现在就来我们公司。"

董桦来了,成为禾丰公司第一次扩股的受益者,工作扶摇直上,早就成为禾丰高管,现在干得风生水起。

董桦来禾丰时,公司刚刚组建。2012年,禾丰成为辽宁饲料企业的前十,现在稳坐东北饲料行业第一把交椅。

心情再差,也不要写在脸上,因为没有人喜欢看;日子再穷,也不要挂在嘴边,因为没有人无故给你钱。即使生活有1000个理由让你哭,你也要找到一个理由让自己笑,这就是人生。

1996年刚创业,金卫东就向同事们公布了他的远大计划:未来,我们要办100家工厂,如果每个工厂挣100万元,就是一亿元。

这简直是天方夜谭,当时没有人相信。

金卫东公布他的规划时,禾丰只有一家工厂,年销售额不足100万元。

困难和理想在人的左手和右手上,只是理想无形,使人们以为它不存在。

现在任禾丰公司副总经理,当年为禾丰公司的第一个业务员,第一个男员工,第一个被提升为分公司总经理,第一批成为扩股股东的王学强听了金卫东的话,心里这样想:连销售额100万元都不到,就喊出一亿元,这也太悬了吧。

接受采访的禾丰朋友中,当时持类似王学强的质疑态度的非常普遍。

人生最清晰的脚印,往往印在最泥泞的路上。如果你想拥有从未有过的东西,那你必须去做从未做过的事情。

面对比乱草堆还乱的困难,金卫东"大道至简",不时推广他的战术:"他有武器,我赤手空拳不吃亏。他有枪,我有个棍,跟他周旋,打个平手。他有枪,我也有枪,我赢了。"

大家听得有点玄。

然而，金卫东的"玄话"还在继续："禾丰一定要做大。什么叫做大？员工多得连老板都不认识了。我们的工厂要建到全国去，每到一个城市，会想起，哦，这里还有我们的一个工厂。这还不够，还要建到世界很多个地方去，员工们去旅游，都要到自己的工厂去参观。"

世上的路很多种，有些路隔着千山万水，有些路是隐形的，不是所有的路人人都能看见。站在森林前，有人说树一辈子一步没走，其实它一直在走，它们的路在空中。

树带上所有的树枝上路，树的路通往天上的星辰。

王学强自豪地说："现在，这些当年的畅想都实现了。"

志在巅峰的攀登者，不会沉迷于某个沿途的脚印中。

禾丰牧业13%的年增长速度已经很快，开展并购业务后，年增速提高到20%。只用了8年半就达到千亿元目标。2019年前7个月，增速达到26%，销售额超过50亿。

王学强从农业大学毕业后，成为首批加盟禾丰的员工，骑着自行车走街串巷找印刷厂，印宣传单，找杂志打广告。几年后在海城创业，他任分公司总经理，要什么没什么。尤其跟在外企工作的大学同学相比，觉得很亏。有一天，他跟金卫东说，自己心里不平衡，工作这么辛苦，收入却这么少。金卫东说："你现在已经不是普通人，你却按照普通人的标准来要求自己，当然心里不平衡。你现在已经是总经理了，支配几百万元的资金，用人、弃人都你说了算，怎么能只看眼前呢？"

后来王学强明白了，金卫东在考验他们。用马拉松的方式考验那些有培养前途的人，在实际工作中考验他们的阅历、能力、忠诚度、意志力……

你希望别人怎么待你，你就该怎样对待别人。对别人好不是一种责任，而是一种享受，因为它能增进你的健康和快乐。你对别人好的时候，也就是对自己好的时候。

春天用草芽为季节掐表，转瞬间跑过五个秋冬春夏。

2000年春天，金卫东把毫不知情的同事们请到会议室，和颜悦色地说:"我们七位创始人共同做了一个重要决定,现在我代表他们六位宣布一下。"到场的人个个抻长了脖子,不知道将要发生的悬念是什么。"这个决定就是,我们想邀请你们几位成为我们真正的伙伴,也就是说,从今天开始,你们将成为禾丰的股东,我们七位愿意拿出自己的一些股份转让给几位,愿意与你们共同创造,并共同分享事业发展的成果。"金卫东看着大家惊喜甚至疑惑的表情,又说,"事实上你们早就应该成为股东,因为从你们加入禾丰那天起,就是像股东一样,吸纳人才、节省成本,开拓市场,忘我地如禾丰主人般工作。我们把股份给你们一些,一点都不觉得可惜,相反我们觉得高兴和自豪,我们对未来更有信心了,因为有你们同行。"金卫东的话音未落,另外的六位创始人使劲地鼓掌,用他们热烈的掌声和炽热的眼神欢迎各位……

仿佛串场人物突然担纲主角,一时还不能适应。

王学强当时惊讶得几乎不相信自己的耳朵,激动得热泪盈眶,自己居然成为禾丰的第一批扩股股东……

"工作本身就是最好的奖励,而不是奖励金钱。工作已经成为我生命的一部分,如果不叫我工作,我都不知道做什么。"

现在,与王学强一样,若干年前早就身家过亿的一大批同事,仍在艰苦创业,胸怀全局,奋力打拼。

好东西在远方,远方如果没有你要找的东西,那一定在更远的远方。

2001年,金卫东提出"逐鹿中原,开拓八荒"的口号,自己亲自带队,走出东北,进军关内。丁云峰进军华东,开疆扩土。

现公司副总裁孙戈利也是首批扩股的受益者,当时金卫东占股50%,一下拿出25%的股份分给别人,此后又多次扩股,让更多的人参股,分享公司红利。现在,金卫东占股16%,在同类公司中是最少的。金卫东却说:"在公司持续发展中,我还要一次一次稀释我个人的股份。"

三年之后,金卫东说:"为了大家的生活,公司决定回购一部分股份。"当时为了置办婚房的孙戈利只卖了0.05%,换回20万元。

2006年，跟荷兰德赫斯合作后，股份增值100倍。

禾丰上市之前，为了滚雪球式发展，公司没有分红。有人议论说："金卫东最会画饼充饥。"经过多年的积累和发展，一些同类大公司消失或被甩在身后，禾丰却快速缩短与国际顶尖同类大公司的差距，甚至"弯道超车"，由跟跑到领跑，成为同行业的东北翘楚，成为世界赫赫有名的跨国公司，效益呈几何级数提高，个人收入跳跃式增长。大家才明白过来，金卫东连续打出一组组出人意料的组合拳，有着出色的领航才华。

现禾丰公司人力资源总监赵文馨为禾丰公司第一个女员工，也是第一批扩股的受益人，但此前，赵文馨常常以为金卫东在说大话。

一个人追求的目标越高，他的才力就发展得越快，对社会就越有益。

销售会上，金卫东对大家说："有一天我们的利润将达到1个亿，我们将坐着飞机全国、全世界地参加会议、洽谈合作。"赵文馨撇撇嘴，直率地说："销售额达到1个亿就不错了。"大家都笑。金卫东则肯定地说："一定能达到，我们来算算……"

有时候，距离成功只隔一滴汗的距离。

金卫东经常跟大家算那些看来遥不可及甚至不可望的目标。1998年，禾丰已经成为东北最大的饲料企业；1999年，禾丰搬进了自己的新工厂。

难度决定高度。迎难而上，就要像蚯蚓那样坚持线性真理，摸着黑在大地皮肤下面打洞，一往无前。

2003年禾丰编制10年规划，金卫东在高管会议上说："我们大家一起奋斗10年，把小公司建成在全国有影响力的公司，很有意义。我们要用10年时间，在中国同行中跻身前五名，销售额要达到300个亿。"

听金卫东这样勾画未来，面前的年轻人就像坐在后排座位的近视眼学生，看不清老师的板书。

赵文馨和所有人都低下了头，他们脑海里的想法浓雾一样移动、弥漫。这目标也太大了吧？此刻，他们的销售额才十几亿，怎么可能实现 300 个亿？

但是，你的唱针摩擦我们，我们必须歌唱！

2003 年年底，禾丰果然成为中国最优秀的饲料企业之一，利润超过 1 亿元，资产增长 1500 倍！禾丰的成功证明了一句话：有伟大的梦想才有伟大的事业。就在禾丰人为成就欢欣鼓舞的时候，金卫东又提出，禾丰要成为世界顶级农牧企业，成为安全、优质食品制造者和领跑人。

有些风景，如果你不站在高处，你永远体会不到它的魅力；有些路，如果你不去启程，你永远不知道它是多么美丽。

1995 年 6 月 18 日公司正式注册成立。禾丰的名字寓意期待美好的未来，英文名 Wellhope 也恰如其分。

在一切变好之前，我们总要经历一些不开心的日子，这段日子也许很长，也许只是一觉醒来。

开局一步一坎，大家起早贪晚工作，5 个月里没有发工资；用十几万元流动资金做百万元经营；只能锦上添花，从不雪中送炭的银行将他们拒之门外……

采购员们每天不停地按电话键，比铁匠手下的小锤敲得还快，整天怀揣希望匆匆忙忙到处勘察，始终打着浪漫的腹稿。差一种原料也不能开工，为了买齐近百种原料，不得不去赊货，十家供应商有九家会拒绝，拨通 1000 个电话，遭到 900 多次拒绝，长时间背负沉重的挫折感，致使当时负责采购的经理王仲涛一头原本漂亮的黑发如受病的蒿草，一片一片脱落，出现斑秃。王仲涛的头发落光了，但禾丰的事业成长了。谁都预测不出，持续呕心沥血、咬牙坚持，年轻的创业者的心理负荷几近极限……

真正的强大，不是忘记，不是抱怨，而是接纳。已经发生的便是你生命的一部分，不管是辛酸还是快乐。

越是难熬的时候，越要昂首前行。人向上走不容易，向下坠却易如反掌。

"直道可跑马，曲径能通幽。"如果你要靠别人的鼓励才能发光，你最多算个电灯泡。我们必须成为提供动力能源的引擎，去影响他人发光。

大家的克勤克俭、砥砺打拼感动了上苍，半年之内，他们奇迹般创造了外资企业对手一年半到两年才能达到的销量，超越了盈亏平衡点。

总算在坚持到快要坚持不住的时候穿透黑暗迎来黎明，大家惊喜又激动。金卫东张罗着庆贺一下，那天晚上，全公司的人都喝醉了。似乎大家喝的不是酒，而是辛酸、痛苦、激情、豪迈与美好的憧憬。

1995年起步的当年，禾丰的事业就张开翅膀、一跃冲高。不是他们挣了多少钱，而是以共同的价值观和理想为"头雁"，道德和企业文化双翼齐飞……

1999年，创业5年，禾丰牧业人均年创造价值70万元。

伴随禾丰事业的阔步前行，资金不足和人才缺乏的两大高山挡在面前。

一方面，果实成熟了，在高高的枝头眺望，等着对的人摘取。另一方面，少数人的能量总是有限的。一个人的力气再大，也挣脱不出自己的皮肤。

禾丰牧业内部已经成长起来一批优秀的青年管理人才，他们没有投资的能力，无法按常理成为股东。金卫东在深思，是让他们作为职业经理人继续在禾丰长期工作下去，还是让他们选择在机会更多的中国市场当创业老板？

我在前边讲述过，在人才与财富的选择上，金卫东提出倡议并多次带头出让股份吸纳优秀管理者成为股东，带领禾丰开了中国饲料企业优秀人才股份共享的先河。

由于扩股的过程高度保密，同时决策的速度非常快，所以新伙伴都不知道为什么要大家来开会。当金卫东代表创业者把这一决定公布给大家时，大家一下子惊呆了，绝大多数人流下了激动的热泪。这意味着每个人都立即变成了百万富翁，这意味着自己成了一个强大公司的主人，这意味着自己的价值得到了全面的肯定，这意味着人生将不必为物质财富而过分担忧，更可以全力以赴追求理想。每个人都发自肺腑地表达了感激之情，共同的事业将大家紧密地联系在一起。

新股东张晓鹏说："我的母亲问我在公司干什么，我说负责采购，妈妈担心我每天和钱打交道有风险，我说妈你放心，我绝不会乱花公司一分钱，也绝不贪公司一分钱。今天我的忠诚得到了回报，我的母亲会非常高兴。"

新股东董桦的发言理智而兴奋："我并不感到意外，当我决定加入这项事业的时候，我认定你们就是这样的创业者，是能够将利益与大家分享的人。我没有想到的是这一天来得这么快，并且首批参与分享的人中就有我。"

金卫东向新股东介绍了禾丰牧业财产的价值、财产的产生过程及合法性，最后高兴地对大家说："各位新伙伴，当年公司很小，大家的工资很低，只拿一两千元工资时，就像收入几万元一样十分珍惜并拼命地为公司工作，因此你们的确值得我们这样对待。把财富送给各位，我们一点也不心疼。希望各位从今以后更负责任地对待工作和生活，更严格要求自己，同时不要忘了为你们的下属，为那些优秀的年轻人创造美好的未来，就像我们帮各位着想一样。"

传统亲情已在此升华，这不是血缘传承，而是大爱的开疆扩土。

此后禾丰又间接发展了第三批、第四批股东，公司内部持股人数达50余人。2018年年底，禾丰牧业推出限制性股票激励计划，共计372人获得一次限制性股票股权，享有1457.5万股股票。禾丰实现了以人为本的良性发展：股份均衡，人才济济，上下同心，共谋发展。

金卫东谦虚而平和地说："把股份让给同事们，其实是钱在帮忙，人只做了点协调工作。"

如今，禾丰牧业在国内外已拥有160余家全资或控股分（子）公司，员工2万余人，产品覆盖32个省、市、自治区，并在尼泊尔、印度、菲律宾、印度尼西亚、俄罗斯等国建有11家工厂。上游产业拉动了下游产业，每年直接或间接带动数百万户养殖农民走上致富道路，保障了数百万个家庭脱离贫困生活；每年接纳300余名大学生和研究生就业，为解决国家就业压力做出贡献。

禾丰目前有超过400名研究员，是"国家认定企业技术中心"和"国家饲料加工专业分中心"，已经通过国际CNAS认证，拥有全国行业内少数几家能提供权威产品检测的实验室，检测结果被80多个国家和地区承认。

玩也是人生的精彩部分

内心的强大，永远胜过外表的浮华。

金卫东从小爱学习，也爱玩。

讲正课时金卫东常常溜号看闲书。其实老师讲的课他事先学习了，书都翻烂了，要点已经记住，上课时反而坐不住，回头回脑跟同学说话，鼓捣东西，看课外书。但有一条，他一直学习成绩拔尖，爱思考。

这天，地理课老师说："同学们，今天我们学习岛屿。那么，什么是岛屿呢？四面环水的地方，就叫岛屿。"

"老师，什么叫半岛？"金卫东问。

地理老师回答："半岛就是露出水面一半的岛。"

"不对，"金卫东说，"三面环水的叫半岛。"

老师在这么多同学面前被卷了面子，特别生气。他立刻板紧面孔、怒目圆瞪，气呼呼向金卫东走过来。

同学们都为金卫东捏了把汗，这位人高马大的老师经常打学生。

金卫东知道面对迎面而来的老师，从门跑是不可能的。不跑，就要挨顿打。眼看老师越走越近，金卫东急中生智，身手敏捷，啪地推开身边的窗户，越窗而逃。

地理老师更加恼火，跳窗去追。

金卫东连忙向操场跑，地理老师紧追不放。金卫东毕竟是小孩子，跑不过人高马大的地理老师，眼见距离越缩越短，地理老师现出势在必得的表情。危急时刻，金卫东看见不远处有个砖垛，便飞奔过去。前后脚，地理老师也跑到砖垛前。眼见触手可及，他伸手去抓，金卫东猛地闪身拐个急弯躲开，围着砖垛转圈。

两个人跑得呼呼喘，围着砖垛来回转。

金卫东眼看体力不支，突然看见学校贫宣队的王大爷走过来，金卫东连忙大声喊叫，故意引起王大爷的注意。

"怎么回事，你们跑什么？"王大爷问。

金卫东指着地理老师："他讲课讲错了，还要打我！"

贫宣队和工宣队，是中国"文革"时期学校特有的产物，前提都是"根红苗正"的人物。前者为苦大仇深成分好的老贫农，后者为出身好的工人。

金卫东连忙快速地复述一遍地理老师讲错的过程。

识字不多的贫宣队王大爷也不知道谁对谁错，抓耳挠腮半天，他把前进帽放在手上当半岛，左比画右比画，眉毛突然向上一挑，表态道："我觉得这孩子说得对，说得有道理。"

金卫东逃过一劫。

这天，金卫东的母校辽宁省海城西柳乡中学，在一进校门最醒目的宣传栏贴着大幅喜报：庆祝金卫东考上海城市重点高中！这个喜报贴了好几年。

当年海城西柳乡中学的师资很差，全校初三考生200人，口号喊得震天响，却只有金卫东一人考上县重点高中。

199名初中同学，也有天资很好的，一律回家种地。

喜报在学校贴了好几年，金卫东三个字已经成了母校师生的"热词"，可他入学海城高中却是"打狼的"，分数排倒数第一名。

金卫东并不是那种起早贪黑苦学的孩子，脑袋像安了磁带，随学随录，学了就会。半年后，金卫东的成绩排在前五名，直到高三，从没跌出过前五名。

然而，金卫东精力过剩，像似患了多动症，事事少不下。看闲书，玩各种体育用具，甚至下课鼓捣扑克牌，有时上课仍然鼓捣东西，跟左右的同学说话。老师安排坐在金卫东身边的人，嘱咐"谁也不许跟金卫东说话"。同学们记不住，老师训斥："你老跟金卫东扯什么？你能扯过他吗？人家不学，考试成绩照样那么好，你行吗？"

老师让学生们练习快速阅读，课文读个三四遍，就能够复述原文。每次讲公开课，金卫东都积极举手、发言，复述又快又准确。

前来听课的教育局局长怀疑，这一定是事先做了假。不然的话，怎么那个叫金卫东的同学回回第一个复述，又回回复述得那么好？

复述得一个字不差还叫复述吗？那是背诵啊！

又一次公开课，在课堂上，教育局局长当场提出："金卫东同学的记忆力太好了。如果他真的背诵那样快，就让他现场背诵。不过，背诵课文由我来指定。"

前来听课的教师纷纷赞同，显然，他们也认为金卫东"事先准备了"。

就在大家面面相觑的时候，讲公开课的老师轻松地同意了。金卫东也轻松地点了点头。

"那么……"教育局长想一想，"就背《爱莲说》吧。"

《爱莲说》不是本学期教材中的课文，显然在难为金卫东。在十多个听课老师和全班同学的注目下，金卫东接过《爱莲说》，当着大家的面看了三遍，向班主任点了点头："可以了。"

班主任说"开始吧"，教育局长又别出心裁地提出："金卫东，既然你记忆力那么好，你能不能倒着背出来？"

现场的氛围立刻紧张起来，连听课的老师都交头接耳，同学们纷纷议论，觉得局长的这个要求有些过分。班主任更加紧张，他不能阻止局长的要求，也为金卫东担心。不料，金卫东仍然平和地回答："让我一

173

句一句倒着背行，一个字一个字倒着背，我背不了。"

"就一句一句背。"局长说。

金卫东又认真看了一遍，合上书，把《爱莲说》完整而流利地倒背一遍。

金卫东背诵的最后一句刚刚结束，现场立刻响起暴风雨般的掌声！

金卫东在众目睽睽之下，在公开课紧张的氛围中，现场倒背《爱莲说》的事不胫而走，成为师生们的美谈。

金卫东博闻强识，过目不忘。他尤其喜爱文学，数百首唐诗宋词张口就来，类似《春江花月夜》《将进酒》《岳阳楼记》《滕王阁序》一类长诗长文，他都能流利背诵。他遍读马克思、恩格斯、列宁、毛主席的著作，重要部分皆能背诵。平素工作所需的政策法规，只要上心，就过目能诵。亲属、同学、同事的数千个电话号码，金卫东都一一默记在心。初中、高中、大学同学的名字，无一遗忘。更奇怪的是，多少年过去，上下届的大学同学，他也能叫出每个人的名字。一次禾丰公司招聘新员工，30多名大学生一块加盟，上午见面时人事科的同志向金卫东介绍过一次，午餐前金卫东做了简短的欢迎词，令大学生们惊喜的是，只匆忙见过一面，金卫东就能一个一个叫出他们的名字。

若干年后，金卫东的大学同学对他们的同学介绍时，总会这样说："金卫东，就是倒背《爱莲说》的人。"

夏秉义老师办七十大寿，众多在各界功成名就的学生前来祝寿，夏老师仍毫不掩饰地说："金卫东，这是我教过的最聪明的学生。"

数十年过去，提起考大学前分文科班和理科班，夏秉义老师仍耿耿于怀："这个学校最应该学文科的人就是金卫东，他却学了理科。"

海城高中当年分班时有一个文科班，11个理科班。金卫东文科好，理科也好。他听从家人的意见，报了理科。

提起就读沈阳农业大学，金卫东也有过跟夏秉义老师类似的"抱怨"：当年高考，金卫东在重点大学报了5个志愿，普通大学也报了5个志愿。他在普通大学的最后一个志愿报了沈阳农业大学，偏偏，这最后一个志愿录取了他。

当年国家有全盘统筹考虑，担心优秀学生不报农业大学、地质学院和师范学院，有意在录取时有所倾斜。

"不服气不行，"上大学与金卫东住上下铺的丁云峰对我说，"演讲、跳舞、玩，金卫东样样少不下，经常和我们一起疯玩，一考试我们抓瞎了，人家回回考第一。"

金卫东在大学学业优秀，一直当班长、学生会主席。

"'背运'的时候也有，"丁云峰说，"不过，那也比我们强。"

青春就像一个容器，装满了不安、躁动、青涩与偶尔的疯狂。

一天傍晚，金卫东和丁云峰、董成雨三名同学到沈阳农业大学后山遛弯儿，后山漫山遍野的樱桃刚刚成熟，红似晚霞，老远就闻到甜丝丝的味道。近前一看，鲜嫩欲滴，引人垂涎……

摘与不摘几个人也犹豫过，这是集体的樱桃。可这又红又嫩的樱桃太诱人，谁克制得了啊？

三个人索性把"理性"放出笼子，让欲望尽情挥洒。

都是要好的同学，同是钻进樱桃园，在此却体现了三种不同的心态、不同的风格。董成雨一个也不吃，摘一个装兜里一个。丁云峰忙乎得很欢实，边吃边往衣兜揣。金卫东"最没远见"，摘一个吃一个。

原本他们只想"品尝几个"就走，这一摘就刹不住车了，各忙各的。

三人正在实现各自的"短期理想"，忽然响起喊叫声和扑腾扑腾越来越近的脚步声。原来，他们的一举一动，早就被躲在暗处的看樱桃人看见了。这人没有立刻来抓他们，而是向不远处铲地的一些农民打招呼，他们蹑手蹑脚地过来，要"打伏击"。三个人惊觉时，数十把锄头高高举起，愤怒地呼叫着，将三个人团团围住。

董成雨衣兜里有100多个樱桃，人赃俱在，哑口无言。丁云峰衣兜里有十多个樱桃，无法抵赖。心小了事就大了，心大了事就小了。金卫东摊开两手，"我没摘呀，你们看，"金卫东还指着自己的衣兜，"不信，你们翻，随便翻。"

175

一只粗大的手伸进金卫东的左衣兜，没有。又翻右衣兜，还是没有。

旁边的"刀条脸"愤怒了，指着金卫东鼻子喝问："你没摘？谁信呢？要我说，数你最严重，吃得最多，啥也别说，带回去罚，狠狠地罚！"

有朋友帮忙，免于罚款将他们领回去，"我最冤枉啊，"金卫东摊开两手说风凉话，"我一个也没摘，这不，受人连累啦！"

黑夜是黑的吗？你要等它睁开眼再下结论。

我们从小就抵制玩，称之为"玩物丧志"。而事实却倒逼出另一个结论：其实许多发明来源于玩，正如瓦特从水壶冒气里"玩"出了蒸汽发动机，牛顿从掉落的苹果"玩"出了万有引力定律。

只是，在主流文化中，没有人赞扬玩。有身份有地位的人，更不能公开主张玩。古今中外的无数实例证明，哪怕玩瘾特别大，也要偷偷地玩，"不与外人说"。金卫东不，他无数次在"高大上"的公开场合，赞扬玩的种种好处。

一次去加拿大陈博士家，饭后要玩玩麻将。陈博士问金卫东："你带多少钱？"

金卫东回答："我没带钱，带技术来的。"

从此，行业间流行一句话："今天你带技术来的吧？"

允许别人和自己不一样，允许自己和别人不一样。理解了前半句，就能做到包容。理解了后半句，就敢活出自我。

金卫东精力充沛，熬夜玩麻将大半宿，第二天照样精神抖擞地工作，看不出半点倦意。他曾这样回答别人的问询："玩是充电。充电是为了更好地工作，怎么会疲乏呢？"

快乐是有传染性的，而只有使别人快乐才能让自己快乐。

2016年6月17日至19日，由中国人民大学农业与农村发展学院主办，正大集团生物工程区、北京大北农科技集团股份有限公司等单位联合承办，农业部、科技部、商务部、环保部、国家林业局、国家质检总局、国家旅游局提供大力支持的"第十一届大赢家：中国魅力全农产业发展论坛"在北京成功举办。

在这样规模大、档次高的论坛上，金卫东的演讲题目太另类了，让人"提心吊胆"：

大家上午好！

我的报告题目是"唯书与麻将不可少"。恭喜大家能来到京西宾馆开会，在这里做报告我感到忐忑不安，因为1978年12月18日党的十一届三中全会于此召开，这里是改革开放的真正起点，我们大家都受益于十一届三中全会，我何德何能在此神圣的殿堂发表20分钟演讲，要感谢大会主办方，各位能在这里参会共享，想来也应该有战战兢兢的心情吧。我选择这样一个题目，好像是下里巴人，我想说这才是真正的阳春白雪，把书读好是相当不容易的，大家同意吗？（掌声）把牌打好也不简单，追求快乐，永远以轻松的态度来对待生活，不管是顺境逆境，总要追求当下的欢愉，拥有这种态度，也当是人生的强者，大家同意吗？（掌声）有人曾问梁启超："你喜欢打牌怎么读好书啊？喜欢读书又怎么还打牌啊？"先生说："我读书时就会忘记打牌，打牌时就会忘记读书。"读书一心一意，打牌一心一意，做到这两点很不容易。特别是我，作为一名企业家，要在管理好自己的事业之外，追求学业的精进，追求精神的快乐，我想这样一个题目分享怎么能说是不严肃、不正经呢？有很多的好朋友长久未见，今天又重聚，我第一时间想告诉大家，我没有变，我的个性没变，我的锐气没变，我的风格没变。关于读书，关于打牌，我确实主动选择的这个题目，当把这个题目给会议主办方后，我发现被改成了《读书与麻将——论农业企业经营的思考》，张博士对我的题目进行了修订，但我还是想正本清源，改回到原本的状态。关于读书我有信心，我想中国饲料行业有大老板，有中老板，有小老板，如果哪天把大家召集到一起，没有准备地来一场考试，我有信心能考第一名，还可能远远超过第二名！

读书给我带来的快乐，这种快乐也支持我在目前有限的事业生涯中昂首挺胸，不趋炎附势，不阿谀逢迎，用知识的力量追求自己的梦想，当一段时间没书可读，当一段时间没有与爱读书的好朋友在一起谈一谈书的时候会感到非常失落，仿佛事业开始走下坡路。上一周和我在朋友圈联系的朋友会知道我在美国，在美国明尼苏达州和艾奥瓦州，参加美国的猪博览会和出口协会的一些项目，那些出国参加会议的同级别老板，总是会有随行人员，或翻译，或助理，或秘书。我千里走单骑，一人独行，见了15家供应商，一对一交谈，我想在这个过程中，禾丰收获很大，交朋友，获得供应商的信息，也赢得商机。另一方面呢，我给饲料行业，甚至给中国的企业家争光，因为我表现得足够国际化，足够知识化。在欢送我的晚宴上，我旁边的一位女士是美国食品出口协会的工作人员，讲话挺多。她说："你的孩子多大啦？"我说我的孩子马上就要到美国读书了。她说她的孩子也差不多，就给我看她家的照片。我一看她家的照片，两个儿子都有女朋友了，还有她，但没有她的先生。我说你先生呢？她说我离婚了，这很好，这很快乐。后来我们谈得越来越多，谈到她的宗教信仰。我自己就是一个没有宗教信仰的人，因为我太科学了，太科学了就不敢相信人是上帝造的，总是相信人是进化来的，我一想美国这样一个科学社会还是不是有虔诚的信徒呢？她说现在年轻人也越来越不信了。我说那你信吗？她说我信啊。我说你是哪个教派啊，她说我是Catholic（天主教徒），我毫不犹豫地说："No, you cannot be."

"Catholic."她马上就笑了，指着我鼻子说，"You know,

you know（你懂的）."为什么呢？我想在座的能有一半人懂那就太好了，其实天主教不允许离婚的，几乎是不能离婚的，她离婚了，我就揶揄她，调侃她不是个真正的教徒。长期以来读书给我很多快乐，读书让我见微知著，读书也让我更有能力坚持原则。很多人读书愿意以实用为前提，读管理、读销售、读人力资源，这些书当然在我读书范围内，可是我读书很杂，读很多书，读得很纷繁。在我小学时期，我的母亲是教师，她给我养成读书的好习惯，所以我一直坚持读书，使得我今天在商业领域不受委屈。我一个月前去了伊朗，在去伊朗之前又去了印度，我到那里虽然是第一次，但是我并不陌生，我仿佛跟他们相识很久，我对他们的历史、文化、文明有深刻的理解，这样就拉近了我们的距离，很容易在一起沟通交流。在印度饲料企业经理会上，告诉他们什么是中国，什么是印度，我们是什么样的文明，你们的文明是什么时候中断的，我们的文明为什么没有中断，我现身说法。我说如果我见到我的祖先可以讲同一种语言，用同一种文字与他们交流，可是你见到你们的祖先就不能互相沟通了，埃及人见到埃及人的祖先也不能互相讲话，因为这些文明都中断了，所以从这一点来讲中华民族是一个健康强大多元的民族。我有一个同学经常出国，每一次出国前都问我去那里看什么，每次回来还要再问我很多问题，我就说你不必要去，因为你去了也不懂。她说难道就你有必要去吗？我说我也没有必要去，因为我不去也懂。（掌声）我讲话有点狂妄，但也改不了了，我已经50多岁了。

　　我曾经想，我不走经商这条路，我会是什么人呢？我会是一个知名的大学教授吗？也许是，但是我想也是一个受排斥、受打击的、没有多少科研经费的教授。因为我也不习惯跟别人喝酒，也不习惯假装打牌输钱给官员，我愿意实事求是。其实讲到这一点我自己仍然非常的自负，我是在20多岁的时候研究生毕业当年就获得国家首批自然科学基金，我想今天的院士在 1990 年就获得自然科学基金项目的应是凤毛麟角，如果沿着这条道路走下去，当然也可以成为一名合格的教授，但未见得大红大紫。我也在想如果我从政，我会到什么级别。我问我的大学同学，我同学说"顶多副处"。我当时就问，为什么他们都可以是市长、副部长、部长……同学回答："因为你管谁谁难受，谁管你谁还难受，所以你当不上大官。"

读书的岁月，系统地在学校学习的机会已经过去了，可是中国的企业家应该坚持持续不断地终身学习，终身学习我们才能少走弯路，才能少浪费资源，才能少危害社会。当你权力越大、事业规模越大的时候，你可能是一把双刃剑，可能对社会贡献很大，也可能危害很大。我第一个给大家的建议就是应该多读书。我今天给大家带来了一个礼物——推荐大家读一本书《巨人的陨落》，这是一部三册长篇小说，是被平均三天读完的畅销书，长篇小说不容易畅销啊，讲的是一次世界大战后的传奇故事。

好像我演讲的时间不多了，我得进入到下半部分题目——打牌。我打牌也不仅仅麻将打得好，各种牌技都很精。在座的我看有我的几个牌友，你们知道我的特点是不管输了赢了都不愿结束。只要有一个人在，我就继续打，我曾经两个人打一夜牌，而且就是前不久。打牌，我其实不仅仅在追求快乐，也是一种对现实的逃避。我昨天从沈阳赶到北京，下机前全体被通知不允许下飞机，静坐在原地，上来几位公安人员，当场抓去一个人，我不知道这个人是官员还是企业家，大概就是两者中其一吧。所以现在从政是高风险，其实经商难免要同流合污，风险也不小。我看到我那些同龄朋友事业心进取心强的人，几乎很少回家吃饭，不是陪这个管他的人吃饭就是跟那个跟他有利益相关的人吃饭，所以每一次在北京组织牌局的时候，我想在座的几位可以做证，我总是第一个到，我总是组织者。我有时候问他们，为什么你们总是那么忙，你们的一辈子就是陪人吃饭组成的吗？你们就是陪领导吃饭写完你自己的一生吗？其实我自己愿意打牌，除了追求快乐之外，也有逃避不和那些可能话不投机的人交往的因素，发展事业我尽量靠自己的本事，哪怕发展得慢一点，我们（20世纪）80年代读大学，不是讲"振兴中华，从我做起，从现在做起"吗？如果说现在我们能做的是有限的，那么不做什么还是可以自主的，所以不愿意做的事就不做。其实我开始打牌是在我研究生毕业之后人生受到挫折的时候，受到不公平待遇的时候，我的苦恼需要解脱，但打牌慢慢在农大就有名气了。当时我们系主任在全系大会上不点名批评我，说有的青年教师碌碌无为，天天沉溺于赌博之中，我告诉你，生命是以时间为单位来计算的，要悬崖勒马，犹未为晚。我说张老师你刚才是说谁呢？他说如果你有这种现象就是说你呢。我说你不可以说我，因为我现在遇到的是我感到不公平的待遇，这种不公平我必须要发泄，我用这种方式发泄才最好。我输了我认，我赢了别人也认，我赢的时候我要谨慎小心，巩固战果，不要再功亏一篑；我输的时候我要顽强，我要拼搏，我要东山再起，收复失地。（掌声）我赢的时候我要关心在意那些输的人，不要世态炎凉；我输的时候，也要认清谁是小人得志，不可一世。我说我不是在打麻将，我是在领悟人生呢。我如果不是用这个方式解脱，用别的方式发泄，不是危害社会就是破坏别人家庭啊！（掌声）我的时间到了，再讲两分钟可以吧（掌声）。

在这样神圣的地方来讲读书还可以，讲打牌好像格格不入，其实人生的真谛是什么呢？人生的最重要的需求就是信息的获得，不断地增长才干，所以你们总要看微信，总离不开手机；还有一个就是追求快乐，为了快乐宁愿放弃现实的利益，宁愿牺牲时间去打牌，这种追求自由是多么奢侈啊。裴多菲说："生命诚可贵，爱情价更高。若为自由故，两者皆可抛。"你们的事业能比生命更重要吗？能比爱情更重要吗？企业家应该有学习探索的精神，还应该有追求自由的灵魂。

这个貌似下里巴人的演讲因为真实，因为贴近人性，不两层皮，说出太多人"心里有、场面无"的话而引起共鸣，受到追捧，被一家杂志原文转载，国家工委领导更是爱不释手，读后意犹未尽，大张旗鼓地分享给处以上干部，人手发一份。

当你毫无保留地信任一个人，最终只会有这两种结果：不是生命中钟情的那个人，就是生命中的一堂课。

2000年对于金卫东来说，离别是一种伏笔。

一次重要的会议上，金卫东突然宣布要告别禾丰一段时间，到一家大型的民营保健品公司担任CEO，去尝试一个新的领域，为禾丰未来谋求一个新的发展空间。他将该公司赋予他的股份全部赠予禾丰，对该公司唯一的要求便是给他足够的管理自由。

金卫东执意离开，高管都投了反对票，因为那家企业的管理难度非常大，实现目标的成功率并不高。大家担心万一不成功，以金卫东强烈的自尊心和追求完美的性格，是否能够再次回到禾丰？而禾丰事业非常需要他。然而喜欢挑战、偏爱冒险的金卫东还是坚持去开创新事业。此后6个月里，金卫东全身心投入，希望扭转危机，救回那家濒临倒闭的企业。遗憾的是，复杂的家族关系带来的诸多困扰因素使最终与开端背道而驰。

得意时，朋友们认识了你；落难时，你重新认识了朋友。

禾丰的同事在多次邀金卫东重返禾丰未果后，在一次集体管理会议上，总裁拨通了他的电话，电话这端所有股东和管理者再次发起邀请，用热烈而整齐的掌声表达大家强烈的愿望，电话那端，金卫东已哽咽不已，同意返回禾丰……

一滴泪，看尽彼岸花开！

真正的强者不是没有眼泪，而是含着眼泪仍然奔跑。

人最大的魅力是有一颗阳光的心态，而最大的幸福莫过于心灵的自如。

金卫东经常在临清风，对朗月，登山泛水，恣意酣歌的时候，那些带着清新露珠的文字，从金卫东的手指下飞出来，越过距离的原野，穿过城郭的胡同，跳进同事们的微信屏幕，像灯光一闪一闪，似浪花一跳一跳。他的原创诗歌、短句，直抒胸臆，感怀人生。类似的文字他写了很多，是禾丰公司里笔耕不辍之人。金卫东的许多文章在行业内外被赞不绝口，广为流传。

热爱是最好的老师。艺术、绘画、建筑、音乐、歌曲、舞蹈，他无一不好，尤其偏爱舞蹈。他总是倡导大家开舞会，舞会散去，意犹未尽的总是他。2010年禾丰15周年庆典晚会上，金卫东自备服装，马裤、皮靴、牛仔帽，上台演唱《我和草原有个约定》，潇洒倜傥，星范儿十足。他还喜欢打网球、踢足球，喜欢直接的身体对抗和强烈的力量爆发型运动，所以公司举行运动会、足球比赛，金卫东特别支持并率先上场。

走一步有一步的风景，进一步有一步的欢喜。人生需要有张有弛。忙碌时一心一意做好该做的事，休息时努力挖掘生活中的无穷乐趣。

我们可以失去童年，但千万不可以失去童心。金卫东始终对这个世界怀有孩童般的无尽好奇，每一刻都在探寻着什么。

小时候，快乐是很简单的事。长大了，简单是很快乐的事。

他特别喜欢新奇的东西，诸如新款手机、新软件、新款时装，每每发现一些新生事物，他总是兴奋不已，像个不谙世事的孩子那样欢快。他曾经买了部可以在水下拍摄的照相机。有一次出差在外，他在卫生间里假装不小心把相机落入水盆，在场的同事惊得忙用手去捞，他站在旁边却以心花怒放的表情，笑呵呵地提示："没关系，可水下作业。"

金卫东的表情丰富又幽默，仿佛从中可以构思出一部歌剧来。

在生活中，我们都有过刻骨铭心的体会：一颗完全理智的心，就像一把过于锋利的刀，会割伤使用它的人。

金卫东则相反，他仿佛剥掉了由于日积月累陈旧而污腐的外壳，露出本我，露出粉红色的原生内质，一跳一跳，回到童年。

世上不是缺少美，而是缺少发现。蹲在潭边，他能看见泉水像花瓣一层层盛开；站在篝火边，他能发现火苗有数不清的脚在跳舞；手扶古树，他痴迷地欣赏树干上荡漾的一圈又一圈笑纹⋯⋯

金卫东时常别出心裁地给人以新奇和别致。一次同事与他一起外出开会，他戴了一顶礼帽并系了正式的领结，就像要参加演出的艺人。走在路上，行人们对这样的猎奇装束不停地行注目礼，他却不以为然，到了会场上台讲话也不摘帽子，却说："今天宾朋满座，专家云集，为了表示对大家的尊重，我特意戴了帽子，因为古人讲衣冠楚楚才可以见人，所以我戴高冠、着礼服。"下面掌声如雷，笑声一片，他精彩的演讲也就随之拉开序幕⋯⋯

毫无疑问，金卫东的人生精彩而出色。但人不是神，难免有瑕疵。为完美人生而努力，同时拥抱间或不完美的现状。金卫东性情急躁、严厉，过于追求完美，不时因为对一些超前事物的普及在人们尚未理解时推进过猛，发生纷争和冲突。

口不饶人心地善，心不饶人嘴上甜。

现禾丰常务副总裁高全利能力出众，人们赞扬他与邵彩梅博士和王振勇博士为禾丰的"三驾马车"。坦荡而性格直率的高全利这样评价自己："我兢兢业业、奋发向上，常常是肇事者，又是问题的解决者。我张扬的个性让我起伏兴衰⋯⋯"

在禾丰，各种性格与各类人才聚集一堂，阳春白雪与下里巴人同台，柔情似水与狂滔奔腾为伍，晴空万里与雷鸣电闪穿插。宁交一帮抬杠的鬼，不结一群嘴甜的贼。丁云峰风趣地形容大家为"各种炮"：有大炮、迫击炮、闪电炮，也有小钢炮、闷炮、榴弹炮。金卫东指挥着这个特种部队，既为这支部队的战斗力而骄傲，也常常因为他们的"走火"而伤痕累累、疲惫不堪。

因为与公司领导意见有分歧，高全利像公牛闯进瓷器店般不管不顾，居然啪啪啪拍了桌子。

金卫东直言："高全利，你看你，在这个公司除了我，还有谁能够领导你？"

好脾气的人不轻易发火，不代表不会发火；性格好的人只是装糊涂、控抑自己，不代表没有底线。

一次因为工作，高全利气呼呼地冲进金卫东的办公室，大声指责，金卫东也大声说："如果你认为我不胜任做你的领导，你可以辞职！"

"好！既然你不能接受我，那我就辞职！"高全利扔下这句话，立马写辞职信，扔到金卫东的办公桌上。

两个人有着近似的性格取向，哪怕疼痛、做撕心裂肺的准备，也要掏心掏肺。

人生有许多事情无法言说。有些快乐，别人未必能理解；有些悲伤，别人未必能感受。有些累，累在身上，伤在心上……

伤了揉一揉，苦了忍一忍，谁的人生都有伤，哪种生活没有苦？

金卫东向高全利推心置腹："全利，你知道我并不是想撵你走，我只是不能接受你那样的态度。我也不希望看到这样的结果，我知道你们的用心良苦，可是我也希望你们能够体谅体谅我的感受，我也是人啊，我也需要尊重，也有尊严。"

再好的朋友，我也不能保证时时刻刻步调一致，但我至少能保证，给你我的心。

金卫东泪流满面，高全利痛哭流涕。两位阳刚、有主见的男人掏心掏肺，惺惺相惜，像一朵浪花珍爱另一朵浪花，二人握手言和。

金卫东就是率领这样一群不知何时发威的"各种炮"披荆前进、英勇冲锋，遇到锋芒不回绝，不躲避，真诚优于智慧，率真优于能力，取消计谋，删除伪饰，打造一支凝心聚力、合力攀峰的"东北虎"团队。

金卫东热爱生活，热爱生活中一切的美。他喜欢诗词歌赋，既喜欢阅读欣赏，更喜欢自己提笔写作。采访时，他曾对我说："当初我人生的第一个目标，就是当作家。"

　　沈阳举办马拉松赛，金卫东创作的歌词《奔跑吧梦想》在征歌中入选，由著名羽毛球教练于永波激情演唱：汗水湿衣裳／初心永不忘／奋勇争先的生命／青春放光芒／超越的感觉／快乐的嘉赏／永不停息的脚步／争先在沈阳／奔跑吧梦想／激情在飞翔／勇敢挑战自己／梦想充满正能量／奔跑吧梦想／永远在路上／四海之内皆兄弟／梦想就是希望……

第四章　能源主力

　　知识是文化的能源，食物是生命的能源，发动机是机器的能源，翅膀是飞行的能源，车轮是速度的能源，煤是工业的能源。那么，当我们享受煤能源带来的方便时，可否想到，一块煤要经历怎样的惊心动魄的关卡，才能成为人类应用的能源？

　　能源在我们的经济建设和人民生活中不可或缺，一时一刻也离不开。辽宁是煤炭输入大省，年需煤炭约1.7亿吨，辽宁能源年供应煤炭6000万吨。

　　1953年，国家第一个五年计划，全国共规划156个项目建设，其中煤矿项目建设25个，总产能2165万吨。辽宁占了8个，总产能980万吨。项目数占全国的32%，产能占45%。

　　当代中国，煤炭资源占能源总数的60%。伴随环保水平的逐步提高，比例会逐渐有所降低。但据一些权威专家和学者预测，最低降到50%左右，不可能再下降。燃煤电厂作为我国的主要电力供应来源，未来还将是主力发电资源。

　　那么，燃煤从哪里来？滚滚乌金如何成为温暖千家万户的能源？"地下的太阳"是如何在阴暗闭塞的千尺井下冉冉升起？脏苦累的活由谁来干？

　　辽宁能源控股集团"点将"的这三员一线主力，就是中国数百万采煤工人的杰出代表。

前锋：勇为天下先

意在笔先，超前预判，屡屡创新，让思想凌空飞翔，让行为居人之先，需要先锋意识，更需要过人的专业本领和组织能力。

沈煤集团的辽宁省劳动模范、辽宁省优秀共产党员、全国十佳采煤队长、全国劳动模范陈友联格外引人注目，在创新工作和带队打冲锋上，他总是出人意料，又在情理之中。同样是新事物，陈友联眯起眼睛一想，便有了别人不曾想到的主意。你没想到的我想到了，你想到了，我升级了，你升级了，我更新换代了。不管把他放在什么地方，不管干什么，不管时代怎样变化，他都敢为人先，做时代的弄潮儿。

初见陈友联，感觉他的力量旋风一样旋来旋去，呼地旋起，又呼地落下。因为脸盘大、说话声音大、身体块头大，走路滚雷般一串响，感觉他比大自然的旋风更结实，壮而威猛。

原来笑也是生产力。

陈友联那张刚毅而笑容绽放的脸，永远有孩童般的快乐。碰到好事，笑；碰到困难，也笑。仿佛他表情的其他部分被摘掉，只剩下笑了。那些思考的皱纹水波一样层层荡开，任何困难都随之散去。收紧笑纹在深入思考，放松笑纹则解开了难疙瘩——在掌子面采煤，陈友联像大号螺丝钉拧上就"固定住"，每天在井下8小时、10小时不上来。这一拧，竟然拧了30年！但，陈友联绝非"一根筋"待在一个地方的死螺丝钉，而是随时可以拧到别处的"活螺丝"。哪里难，他就出现在哪里，他一到，难题就一个个缴械投降。

2008年4月，陈友联在西马煤矿任副矿长期间，主管采掘、安装、维修等生产工作，当时因矿采掘失调、掘进接续困难，采面生产中断一个月。在这种情况下，陈友联根据原有采面储量状况，决定对原采面进行技术改造。首先，按原来采面确定停采线距采面到边切眼20米，到停采线位置停止生产，然后劈帮挂网净面拆除。因为接续困难，所以边生产边技术改造,推迟到边切眼再进行拆除工作,这样才能缓解采掘失调。陈友联把方案向主要领导做了详细的汇报,等决策方案确定后他召集单位及相关部门开了一次专项会议,会上明确技改完成时间、工程量、责任人,把各项工作落实到位。

在当时很多人不理解这项技改工作,对此说三道四。因为当时边切眼压力非常大,等采到边切眼压力会更大。在这种情况下,陈友联提前安排边切眼,加强支护措施,用2.8米液压单体采取"一梁四柱"加强支护,同时又采取5米加一座木垛。因措施得力,有效控制了整个边切眼超前动压和顶板整体压力。

采面距边切眼运输槽近30米,采面回风顺槽到边切眼175米,再重新掘进175米巷道,困难极大。陈友联没有被困难吓倒,他采取综合联动作业方案,在工作面风顺槽对掘面边掘进边加强新巷道支护,每个圆班必须保证15米掘进进尺。陈友联又制定在保证安全、保证质量、保证时间前提下对综采队进行重奖的政策。在施工方案正确,奖励政策跟上的情况下,仅用了8天就把175米采面回风顺槽贯通,这样整个采掘接续工作得到保障。

在整个综合联动施工中,原工作面正常生产,新综采面安装,两个采面相距5公里以上,陈友联每天都要往返两个工作面,每天都在井下工作15小时以上,现场安排、落实工作中的每个细节。在原工作面进行抹采攻关上,他每天升井后把采面图纸用比例尺进行测算,采几米头、几米尾都在图纸上标明,防止支架、运输机下串,超前制定下一步推溜拉架方案,然后到综采队班前会把图纸挂在墙上,详细讲解抹采标准和要求。最后,实现了机头推进30米到边切眼、机尾推进175米到边切眼的采面扇形抹采最佳状态。

在困难面前他勇当先锋,精准施策,顺利把原采面采到边切眼净面拆除。在整一个月的生产、安装、施工中,陈友联的体重从90公斤降到80公斤,身体消瘦许多,全矿职工对他既心疼又敬重。采面全月完成7.5万吨原煤产量,给矿上创造直接经济效益5000多万元,这项技术改造工程在 2008 年被沈煤集团评为科技进步一等奖，陈友联也在当年国家和辽宁省岗位科技大赛中被评为技术能手。他在整个技术改造攻关上的积极探索和实践，受到集团公司及全矿干部职工高度赞扬。

1991 年春节过后，因为瓦斯爆炸影响，闹"人工荒"，一些外省市的农民轮换工没有按时返矿，采煤队因缺人手而欠产。看到队领导万分焦急、坐立不安，陈友联跟小工商量，两伙号头干一个通巷道。多数人不理解："两伙号头干通巷，这是在说梦话吧？"

井下采煤工是重体力活，干通巷要把煤一锹一锹落攉出去，每个班要架棚 240 多个垛。大工陈友联却敢向领班的队长叫板："让我们比试比试吧，一旦成功，可是我们全队的大喜事。"

陈友联和工友们"干疯了"，他所在的采煤号头一天采 140 多垛。一连 7 天，每天都采出通巷煤，很快就攉回全部欠产，全月超出计划产量。比试的当月，陈友联和工友们创造了 2800 多吨的纪录，开创了炮采史上的空前产量。

1997 年，新建的红阳三矿即将投产，陈友联听说要用机械采煤，而且是国际先进的综采机组，一套机组价值几千万元，需要一批思想素质好的同志学习后上岗。陈友联放下收入颇丰的采煤队队长位置，主动报名参加。陈友联想，新中国的煤矿工人不能总是手工劳动，应该掌握现代化的采煤技术。干部一下子"跌落"成采煤工人，有人说陈友联"傻帽儿"，有人讽刺他"出风头"。陈友联不为所动，坚持到红阳三矿去学习。事实证明，陈友联的这次深造，对他后来如鱼得水地管理现代化生产意义深远。

"喊破嗓子，不如干出样子。"2002 年 2 月 16 日，陈友联作业的 710 综采准备工作队因地质构造复杂遭遇险情，高度达到 6 米多的断层落差，长度 75 米，冒顶事故即将发生。

在生与死的考验面前，陈友联果断组织工人运料、刹顶，他的两眼像装电石的脚踏车前灯，奋力踩踏后从晦暗内烧出灼灼强光。陈友联冲在最危险的地方，让他人在一旁观察。

他是齿轮，和抢险刚好互嵌，严丝合缝，同步旋转。顶板哗哗漏，随时有碰伤的危险，更有冒顶的威胁。陈友联沉着应战，凭借多年处理冒顶的经验和智慧，继续战斗。工友们见他满身灰满脸汗，劝他休息一会儿。陈友联知道耽搁一会儿就影响生产，也可能扩大危险，一刻也不歇地工作。从3点到晚上8点，他带领工友们顽强奋战，终于截住冒顶，恢复生产。

　　2004年八九月份，在最热的季节，陈友联带领采煤队又创高产。别的队月产11万~12万吨，陈友联的队月产19万吨。

　　每天的班前会，陈友联都要强调安全和质量，因为质量是安全的前提，同时也是产量的保障。他自己带头冲锋陷阵，也给班组长压担子，把安全质量与奖励挂钩，实行重奖重罚。采用激励政策，调动斗志，激发全队工人的干劲，形成合力。陈友联发明了工分激励制度，一刀煤记2000分，两刀煤记4000分，四刀煤记1.2万分，五刀煤记1.8万分。月产煤10万吨，一吨5元，10万吨总计50万元。全队全月工分500万，每名工人都按产记分，按分计酬（对月产量和月工资总额进行核算，算出每天每人挣多少钱。比如挣两万分，每分一角钱，就是2000元），多劳多得，少劳少得，不劳不得。打破大锅饭，实行绩效工资的办法，多采煤，干苦累脏险活的人多挣。按产量计酬的方式公布后，陈友联让副队长把关，计算结果准确，执行制度严丝合缝，陈友联和党支部书记再最后确认。安全、质量、产量、分数都要公开，每个人多少分、多少钱，一旬多少，二旬多少，三旬多少，公布在墙上，严格落实"你做到了，我办到了"。产量增，奖金高，福利好。"要挣钱，找友联。"别的队工人十分羡慕，纷纷要加入陈友联的团队。陈友联却说："我不能挖兄弟队墙脚。"

　　世界上有这样一些令人敬佩的人，他们把自己的痛苦化作他人的幸福，埋下奉献的种子，长出鲜花和香膏，为他人医治创伤。

　　陈友联干了13年采煤队队长，带领他的团队年年被表奖，荣获沈煤集团标杆单位称号。

1995年4月,红菱煤矿361采煤队队长陈友联正在井下的下顺槽忙碌,工作面突然响起震天动地的"煤炮",刹那间,地动井摇,工作面咔嚓咔嚓响,石雨纷纷砸落,强悍野蛮的冲击力推射碎石杂物伴浓烟喷涌而出。

"不好,出事了!"陈友联顾不上多想,迅速把毛巾蘸水塞进嘴,直奔工作面。

工作面共有8个工友。两名放炮员,一位副班长带领5个人扒煤。瓦斯突出后工作面上的6个人从切顶线爬出来,放炮的两位工友生死未卜……

事后得知,这次突出威力了得,巨大的瓦斯力量将1000多吨浮煤推出洞外,瓦斯涌出量2.3万立方米!

工作面倾斜角36度,突出后煤流潮水一样哗哗涌下,将工作面下半部堵死。

第一个冲进巷道的陈友联赶紧另寻出路,顺着皮带道往里冲,救人要紧!

瓦斯味道很浓,随时有被熏倒的危险。陈友联跑进去后,发现距放炮地点60米,两个放炮员已经被熏倒昏迷。陈友联背起一个就跑。时间就是生命啊,他要赶紧背出这个,再回来救另一个!

昏死的放炮员很沉,还要上36度的倾角工作面,每走一步都非常吃力。陈友联背着放炮员,呼哧呼哧喘着粗气,拼命往外跑。

快些!快些!再快些!

陈友联跑出百余米就浑身冒汗。这位平时吃两个人饭、能喝二斤酒的"大块头"发威了,如同机器人充足了电,全力向前冲刺,冲刺!

陈友联只有一个念头,一定要救出两个工友!可他担心,这段回风顺槽全程400米,再跑回来还来得及吗?他必须拼尽全力,多抢出一分钟,工友就多一点活下来的希望。不!哪怕多抢出一秒钟,工友就多一点活下来的概率!

工作面不通风,陈友联冒着随时被瓦斯熏倒的危险,将头一个放炮员背到200米处，迎面碰上前来救险的区长，陈友联放下伤员，对区长说："两个放炮员，我只能背回来一个。你把这个背上去，我再去背那个。"

陈友联应该再换个毛巾，可放炮员还在工作面昏迷呢，哪还有换毛巾的时间？

陈友联几乎以百米冲刺的速度向烟雾弥漫的工作面跑。好在是下坡，越跑越快。陈友联快速背起昏迷的放炮员，赶紧往回跑。身上压个不会动弹的人格外沉，又是步步上坡，陈友联跑得非常吃力。他咬紧牙关坚持：瓦斯中毒非常危险，时间就是生命啊，加速！加速！再加速！

跑到200米处，上边是平巷道，陈友联再次运足力气，提高了速度。

又跑了200多米，腿都软了，总算把工友救了出来。陈友联把伤号放在空气流通的地方，风嗖嗖嗖吹，吹跑浊气，输入清气，两个放炮员慢慢睁开眼，苏醒过来。

升井后家属扑通一声给陈友联跪下："陈大哥，今天多亏你啊！没有你救命，我们家爷儿们就完蛋了！"

工友的父母和家人闻听亲人被熏井下，该多么着急啊！

当年，母亲头一个反对陈友联下井采煤。

1991年春节前，红菱煤矿出了一次瓦斯事故。好几个工人丧命，没过上春节。吓得矿里的农民轮换工春节回家后，再也没有回矿。当时陈友联所在乡来矿采煤100多人，只回矿30多人。那年春节，矿里缺人手，陈友联没有回家过年。陈友联母亲专门给他寄信来："友联啊，赶紧回来吧。在家苦点穷点，可咱是一家人哪。你在矿上有个三长两短，让妈咋活啊！"

陈友联连忙给母亲回信："只要按安保规程干活，就出不了事。"

在信的末尾，陈友联以无比喜悦的心情告诉母亲："我现在已经当上大工了，组织上又培养我为入党积极分子，我不能辜负组织对我的期望。"

美好的承诺，不是用来感动别人，而是不让自己食言。

陈友联怀着深厚的感情写下了入党申请书，立志像雷锋同志那样，"把有限的生命，投入到无限的祖国煤炭事业中去。"他提起笔就激动，热情激昂，思如潮涌，要说的话太多太多，他一鼓作气写了8页信纸。

刚到煤矿当工人，陈友联的人生计划很简单：下井就是为了挣钱；挣钱是为了脱贫；脱贫是为了过上好日子。不想，刚入矿的一件事震撼了他，陈友联感到，共产党员处处为他人着想的行为准则，悄悄改变了他的"人生计划"。

陈友联离家时只带10元钱生活费，入矿半个月就花光了，其实他什么都舍不得买。"大块头"陈友联干活如旋风一样猛，力量大，饭量也大。他一个人能吃两人的饭。向老乡借，大家都花得差不多了，谁也没有多余的钱。向师傅借，上班不几天，人还认不全呢，怎么好意思开口？正在为难时，队里的党支部书记到宿舍走访，闻知陈友联缺钱，当即从自己兜里掏出200元钱塞到陈友联手里，亲切地说："小陈，这钱你先花着，今后有什么难处，就找党支部。"说完，拍拍陈友联的肩膀就走了。

当天晚上，陈友联辗转反侧，怎么也睡不着。"有难处就找党支部"，这句朴实的话在陈友联心里引起强烈震动。在煤矿就不同了，在生产条件最差的地方，在岗位最危险最脏最累的地方，是共产党员冲锋在前……

一心想入党，陈友联的干劲更高了！

头一次评上沈阳市矿务局劳动模范，陈友联激动万分。1992年12月20日，陈友联在鲜红的党旗下兴奋地举起右拳庄严宣誓。陈友联似乎瞬间成熟了，他默默在心里告诫自己："共产党员绝不仅仅是一个让人羡慕的称号，要真正成为群众眼里的榜样。""说得好不如做得好，必须样样工作冲在前。"

陈友联想，煤矿井下采掘确实有这样那样的危险，可煤是国民经济的必需品，你不干他不干，总要有人去干，咱是名党员，既然认准了干煤矿这行，就要无私无畏带头干。

陈友联的母亲宠着小儿子，也最信小儿子，不仅再也没有拖后腿，还同意二哥也来煤矿上班。很快，老陈家哥四个都当了采煤工，叔叔家的两个弟弟也来煤矿当采煤工人。陈家哥四个有两人当上队长，一个当上班长，都在采煤一线打拼。

人工笨采，月产量七八千吨。陈友联和工友们实施炮采方式，月产量1.2万吨。月月超产，工人月月有奖金。人们的顺口溜一再扩大范围："要挣钱，找友联。"

1997年陈友联调入红阳三矿。当年红阳三矿条件差，工人在直上直下千余米深竖井来来往往。8月的天气像卸车一样把热量倾泻在井下工作面，周遭闷乎乎的，五脏六腑像疯牛一样乱串，恨不能跳出肉身。井下设备的温度如同高烧传染的身体，与热季节会师，你热我热他也热，掌子面最高温达42℃。穿衣服采煤太热，汗水很快就湿透了衣裳；光膀子采煤也太热，不干活就能湿了裤子，干脆只穿大裤衩子。裤衩子很快就湿透，和稀泥了，被厚厚的煤灰染成黑色。反正井下也没有女人，工人们索性脱光了衣服裸体劳动。只干一小会儿，裸体就被煤面子糊满，全成了"黑人"。说话时，白牙齿一闪一闪。

实在太热了！掌子面就是一个大蒸锅，机器持续高温运转，不断释放出热能。热能越聚越多，热气扑脸，喘不上来气，闷热到不能忍受，大家咬牙坚持采煤。不干一身汗，稍一动弹更热，每个人都被包围在尘粉炸出、烟雾飞溅的环境里……

汗出得太多，只有补水。可喝多了水出汗太多，也容易虚脱。实在没招了，陈友联安排买了两个冰柜，把红糖水、茶叶水放在冰柜里冻上，工人下井时带上一壶，挺不住了就喝几口再干。

采煤环境艰苦，陈友联把握的头号原则就是工人的安全，这是生产的最重要前提。

2002年8月3日，工人费庆书感冒高烧坚持上班，井下太热，严重脱水，昏倒在掌子面，生命垂危。陈友联知道后，半夜打车将他送到矿医院。

矿医院条件有限，又拉到苏家屯区医院，费庆书一直深度昏迷，医生在他身上敷满了冰块，他一点反应都没有。医院告诉家属，希望不大了，赶紧准备后事。

"你们再想想办法，"陈友联商量医生，"花多少钱都行，一定要把他救过来！"

夜里，陈友联一直守在费庆书床前，为他按摩，两宿一天后，费庆书终于苏醒过来。

"恢复身体要紧，一定要用最好的药！"陈友联反复叮嘱医生。

费庆书家本来就困难，现在，生活像脱线的毛衣，从第一针开始迅速拆解，脱松到无法收拾。陈友联组织全队工友雪中送炭，筹集善款近两万元。

陈友联把善款给费庆书送去，家属感动得呜呜哭，哽咽着说不出话，第二天将一封情真意切的感谢信送到煤矿。

真正在意你的人，你虽轻若鸿毛也重如泰山，不在意你的人，你哪怕重若泰山也轻如鸿毛。在陈友联心中，工友们都是他心中的泰山。

2002年3月10日，工人连家本的家不慎失火，家具家电全都烧毁，家人哭天抹泪。陈友联知道后，前去慰问、捐款，并号召全队干部职工捐款，帮助工友渡过难关。

综采二队农民轮换工占八成以上，他们绝大多数来自外省市的贫困山区。工人马正显、王贵富因病休工，不能上班。陈友联利用工余时间去看他们。得知生活困难，他马上从兜里掏出400元钱，送给他们做生活费。听说盛本顺、孙俊伟等5位农民轮换工刚到矿上工作，人生地不熟，把家属带到矿上却租不到房子，陈友联主动联系他们，帮助他们解决后顾之忧。

让善良在月夜穿过困难，像一匹快马穿过村庄。

2002年，陈友联为生活有困难和住院的职工捐款达2000多元。

陈友联心里永远牵挂有困难的人。其实他自己就是这个群体中的一员。当年家里人口多，除了自己，还有两个哥哥、两个妹妹，每到青黄不接的夏天，父母都为全家人的吃饭发愁。陈友联初中毕业，就到黑龙江省肇东县砖厂打工，干些挖泥、推坯推砖的累活脏活。19岁到沈阳第四建筑公司当抹灰工，跟师傅学抹灰手艺。师傅的抹灰手艺高超，连续三年荣膺沈阳市抹灰状元称号，陈友联特别佩服。看师傅抹天棚堪称艺术享受，穿西服、扎领带、着亮皮鞋，一天下来，身上没有一星灰点。陈友联刻苦学习，几乎成了跟师傅一样的抹灰高手。

大家都夸：陈友联将来肯定能赶上师傅。

可是，一个月挣百余元钱，去了吃穿，给家里邮不了几个钱。一次在沈阳啤酒厂施工，从德国引进的流水线设备需要厂房高度30多米。陈友联站在高处，负责四个大角抹水刷石。正专心干活呢，跳板铁线突然折断，陈友联一头从30多米的高空栽落，多亏掉在安全网上，捡了一条命。这次事故"惊醒"了陈友联，他发誓再也不干建筑，一头扎进煤矿……

在陈友联眼里，每个工友都跟他一样，生活得太不容易。因此，当自己有能力时，对待他们，要跟对待自己一样。

脚下沾了多少泥土，心中就沉淀了多少真情。暖男大多数是备胎，但是我心甘情愿做你的暖男。在你爆胎的时候，帮你在人生路途中继续前进。

陈友联正直、义气、豪放，乐于助人，和工友们心贴心。

我在前边说过，陈友联永远记得吃不上饭时党支部书记塞给他200元钱时的话："有难处找党支部。"陈友联把终生铭记的感恩变成行动，热心帮助每一位工友。知道工友缺钱了，陈友联会主动找上门："需要多少？"少的几十元，多的3000元，陈友联有求必应。从上班到现在，究竟借给多少个工友钱，已经记不清了。能记清的就一点：借出去的钱，他从来不往回要。工友还钱，陈友联就挥挥手："不要了，拉倒吧。"

比自身生命更高贵的奉献精神，会带来真正的成功与快乐，会带来更多的朋友。

陈友联始终把工人当成亲人，只要工人找他，陈友联就说："凡是合理的，我全办。"哪个班组的产量高、成绩好，陈友联一拍胸脯："奖励一下，我请客！"

队里的钱管得严，花一分钱都打报告。陈友联个人掏钱请客，便成了常态。全队每月必须请一次客，怕人误会，陈友联不参加酒会，只负责买单。有人说陈友联太大方了，陈友联说："你们大家这样支持我，我才得了这么多奖金，我用请客的方式感谢大家嘛！"

陈友联非常孝顺，20年来，负责赡养4位老人，岳父岳母一直生活在陈友联家。老人认为，待在陈友联家比在儿子家舒服多了。岳父对女儿说："你必须对友联好。你对他不好，我都不让。你们有什么不对，肯定是你的不对。"

岳父这样要求儿女："以后我不在了，跟我在一样，你们一定要对友联好。"

岳母说："一个拿工友当亲人的人，怎么可能对家人不好？"

陈友联跟大家处得就像亲兄弟，工友不敢跟媳妇儿说的话，却乐于告诉陈友联。把职工的利益放在第一位，把职工的事，当成自家的事。谁家有了红白事，陈友联必到。"这是我的义务和责任。"全队100多人，每个工人的家陈友联都去过，有的多次去。

每次家访都是路标，把善良认领回家。

陈友联2010年6月调入山西晋辽公司任生产副总经理，主持矿井技改工作，每天最少下两个井，多时下三个井。多少次，人们已经睡熟，都后半夜了，陈友联仍然坚持下一个井。陈友联向来采取主动式管理，一直下到采掘工作面，现场管理，现场指导工作，亲自打样，做给工人看。现代化采煤与过去有很多不同，大型设备最重的20多吨，安装和操作都有很高的技术含量，陈友联每天下井十一二个小时，现场指导，手把手教每一个细节。在他的带动组织下，半年完成两座矿井技改工作，做到时间最短、速度最快、质量最好、成本最低，为山西晋辽公司矿井生产打下坚实基础，受到省国资委、省煤管局及当地各级政府和部门的高度赞扬。

我采访时，陈友联又接受了新的工作。这项工作难度很大，类似"救场"或者"堵枪眼"。我没有详细询问，因为，我心里有底，许多问题都这样，你软它就硬，你硬它就软。不在于问题简单与复杂，而在于由谁来"主刀"。我相信，陈友联这枚"大号螺丝钉"一定能钻透任何困难，所向披靡。

中场：葵花怀里揣阳光

有人总喜欢拿"顺其自然"来敷衍人生道路上的荆棘坎坷，却不愿承认，真正的顺其自然，其实是竭尽所能之后的不强求，而非两手一摊的不作为。

李连祥瘦弱、单薄，他说起话来，像鸡蛋贩子赶车一样慢，小心而谨慎。即便我们熟悉了，每个字都如同含在嘴里的香豆粒，舍不得吐出来。或者，像压在舌下的糖块，还要多含一会儿。

他在思考。

李连祥身材修拔，裸麦肤色，似乎营养不良，其实这是常年睡眠不好所致。李连祥习惯了紧锁眉头，眉宇间拧成"川"字。这也是思考所致。我不知道这个"川"字装过多少问题，卸掉过多少隐患。我却知道在这"川"字皱纹的辅佐下，他迎难而上，解决了无数问题，滚滚乌金在他脚下流淌。在工友们眼里，他是千尺井下的硬汉，与他在一起，工友们总有一种安全感。面对选择勇敢上路，高质量做好每一件事，就是生命的丰盈。要带领工友们齐心合力提高产量，绷紧安全这根弦，就要以向日葵为榜样，既要仰脸向阳，也要低头深思。

带领那么多弟兄采煤，靠体力，心力却更加重要。李连祥说自己

"越干胆越小",看哪儿都有安全隐患。于无声处听惊雷,李连祥必须提前将潜在危险卸掉。这种防范在井下,在家中,在梦中……

"安全"两个字,像狼一样潜伏在李连祥的思考里。他必须用最结实的绳子捆住它。担心绳扣会开,担心绳子会断,担心绳子自动脱落——30年啊,李连祥的神经一直绷得紧紧的,一直在提心吊胆中生活。

我终于明白,担心如同吸血的蚂蟥一样叮在他的身上,一叮就是30年,他的脸色能好吗?

响当当的全国劳动模范称号压在肩上,李连祥在精神抖擞的同时也更加紧张和警惕,生怕有半点疏忽玷污了荣誉,累及工友和工友的家庭。

身担抚顺矿务局老虎台矿综采一队安全副队长之职,李连祥的神经一直紧绷着——包括在睡梦中。

"恐惧!"这是李连祥第一次下矿井的最深印象。

1990年1月,初中毕业的李连祥以轮换农民工的身份到老虎台矿当采煤工。

头一次乘坐井下斜巷人车入井时,人车嗖嗖嗖下滑,耳边嗡嗡嗡响,心吊起老高老高,仿佛就要从嗓子眼跳出来。李连祥全身的汗毛倒立,他双手死死抓住栏杆,紧紧闭上双眼,担心掉下去,有种世界末日到来的感觉……

老师傅见他吓成这样,逗他:"连祥,要是害怕,就回老家吧。"

李连祥的脸腾地红了。

李连祥暗暗下着决心:"必须克服恐惧心理,在煤矿坚持下去。第一个月工资拿到手,一定给卧病在床的母亲买最好的药,给姐姐买件新衣裳。"

上班的头一天晚上,李连祥激动得一夜睡不着。马上就成为上班的工人啦,戴上安全帽,穿上工作服,多好啊!不知怎么回事,他突然想起家乡的向日葵。多少次,他站在向日葵花前歪着头琢磨,为什么它围着太阳转？而矿工灯多像向日葵啊，围着煤转。自己的心中也光芒四射，围着采煤转……

李连祥出生于抚顺市新宾县北四平乡，家中9个孩子，7个哥哥，一个姐姐，李连祥最小。家庭生活极其困难，他要越过特别喜欢的向日葵地，钻出山沟，到外边的世界去讨生活。

新宾县劳服公司要招采煤工，李连祥果断报上名。满头白发的父亲塞给他借来的200元钱，姐姐送给他一床棉被，母亲泪流满面地送他出门。当时李连祥做梦也想不到，母亲就是在他离家的那年大年三十去世的。李连祥甚至这样猜想，母亲闭眼前一定还在牵挂他的安全。

李连祥当采煤工，母亲头一个反对，担心煤矿不安全……

命运像分段阀门引水，顺理成章地到达了目的地。李连祥越过移架工、机手、检修工几个台阶，很快被提为副组长、组长，在一片赞扬声中，李连祥又升任带班班长。

假如没有"安全"这块压舱石，任何风暴都会把煤矿工人的生活之船吹翻。

李连祥感到肩上的责任更加沉重。因为，他要保证26名工友的安全。工友们身后，是26个有老有小的家庭啊！

周大姐的人生遭遇，刀刻一样印在李连祥脑袋里，挥之不去。

李连祥和周大姐一家是邻居。李连祥刚到老虎台矿时，所住宿舍的一楼有一位服务员周大姐，她热情开朗，爱说爱笑。善良的周大姐丈夫也是一名矿工，所以她对矿工有着格外深的感情。见李连祥岁数小，周大姐常常叮嘱他下井注意安全，还帮李连祥收拾卫生，给李连祥洗脏衣裳，李连祥非常感动。

天有不测风云，周大姐的丈夫突然在井下出事离开人世，周大姐立刻变了一个人一样，闷闷不乐，愁眉苦脸，沉默寡言，整天失魂落魄，仿佛一下子老了十几岁。

李连祥暗自落泪，周大姐的丈夫突然去世，如同向日葵折颈，远离阳光，她将如何度过黑暗的日子？

矿工的人身安全，就是人生的向日葵啊！

"我希望你们天天平安快乐，哪怕不是因为我。"

李连祥当上班长，头一件事就是把组长和几名威望高的工人召集在一起，把自己琢磨好几天的安全办法和盘托出，组织大家一起实施。细化矿里制定的安全制度，落实到具体人、具体岗位、具体设备、具体机器的"危险部位"……大家积极响应，表示密切配合。

在班前会上，李连祥表情严肃地宣布："从今天开始，每个班前会，不管人多人少，也不管哥儿们关系有多好，都要遵守安全规章。不管是谁，只要违反纪律就是碰了'高压线'，惩罚面前人人平等。班组长、带班队长要带头执行规程措施，现场注意事项必须清清楚楚、明明白白。有一个没弄清楚的都不能放过。"

见有人表情异样，李连祥清楚这是不在乎的表现，又提高声调："说得更直白一点，我本人和组长必须知道每天的工作、安全的重点在哪里，更要知道应该采取什么样的措施和解决方法，提前排除险情！"

李连祥略微停顿一下，用严厉的目光扫视一遍现场："组里的每名员工必须清楚，哪些地方不注意可能会出事；哪些是必须明白的重点防备的地方，这是每班班前会上必须讲明白的事情。为了防备个别人也许会麻痹大意，安全规程必须要复述一遍、两遍甚至三遍。总之，现场施工过程中必须实实在在，严上加严，尤其是现场的规程执行上，绝对是认事不认人，天王老子也不行！"

班前会气氛格外紧张，见仍然有人带理不理，李连祥再次强调："我不管是谁，关系再好，要是不执行当班措施，在我这里肯定过不去，因为我不是对你一个人，而是要为全班负责，要为26个家庭负责！"

是的，每个人都如一滴露珠，高速旋转着七彩阳光，稍不留神，便会在眨眼间全无踪迹。每个人都是一点萤火，空挂挂地孤单晃动，难免会陷落渺茫。这渺茫要全力闪耀，拼力点亮幽黑、扩大光能。

李连祥抛下一句狠话收口："严格执行安全制度，谁错了就收拾谁！"

安全若在盘山路上拐急弯，随时有坠落深渊的危险。第二天夜班，干下隅角的拉架工徐国辉休息，临时扫货工张立强替他一天。掌子面割完两遍刀后，在撑探梁的时候，张立强想凭借自己的老经验拆腿子，同时转载不停电。这是违章作业，十分危险。在张立强正准备直接崩螺丝拿腿子时，李连祥巡检过来："张立强，你为什么转载不停电？"

李连祥怒目圆瞪、满脸通红，理亏的张立强说："我就是图省事，想把腿子卸下来，探梁一撑就没事了。要是再停电，再送电，那太麻烦了！"

李连祥厉声喝道："快去把电停了，这样干太冒险了！"

话音刚落，帮顶哗啦啦松动，刹那间一次较大面积的片帮冒顶狂猛袭来，幸亏二人离事发地有一定距离，免遭砸压。

突如其来的片帮吓得张立强立时瘫软，蹲在地上，李连祥也吓出一身冷汗。

事后张立强心服口服地接受处罚："要是没有连祥，我可能就见不到大家了。"

李连祥告诫自己，遇到事，先处理情绪，后处理事情，若是情绪处理不好，事情会更糟。每天都能让工友们高高兴兴工作，平平安安回家，谁也别有个三长两短。可这是非常难的一件事。每天，在井下哪个环节都不能疏忽，哪个环节都不能放过。平均每个班，李连祥都要在井下走3公里，对任何一个环节都了如指掌。尽管这样，他还是不放心，生怕大家因为整天、整月、整年干相同的事，因为太熟悉而稍一疏忽造成大错。

各类事物总在努力对抗变异，甚至在出其不意中求得平衡，力图保持严谨的对称美学。一次，当班组长领七八个人在井下运直铁梁，图省事，他把铁梁装在车上往前推。按规程，坡度超过7‰，不允许人力推车。"一、二，三哪！""一、二,三哪！"李连祥到现场后，车后号子连天，装了满满一车铁梁往坡上推，太危险了！坡度越来越陡，铁车没有刹车，一旦顶不住，从陡坡上滑下来，后边还有一群人，那还了得？！这样干，无疑是自杀，没有保障措施，就是没有后路。如果滑车七八人完蛋了，底下还有多少人，谁也不知道。

李连祥随手抄起一根铁管，几大步跑上前，把铁管插在轱辘上，车子停下。

李连祥吓坏了，大声喊："赶紧卸车！快！"

工人们对安全的理解像漆器上了一层又一层漆，外表看不出，日积月累后，却有了重量，有了体积。但，松懈心理像没拧紧的螺丝，潜伏着不知道何时爆发的隐患。这天，巡检的李连祥发现工友的腿伸进装载机下工作。掌子面要"拉底"，把煤掏空后，下沉到一个水平面。一部装载机几十吨重，如果压塌了煤层，轰隆一下掉下来，腿就压碎了！李连祥跑步上前，迅速用铁柱支上悬空处大喊："赶紧出来！"

工友刚退出来，嘭的一声机器落下……

事故往往出在简单又容易的地方。比如开气停气，在常规状态下，每个横班一般保持前后部、转载，三条皮带最多停送电达到154次，这是上限。时间长了，有人不在意这么简单的事情，产生厌倦情绪便偷工减料图省事，干脆在离扩音电话较远的地方喊几嗓子，让方便的人代为送电。表面上没什么，实际上隐患很大。

李连祥当场指出，工人会不在乎地说："头儿，不就是代送嘛，没什么事的。都熟悉到啥程度了，至于那么丁是丁卯是卯吗？"

李连祥当即严肃批评，责令纠正，并向全体工友反思。

只要选择了远方，就要风雨兼程。李连祥每天提心吊胆、如履薄冰地工作，主抓井下安全30年，没出过一次事故，这太难了！

希望和忧虑常常是一对孪生兄弟，正因为你对未来怀抱希望，才会心生忧虑，唯有努力方可突破。

李连祥的工作日记里，密麻麻地记录了每天的工作细节，对井下业务的熟悉程度，令同行大为吃惊。

人们有着不同的观察视角，难以互相理解。就像天空下起的雪，你觉得美，我觉得冷。

"机组维修大拿"刘师傅曾经瞧不起李连祥："一个土老倒子想领导我，有点搞笑吧。你们看着，今后遇事我就撅他，看他能把我咋的。"

李连祥知道后，并没有与这位刘师傅硬碰硬，而是沉下心来，埋头学习。研究说明、找图纸、查看资料、琢磨修理案例，虚心向有经验的老师傅请教。不到两个月，李连祥掌握了机组的常规性维修保养技能，过旧巷、穿联络道等难活、险活也不在话下。

傲气的刘师傅非常佩服李连祥，背后多次向工友说："连祥这小子行，有出息！我以后听他的！"

一花独放不是春，百花齐放春满园。

李连祥则趁热打铁，去书店买来《采煤工艺》《机电机械设备维修实用手册》《电钳工检修设备实用参考》等书，请刘师傅讲课。在班里成立一个学习小组，兴起一个人人学技术的高潮。不管在掌子面，还是在机器边，都能看到工友手把手传技术、口对口传技艺的动人场景。

闭上眼睛，好好回想之前的努力，自信会喷涌而出。

马继义原来是班里干活最没窍门的人，在班组学习中下了苦功，技术后来居上，连续两届捧回集团公司技术运动会机组状元杯。

农民轮换工徐国辉，过去只有干清扫的份儿，参加班组学习，把快速拉架提升优选法作为攻关课题，丑小鸭变成白天鹅，成为这个项目的"首席土专家"。

王余贵很能干，人称"拼命三郎"。系统学习后，他改掉不时毛躁的习惯，对重点环节、岗位、部位细中求精、丝丝入扣，工作更加严谨，水准和能力直线攀升，被评为老虎台矿劳动模范。

生活有时不像你想象的那么好，但也不会那么糟。你的能力其实超乎想象，攀登的过程也许会辛苦，但回过头来你会发现自己又上升到一个新的高度。每一次的坎坷与艰难，都在悄悄为你的成长铺路。

煤矿工人直率、豪放、仗义，一辈子在井下劳动，产品却畅达天下；黑黑的煤块，却能放出耀眼的光辉。李连祥和工友近距离地以心交心，普通得就像一个煤块和另一个煤块，明亮得就像一盏矿灯和另一盏矿灯。他们之间的交情，是共同翻越工作难题的交情，是在"活跃的矿震带上"同生死、共患难的过命的交情。每个工友兄弟家里有几口人，孩子多大，有没有老人，李连祥都一清二楚。工友家里有什么大事小情，李连祥会第一时间到场。

这年秋天，因为工作太忙抽不出空，准备了好几年看望姐姐的愿望总算实现，李连祥驾车回到新宾县北四平乡冯家村。

家里排行最小的老九李连祥，几乎是在姐姐的背上长大的。姐姐照顾他的所有生活。姐姐出嫁时，5岁的李连祥跟在姐姐身后，紧紧扯着姐姐的衣襟，差点哭断了气。姐姐不忍心丢下小弟不管，在代销点买了双黄胶鞋，带着他去了婆婆家。

李连祥清楚地记起，姐姐家不远，当年就是大片大片的向日葵地。春天一片油绿，夏天这些围着太阳转的葵花仰脸盛开，秋天它们低下头沉思……

村里人知道李连祥回来，纷纷来看他。东家让去家里坐坐，西家要请他吃饭，李连祥笑呵呵地答应着。

晚饭后，李连祥和姐姐亲热地聊着，手机突然响了起来。

放下电话，李连祥不知道怎么和姐姐开口。

一位工友的母亲去世，李连祥必须赶回去。

"回吧，"姐姐理解地说，"工作的事要紧，我这都挺好的，你放心吧。"

李连祥一头扎进黑夜，急匆匆往回赶。

在途中，李连祥打个电话："苗哥，是我，连祥。王学宁的母亲去世了，他现在最需要大家，我正从老家往回赶呢。你把人召集齐了，我们一起到王学宁家去。"

苗哥说："王学宁现在都不在我们班了，大家还愿意去吗？"

"一定要去，"李连祥强调，"你就说我说的，正因为他不在我们班了，我们才更要一个都不落地全去！"

当全班26名工友齐刷刷地出现在王学宁面前，这个40多岁的汉子刹那间热泪双流。他紧紧握住李连祥的手，哽咽着说："连祥，我怎么也不会想到，全班都来为我的母亲送上一程啊！谢谢你，谢谢大家，我给你们鞠躬了……"

"工作在8小时之内，可与工友们的感情往往在8小时之外。"几个工友好玩、好赌、好吃喝，发了工资就去"潇洒"，把老婆孩子的生活抛在脑后。这怎么行？李连祥和他们建立了"家庭联保"，结对子，只要有空就找他们说贴心话，把干巴巴的思想工作变成亲近的兄弟情谊，晓之以理，动之以情，这些工友逐渐收心，吵闹、有裂隙的家庭渐渐和睦，日子过得有声有色。

感到困难时，相信自己在走上坡路，这是逆流而上的成长。

2009年，老虎台西棚户区改造后新楼配户，班里生活困难的几名工友愁眉苦脸，眼见房子下来却没钱收拾。

李连祥和班组员工们商量，一起出钱、出力，帮助他们装修。员工们终于圆了乔迁梦，大伙激动又开心，请李连祥喝"上楼酒"。不擅长喝酒的李连祥放开了量，他搂着几位工友泪流满面："归根结底，咱都是一家人哪！咱们只有小家安顿了，才会让矿上这个大家更平安兴旺啊！"

所有遇见，都有因果；所有得失，都在自我。李连祥有个小本子，上边详细记录着班组奖励、工资的分配情况。哪天哪个班，谁加班了，谁早走了，谁晚来了，都记得清清楚楚，分配时一目了然，大家心服口服。

有的工友这样赞扬："跟李连祥在一起工作，似乎有个强大的磁场，有着强大的合力，没有解决不了的难题，没有战胜不了的困难。"

风把风推远，雪落在雪的深处。春有百花秋有月，夏有凉风冬有雪，四季轮转无停歇，人生有付出才有回报，心怀责任，劳动致远。

他相信，煤的胸膛里揣着火，葵花的怀里揣着阳光。

后卫："综机神医"

在地下 800 米深处，有一条"地龙"霸气地昂首前进，它轰隆隆喘息着，大口大口撕咬，将尘封了数千万年数亿年的乌金咬下来，一歪头，放在皮带上。皮带快速运转，将它们源源不断地送上地面……

我们每时每刻都享受着这些从地层深处送上来的能源，没有这些，就没有明亮的灯光，以及吃喝住行都要能源助力的人生。这条日夜工作的"地龙"，叫 MG-750/1760MD 电牵引采煤机，它以横刀立马的气派，独撑这个现代化采煤工作面。

歇人不歇机器，"地龙"不知疲倦地工作，日产 1 万多吨原煤，价值 500 多万元。

2019 年 7 月 15 日上午，在辽宁省铁法煤业（集团）大兴煤矿的主力工作面，这条日夜怒吼的大口大口喷吐乌金的巨无霸"地龙"突然猛地抖动一下，休克了！

人们立刻惊慌起来！

时间就是效率，产量就是金钱，每一分钟都会损失大把大把的票子啊！"地龙"为什么休克？谁能让它苏醒过来？

紧急呼救从 600 米深处传出去，地面中控室第一时间知道这个令人惊骇的消息。屏幕上，刚才还生龙活虎呼啸着工作的巨无霸瘫痪了！

调度室的紧急电话惊醒了大兴矿综检车间电气副主任孙杰。

孙杰紧紧盯着电脑屏幕，右手点鼠标，左手正把面包往嘴里填，他的手机急促地响了起来。

中午，孙杰没来得及去食堂吃饭，他要抓紧把上次障碍的排查过程和检修办法整理出来，传到微信群里，与工友们共享。

在紧急电话响起的刹那间，孙杰一点鼠标，将文件拉进微信群。

调度的电话一下拉响了战斗警报：主力工作面电牵引采煤机坏了，那还了得？

孙杰边走边穿上外衣，甩开大步冲了出去。

1973年12月，寒风呼啸、雪花飞舞时，孙杰出生于辽宁东部的丹东东港。他在最冷的时候出生，长大后，却选择了"最热"的职业，立志在煤矿工作，整天与热能打交道。他能把乡邻们电视冰箱电脑胸腹里的坏电线一根一根掏出来，找到患处，修好。他把万能表当成听诊器，在机器病体上听啊听，成千上万次找出短路或坏件，让休克或佯装心肌梗死的家伙再次复活。他也能把集成块上某个局部的"亮线"刮掉，热热的电烙铁尖儿像画笔那样刺啦画一下，冒一股蓝烟儿，病就好了。孙杰废寝忘食奋斗了20多年，终成全国同行业威名远扬的"综机神医""电气大拿"……

"全国优秀创新工匠""全国煤机大工匠""全国煤炭技能大师""煤炭行业技术能手"，以及"明星技工""工种状元""技术标兵""首席综采维修电工""科技进步一等奖""优秀共产党员""劳动模范"等，我数了数，孙杰获得过31项荣誉！

2018年10月，辽宁省铁法煤业集团有限责任公司大兴煤矿成立了"孙杰创新工作室"，以前的高徒纷纷加盟，"工匠风"呼啸而起。现在，这些高徒都在各自的领域或岗位独当一面，各自又带领徒弟征战四方。即便在给不会说话、不能道出以往"病史"的机器"号脉"，孙杰和他的徒弟们也能迅速确诊疑难杂症，对症"开方"，让"患者"迅速恢复健康。他将自己缩在机器里，像它的附件。他着迷于那些复杂的部件，反复操练，精准配位，直至如庖丁解牛，得心应手。在600米深的井下，在高高的机器塔台，在阴暗的角落，在地面指挥中心，在雪花横飞的高架上，到处活跃着孙杰和他的徒弟们的身影……

尽管有这样强大的团队，现在，"统帅"孙杰还是很紧张：调度没找孙杰的徒弟，而是把电话直接打给自己，说明情况相当严重……

路途有多遥远，双脚会告诉你；沿途有多荒凉，眼睛会告诉你。

孙杰乘坐罐笼火速钻进600米深处，直抵工作面。首先找到操作该电牵引采煤机的司机，询问了机器出现故障之前的状态。他亲手送电后，查看变频器的显示画面，报出 2330 故障代码，他迅速诊断出故障原因：电机或电缆接地故障。

这是两个不同部位、不同体检方式方向的故障。如果把电机比作心脏部位，电缆则是经络。前者需要定点检查，后者则需要多处诊断。

孙杰立刻停了电，采用排除法逐渐缩小包围圈。他把变频器输出驱动电机的电缆拆下，用兆欧表对该电机和电机电缆进行绝缘摇测，结果测试绝缘数据正常，符合机器运行条件。立刻启动第二方案。孙杰又将主变频器和从变频器的负载机对调后送电试验，还是机报"接地故障"。这样就说明从变频器所驱动的负载没有故障，故障原因还在从变频器本身。将从变频器从机器上拆下，拆开变频器端盖后，将外部来的漏电检测信号拆除，再将从变频器安装到机器上，再次送电后试验，故障依旧。

令孙杰惊异的是，旧病未去，新病又来：又多了个 E112 故障！

司机在旁边守候，急得抓耳挠腮。地面指挥不断打来问询电话，600 米深处的故障牵动了太多人。孙杰知道，当班领导十分焦急，调度室十分焦急，不，所有中控室及当班工人都在等待孙杰的消息！

困难也许是上帝对你的特别馈赠，将开启另一段高质量的生活。

1994 年 8 月，一次偶然的耙斗机开关按钮故障，让孙杰刻骨铭心。从某种意义上说，这次故障彻底改变了孙杰的人生走向。

师傅不在场，耙斗机开关按钮出现故障不能启动，带班干部让孙杰赶紧去救场。孙杰手忙脚乱，查了半天也诊断不出毛病。孙杰急得满头大汗，围在旁边的当班工友和领导个个瞪大眼睛，急得唉声叹气。眼见病人病得不轻，就是不能确诊。耙斗机的每一铲，都是大把大把的钞票，现在，它瘫痪了！

实在没有办法，只好把有事在家的师傅请到了生产现场。师傅迅速伸手，几分钟就找到病因，瘫痪的耙斗机立刻活了，生龙活虎地投入工作。

其实原因非常简单，开关控制按钮的控制线断了，连接上就可以恢复生产。

人生有时就是这样不可思议，离你越近的地方，路途越远；最简单的音调，需要最艰苦的练习。

孙杰如同当面被人打了嘴巴，"脸疼心更疼"。岂止是打了嘴巴？像在舞台上表演时忘了台词手足无措，像小学生抄袭作业被老师发现，像偷东西时被人家当场抓了现行！他不仅在当班工友的面前"掉了链子"，更重要的是影响了生产进度。回家后，他吃不下饭，睡不好觉，一米八多的大个子顿时矮了，直不起腰。

成熟不一定由年龄决定，幸福不一定由金钱决定。后悔取代了梦想，青春才是一笔收不回的"呆账"。

孙杰暗下决心，一定要钻研技术！只有学好技术，关键时刻才能不"掉链子"，不在众人面前丢人。孙杰买来《井下电工技术》《矿山电子应用》《矿山电工故障的排除》等一大摞技术书籍，白天上班，把师傅教的东西都记下来，晚上回家对照书籍认真研究，不明白的第二天又到井下请教师傅。

人生总是很累，你现在不累，以后会更累。努力，从不是为了超越别人，只为给自己一个交代。

不到半年，孙杰的技术有了飞跃式提高，师傅的表扬和工友们的肯定，明灯一样照亮了前程。孙杰养成了爱看书、爱学习、爱钻研的好习惯，每天下班回来饭后的第一件事就是看书学习，将单位各种设备图纸资料逐一细读，并将白天遇到的设备故障像放电影一样在脑袋里过一遍。两年后，孙杰基本掌握了掘进设备的性能，遇到一般问题都能独立解决。由于技术提升，很多单位都争先要他……

旧病未除新病添，孙杰决定先治疗 E112 故障。新的难度出现了：因为提示部分软件未被授权，需要进入机器内部进行软件参数修改。可该采煤机是由上海天地公司制造的一台新型采煤机，因为厂家技术封锁等原因，很多技术参数，包括软件进入密码都不公开。好在孙杰得益于多年对变频器知识的积累和当时在采煤机安装调试时观察厂家技术人员输入的软件密码过程分析，通过数据计算，他破解出了软件密码。进入

211

软件后，他小心翼翼地在极狭窄的路径中前行，如同生怕碰醒了睡眠的怪物，严格依照技术规程操作，屏幕上终于显示：9.43项显示软件授权成功！

两个毛病治服一个，E112故障排除了，但2330故障依旧存在。

孙杰把诊断的重点放在变频器上。可是，他连续两次拆、装变频器，还是没有找到故障部位，这时查询故障陷入了僵局。

遇到这种情况，要向厂家求助。可孙杰非常清楚，如果厂家重新组装新变频器再发货，需要10天。

我在前边说过，该工作面每天生产原煤1万多吨，每吨按500元计算，每天损失就是500万元，10天就损失5000万元啊！

时间已经过去一天一夜，孙杰的心像放在热锅上煎熬。

孙杰暗暗告诫自己，不能等厂家来，绝不放弃！

有人提议"上交吧"。孙杰果断地向领导表态："请相信我，再给我一点时间。"

就算失败我也要再努力一次。

那么，遇到这样的疑难杂症，要多长时间才能诊治好？

谁心里都没底。

不经一番寒彻骨，怎得梅花扑鼻香？坚持，是一种能力，也是一种考验，更是一种升华。在人生道路上，坚持得住，你就出彩；坚持不住，你就出局。

2011年9月13日晚上，大兴矿的主力生产面N2902工作面1800采煤机突发变频器损坏中断生产，当时，综采队跟班干部和作业人员急得火烧火燎。孙杰刚参加完"晋城煤业杯"第四届全国煤炭行业职业技能大赛归来，到家还不到半小时，就接到矿调度的电话："矿长点将，让你马上赶到井下处理采煤机故障。"

孙杰刚刚参赛回来，体力和神经持续紧张了好几天，现在突然放松下来，浑身像散了架一样。身体快车由于长期紧张，即便停下来也会溜一段距离。这距离可能半小时，也可能几小时。可现在，孙杰不能让它溜——"矿长点将"四个字一下激醒了孙杰，一个普通的电气副主任，竟受到矿长的器重和高看，足以说明自身努力的价值所在。

孙杰像打了兴奋剂，立即打车赶到矿井，火速下井"治病"。

孙杰的脑袋里的"助手"很多，有"经验助手"，有"理论助手"，还有"逆向思维助手"，也有"类比助手"。他很快找出病因：使用的从机 ABB-ACS800 变频器内部整流单元短路，造成采煤机变频回路主熔断器熔断炸裂。

现场一片狼藉，整个电气控制系统几乎全部瘫痪，熔断器熔体炸裂，导致电弧在整个电控箱内部乱串，又将其他元件烧坏。

孙杰如同摸地瓜一样，将损坏的元件逐一更换，再修复"神经系统"。"神经"几乎烂了，不少导线被烧断，只好用万用表一条一条校对，一根一根修复。都处理完毕，他满怀信心去送电。

还是不行！主控制器又出现不启动故障。

如果选错了方向，停止就是进步。

孙杰改变思路再出发，终于发现潜伏的隐患：主控制器内部一个电源模块损坏了。

孙杰在井下连续奋战了一天一夜，终于让瘫痪的采煤机起死回生，欢畅起来。

这次难度显然更大，表面看没那么多烂地方，却像人体有严重的内伤，外表什么也看不出来，更加隐蔽难查。

"男儿何不带吴钩，收取关山五十州。"孙杰决定再拼一把——他把变频器拆下来，升井检修。

孙杰认真分析，深究故障原因。"望闻问切"都不行，孙杰便开始"大手术"，将变频器的"五脏六腑"全掏出来，把内部 20 多个插件板逐一拆除检查、测试，发现变频器输出侧有一相由于虚接造成接线端子松动，送电带负载电流时对地放电造成"接地"故障。问题是，这家伙隐藏在 IGBT 驱动板下方，不易被发现。

夜晚是结束，也是开始，所以，回到结束就是新的开始。周而复始，循环往复，把每24小时的每一个空当填满。没时间吃饭，没时间休息，没时间睡觉，孙杰连夜抓紧确诊，抓紧拆机，抓紧组装，抓紧调试好，再次运到600米深的井下工作面组装。试车送电前，孙杰的心跳怦怦怦加快，他担心再出现什么不测。送电的刹那间，孙杰感到脸热身暖，似乎血压在直线上升。

　　山谷的最低点正是山的起点，许多走进山谷的人之所以走不出来，正是他们停住双脚，蹲在山谷绝望的缘故。

　　孙杰迎浪逆行，在万众瞩目之下，终于换来望眼欲穿的四个字：运行正常！

　　孙杰再一次"收复失地"，两天两夜连续奋战，排除故障，缩短了故障影响时间，还节约了购进新变频器的40多万材料费。

　　当领导和工友们送上赞扬，"综机神医"孙杰没有丝毫的骄傲。他知道，关键时刻能冲上去的动力，来自平平常常的每一天。

　　当你准备好时，机会恰巧抛来绣球，你正好有本事接得住。

　　成功并不在于别人走你也走，而是别人停下来，你仍然在走。孙杰的每一天都长得很像，近乎雷同。因为他知道，准确地捕捉到机器患病的蛛丝马迹，快速击溃病患，才无愧于自己的神圣使命。他知道，每一分钟都是效益，都是GDP，都是祖国建设的能源。

　　成功者不必有过人的聪慧，但必有过人的勤奋。

　　2017年在山西大同举办的"同煤杯"全国煤炭行业职业技能竞赛，在三个工种的竞赛中，电工比赛的项目最多，难度最大，取得好成绩的概率最小。既有PLC编程考试，又有变频开关和组合开关故障排查，孙杰每天复习到深夜，只睡三四个小时。在赛场上又遇到很多意想不到的设备故障发生，每场考试下来都是身心疲惫，回来后又马上投入下一个考试项目的复习中。在最后一场变频开关故障排查比赛中，孙杰提前11分钟完成所有比赛项目，第一个走出比赛现场。经过长达8年的职业积累，孙杰终于圆了多年的梦想，登上了全国煤炭行业技能职业竞赛的最高领奖台。

持续20多年的奋斗和努力，孙杰成为全国顶尖人才，视野宽阔了，他的生活面却更加"窄小"。

时间在收窄。除了工作和必要的睡眠，孙杰尽可能节约时间，"厚待"读书、思考和"深耕"国内外各种技术资料。

圈子在收窄。故交因为无暇交往，渐渐疏远了。

脚步在收窄。除了工作、竞赛、学习、教徒弟，没有时间陪伴家人，偶尔去趟城郊游玩，已经非常奢侈。

思维在收窄。准确说，他把全部精力放在电气设备上，别的已经无暇顾及。要集中攻克所有已知的易发问题，还要不断学习，应对设备发展更新极快的超前问题。静时，生活如同准星那么小而窄，只装下精准的目标。动时，如同一颗优秀的子弹，只寻找小小的着弹点。因为修理机器时，最重要的能力就是收窄、缩小排查范围。如果能一剑封喉，就不要来第二剑；如果能准确地击中病患，就不要扩大包围圈；如果能修旧利废，就不要购买新机件……

当代科技更新换代速度迅雷不及掩耳，不进则退。时间越来越不够用。可时间又是不能再生的有限资源，孙杰又把收窄范围扩大到自己和家人身上。

拼了，在失败的笑话和成功的神话间，也许只差疯狂。每天工作"两点一线"，26年来，孙杰放弃了所有的娱乐活动，不会玩扑克牌，不会玩麻将，连歌厅舞厅是什么样都不知道。简直就像画框里的人跑出来，跨越到另一个世界。为了弄懂一项技术难题，他经常忘记了吃饭睡觉。一次3岁的女儿得了重感冒，妻子因娘家父亲有病回家照顾，临走时把孩子交给孙杰，嘱咐他带孩子去医院打针。结果，孙杰一头扎进破解综掘机电气改造的难题中，图纸画了一张又一张，演算推翻了一遍又一遍，六七个小时过去依然没有从难题中走出来。直到妻子回来，气冲冲推开书房门将孙杰桌上的图纸撕碎，孙杰这才"如梦方醒"，差一点铸成耽误孩子治疗的大错。当他们把因高烧昏睡的孩子送到医院时，大夫狠狠地说道："有你们这样做父母的吗？孩子高烧41℃，都快烧成肺炎了！"

女儿就读于河南工业大学，现在已大学毕业，十几年来，孙杰没参加过女儿的一次家长会，上下学没接送过一次，都是妻子每天接送、照顾孩子。女儿中考的时候，孩子再三让孙杰请两天假陪她，孙杰和女儿解释："你中考的时候，我也正在考试，N2706电气设备安装在即，正是用人较劲的时候，我也要向上级领导交上一份合格的答卷啊！"

孙杰的妻子患有腰脱，平时上楼都费劲，干不了重体力活，却包揽了照顾孩子和所有的家务活。2018年9月10日，孙杰的妻子腰病严重起不了床，他本来想请半天假领妻子去医院看看，可接到矿里的电话，让他到山西东义公司鑫岩煤矿负责N1008工作面的电气安装，由于这个工作面是集团公司在山西域内的首采工作面，也是首次使用电液控制系统，集团公司领导特别重视。孙杰接到电话后，整理好相关资料，看着妻子无助的眼神，感到很对不住她，匆匆给岳母打完电话后，硬起心肠立即与同事赶往山西，一去便是两个多月……

这天，孙杰突然高烧39℃，正在诊所输液，力气像一根蜡烛燃烧到尽头，就要熄灭。他突然接到单位电话：由于岩石过多，采煤机后机身震动严重，造成采煤机故障开不了机。

事故就是命令，责任重于泰山！孙杰立即拔下针头驱车赶到矿里。一边冒汗一边"诊病"，经过近一小时的查找，终于揪出隐匿的病患，迅速排除故障，瘫痪的采煤机又嘹亮地歌唱起来，孙杰不放心，又在井下继续观察，第二天中午才升井，身体整个散了架，上下牙不断地打架，冷，冒虚汗，浑身如一摊泥，才又去诊所输液。

无论什么时候，人生的三板斧无非是接纳、解决与放下。那些打不倒我们的，终会让我们更加强大。

作为出类拔萃的大国工匠，孙杰一直有一个梦想："把我多年来学到的技艺更好地进行传承发扬。"面对企业技术工人年龄偏大，退休人员逐年增多，青年工人学习技术的积极性不高，技术力量严重脱节的现状，孙杰通过以点带面，带动更多的年轻人学习钻研技艺，永葆企业青春的活力。

河床不变，但貌似同样的水已不是从前的水。

2017年10月起，孙杰利用每周四下午开设了第一批青工技能提升班，利用每周五下午开设第二批青工技能提升班。

孙杰的名气如雷贯耳，多个民营企业抛来橄榄枝，高薪聘请孙杰，价码一个比一个高。煤矿兄弟单位看好孙杰的为人和技术，也来"挖墙脚"。面对令人心动的待遇诱惑，孙杰的回答非常干脆："我哪儿都不去，给多少钱我都不去，大兴矿是我成长的沃土，我要把组织培养我得来的本事全部回报给矿山。"

第五章　本钢"三剑客"

因为是"卫星看不见的城市",本溪名扬世界。

城市常年淹沤在烟尘里,遮挡了太阳的光辉,隐没了星星月亮,染旧了青山绿水。麻雀像谁扔上天空的泥蛋子,秃噜噜扬一把,秃噜噜,再扬一把。偏巧下边有人,掉下的沙尘会眯眼睛。那些红的黄的白的楼房,一律披上"防寒衣"——厚厚的灰色尘土,看不出原色。

这一切,都源于本钢集团有限公司。

先有本钢,后有本溪。

本钢亲手缔造、托举起这座城市,也亲手弄脏了她。

在布局威武的群山环抱中,本钢坐依平顶山下。

2019年8月18日,在本钢集团党委宣传部朋友的陪同下,我登上平顶山,美丽的本溪全景尽收眼底。这座城仿佛是新建的,干净、通透而端庄。本钢,当年的头号污染大户,像刚刚摆好的艺术大盆景,气派、清丽、壮阔。纵横交错的厂房、艺术几何体般的建筑,一尘不染,仿佛刚刚启用的新房。我不禁怦然心动,如果近前,一定能闻到刚喷涂的油漆味儿,看到刚刚安装的"新机件"。这个美景来之不易。豁达的本钢人"壮士断腕",开启"蓝天工程",上马了现代化环保设施,吐黑气的大烟囱不见了,扬尘的设备消失了,轰隆隆响的噪声没了。投入70多亿元环保资金,不惜每年花费十几亿元环保运行费用,换来了今天清秀的本钢,清秀的本溪!

外表的容貌源自内部肌理的健康成长。

从老百姓不敢打开面对厂区方向的窗户,到现在本溪成了东北著名的"洗肺城市",本钢的变化令人惊奇。

本钢始建于1905年,是超过百岁的工厂。新中国自己设计制造的第一支枪、第一门炮、第一辆解放牌汽车、第一台发电机组、第一颗人造地球卫星、第一枚运载火箭、第一艘潜艇等多个第一当中,都使用了本钢的钢材。

多个之最也从另一个角度塑造了本钢的形象:南芬露天铁矿为亚洲最大的单体铁矿;板材炼铁新一号高炉炉容为东北最大;拥有世界上最宽幅的板材冷轧产品;拥有全球最高等级强度的热轧成型钢……

一举甩掉"傻大黑粗"低值产品的帽子,本钢高端产品成了抢手货,出口"一带一路"沿线30多个国家,年出口量100多万吨。

本钢波澜壮阔的历史和惊心动魄的故事能写一部长篇连续剧,改革开放后石破天惊的巨大变迁,能绘出长长的画卷。

多少代人接力奋斗?多少豪杰一次又一次改写历史?发生了多少震撼心灵的故事?

因版面所限,我只好压抑着不能施展身手的遗憾"抓阄",随手抓出三个人物。

郭英杰:"钱不如人心可贵"

盛夏,环绕的高山像一片片翠绿翠绿的大荷叶,把一大串妖艳的红花紧紧抱在怀里。山上的"花海"只是白天绽放,晚上则被浓墨涂黑,融进夜色。只有怀中这一大串红花昼夜耀眼,天越黑花越红。

严寒隆冬,大东北一片肃杀,鼠钻洞,鸟飞绝,树木干枯,白雪皑皑,高山骨瘦如柴,怀中的"大串红"却依然火红灿烂,昼夜盛开,四季不歇——这,便是沸腾的本溪钢铁公司。那一大串"红花",则是钢花飞溅的炼钢炉。

1982年，刚满30岁的郭英杰，被率先提拔为本钢一钢厂8号电炉炉长。很快，他又荣升车间主任。现在，我们把镜头拉近，聚焦在一个人身上：身着白色工装、头戴安全帽的郭英杰手拉计算尺，一边紧紧盯着钢花喷溅的炼钢炉，一边果断指挥。

"马上加铁合金！"

"马上上调温度，调到1600℃！"

"铁合金还缺200，赶紧再加！"

多台电炉扯着嗓子鸣叫，如同多声部轮唱，噪声特别大。郭英杰的声音必须锐利地穿透这些蜂拥而上的声音干扰，送达每一个职工。否则，就要出大麻烦了！

冶炼新品种17-4PH难度非常大，碳小于0.5，铬含量要求17%。铬越高，合金比越高，降低碳难度就越大。但，必须达标，没有退路。如果不达标，整炉钢就废了，那还了得？

郭英杰要看火候，冒白烟温度高，冒黑烟温度低。在合理温度下，一炉钢20到30秒出炉。秒数不够，温度低，铸不成钢锭，整炉钢便成废品。秒数多，温度高了，会出现漏炉事故！工序一环套一环，环环紧扣，差一点都不行！

郭英杰拉计算尺，计算好每个合金品种的加入量，控制好氧化期、还原期、熔化期的温度。熔化期温度为1500℃左右，氧化期为1800℃左右，还原期则1600℃左右。郭英杰要随时报出各期温度的准确数字，班长们立即执行。班长人手一个秒表，各负其责。

郭英杰时刻提醒自己：千万不能出事故，一炉钢几十万元啊！

郭英杰肩负试制新产品的重担。

公司领导、科研人员等重量级人物围了一圈，有人手里拿着仪器，有人也在拉计算尺，还有人不断地往本子上记着什么，大家各自占领有利地形，盯在现场寸步不离。

钢花喷溅，烈焰烤脸，仿佛空气在燃烧。安全帽像水盆倒扣在头上，汗水汹涌。风帽把脖子捂得很严，个个前胸都湿淋淋的。

这是郭英杰又一次领衔试验技术参数很高的新产品，能成功吗？

郭英杰突然觉得："这活，不比驯服烈马容易。"

1970年，响应毛主席的号召，知识青年到农村去，到最艰苦的地方去，"广阔天地，大有作为"，郭英杰从沈阳下乡到新民县张家屯公社。沈阳知青从来没干过农活，有的泡病号，有的请假回家，在生产队干农活的，也是三天打鱼两天晒网。郭英杰却干得像模像样，扶犁点种、铲地、割地，样样是把好手。干活、挣工分跟当地最棒的男劳力打个平手。

郭英杰昂首向上、充满自信：哪怕自己是根普通的枝条，毕竟度过了所有的季节，不论树叶翠绿还是枯黄，都会在自己的枝头装点风景。

这天，生产队队长指着一匹白龙烈马唉声叹气，这家伙拉车谁也套不上，一上手就尥蹶子伤人，经常前身高高竖起，如人而立，咴儿咴儿凶猛嘶叫。好几个劳力总算把它套上犁杖，这家伙拉着犁杖可地跑，好多青苗遭殃。

郭英杰主动请缨："别人驯服不了，我驯它！"

郭英杰轻轻凑近白龙马，刚要伸手拍拍它脑门，白龙马突然掉过屁股，高高地尥起蹶子，一只飞蹄凌空踢踹，郭英杰躲得稍慢，脑门差点"开瓢"，当即鲜血淋淋。

2019年8月5日，我采访时，还清楚地看到郭英杰脑门当年留下的伤疤。不过，这道伤疤旁边又添新伤，那是飞舞的钢花咬的。

郭英杰没有退缩，而是"恩威并施"，先把它的缰绳绑在柱上暴风雨般地鞭打一顿，再悄悄靠近它，喂精饲料。白龙马美餐时郭英杰悄悄靠近它，抚摸它脑门，说着贴心软语。刚开始稍一碰，它连踢带咬。砍了"三板斧"无计可施，郭英杰狂猛的鞭打、青稞食物、精饲料、轻轻的抚摸、狂怒或温柔的表情，以及"思想工作"交替运用，白龙马渐渐地适应、习惯了郭英杰，便温顺起来。很快，白龙烈马缴械投降，完全听令郭英杰，成为生产队最能干活的精英马。

白龙马的力气比别的马大得多，拉东西多，跑得快。上坡一发力，陡坡也不在话下。下陡坡它低下头，屁股使劲往后坐，带铁掌的四蹄死死抓牢大地，车子稳如泰山。山道，雨后的烂泥道，别的车上不去、陷车，只有白龙马一骑绝尘，无往而不胜。在梁山拉石头，有个45度角的大长坡，别的车不知翻了多少辆，不敢再去。只要有白龙马驾辕，就上了一道安全保险。

张家屯公社的中学校长张少镰慕名来求郭英杰。他们学校校办工厂也有匹烈马，又高又大，谁也使用不了，老出事。"小郭，"张校长说，"只要你把这匹烈马制服了，我让你当我们学校的民办教师。"

郭英杰上手一个月，就把烈马驯得服服帖帖。郭英杰再次当上车老板，早上天黑蒙蒙出发，晚上黑蒙蒙回来，每两天跑一次沈阳，给校办工厂拉料。三九天嘎嘎冷，狗皮帽子、眉毛、胡子结满了白霜，郭英杰仍然顶风冒雪，给老师们拉煤、拉柴火、拉砖石。

两匹烈马都驯服了，怎么就驯服不了炼钢炉？

有的工人向郭英杰提建议：正常炼钢就行了，别再承担试验品了。老工人都知道，试验品耽误生产。正常一炉钢三个半小时。试验品需要四个小时到四个半小时。加入合金钢影响产量，影响产量就影响工人的奖金。

试验品指公司科研部门新研发的产品。炼普通钢简单，操作程序模式化，没有什么风险。可郭英杰想，新产品才是公司的明天，也是国家钢铁事业的明天，你不爱试验，他也不爱试验，科研事业怎么发展？只有勇气试验不行，还要有能力把新产品的各项技术参数严格应用到生产，达到科研要求，这就难了。

郭英杰当炉长后，几乎承担了厂里所有试验新品担子。一是郭英杰好说话，乐于接受。另外，郭英杰回回圆满完成试验任务。

在郭英杰的指挥下，新出炉的新产品果然争气，项项参数都达到标准，科研人员兴奋，在场的领导兴奋，不知谁带头拍起巴掌，瞬间，现场响起暴风雨般的掌声。

我们要珍惜能看到的，也要期待暂时看不到的。

在郭英杰的带领下，先后研发出 Cr18Ni9Ti、20Cr2Ni14A、AH03、C422、05Ti17-4PH 等钢种，其中 1Cr13、2Cr13 汽轮机异型片钢荣获国家银质奖，GCr15、35 冲、20CrA 获部优产品，冶炼滚珠钢工艺获国家专利。郭英杰团队连续 5 年被评为本溪市优秀质量管理小组，钢锭合格率连续两年保持 100%，各项生产指标达到历史最好水平。他所在的 8 号炉在全国考核的八项指标中，有七项达到国内先进水平。

这是他当炉长锻炼出来的。他一个人能干两个工序。比如，这炉钢眼见要出炉了，下道工序却还需要补充合金。可下道工序大家都在忙，没有闲人。郭英杰便推上手推车，自己找袋子，装上铁合金，称好分量推过去。分工上他与下道工序没关系，那是另一个部门。可他必须这样做。郭英杰清楚，必须分秒必争，时间以秒论，时间稍长化学成分会起变化，也担心出漏炉事故。不是烫坏设备，就是废一炉产品。

郭英杰在炉前奋战几十年，从未废过产品，出过事故。

远看，飞舞的钢花漂亮极了。在炉前，热辐射如同千万根扎人的钢针投射过来，刺痛皮肤，刺痛眼睛，没处躲没法防，只能硬抗。在炉前要躲着钢花走，可钢花那么活跃，怎么躲得掉？活跃的钢水密集四溅，在天空画个漂亮的弧线，迸出老远。刚刚躲过这一朵，另几朵"组团"跃起，防不胜防。忽而钻进裤裆，烫得人直蹦。忽而钻进鞋里，烫得原地跳跃，脚都跺疼了，还是受了伤。旧伤未愈添新伤，已经习惯了。

站在炉前烤脸，工服里汗水奔流，太焐人。郭英杰自己做了几件棉布汗衫，腋窝两边有开口，系上松紧带。钢花掉在肉上，瞬间溜下。掉在衣服上会着火，很快，汗衫上满是大窟窿小眼子。

不管多苦多累，郭英杰从未打过退堂鼓。

当年在乡下劳动，郭英杰就不惧硬，扬场、使簸箕、扶犁点种，干什么像什么。扶犁可是个手艺活，马拉的犁铧要划出一道直线来。一天下来，骨头都快散架了，第二天，郭英杰又出现在派活现场……

稻草装在马车上，要码成四四方方的豆腐块，中间要钩心，以防淌包。垛柴火垛，四边要整齐，一点点向上收，摞成屋脊状，顶上苫上秫秸，不能漏雨。

闻知要在知青中招工，教师们纷纷来找郭英杰，希望他能留下来。学校需要他，教师们也需要他。郭英杰仿佛永远不知疲倦，不计个人得失，起早贪黑工作。"这小伙子太实在了！""全公社也找不到这么能干的知青。""我们需要这样的人才。"校长张少镰还记得自己的承诺，建议郭英杰到学校当老师。特殊人才特殊对待，校长找了公社和县教育局，不让郭英杰当民办老师，而是直接转为正式公办老师。在当时，这也是很抢手的职业啊！可郭英杰听从父亲的意见，还是决定当工人。

1977年1月28日，白茫茫的东北成了放大版大冷宫，大雪铺天盖地，冷鞭抽人。郭英杰却英姿勃发，异常兴奋，甚至觉得这是最热的一天，因为，他荣幸地成为本溪钢铁公司的一名炼钢工人。

没有人因为学习而倾家荡产，但一定有人因为不学习而一贫如洗，没有人因为学习而越学越贫，但一定有人因学习而改变人生。

热血青年郭英杰一入厂，便拉开了一定要好好干的人生序幕，上书店买了《炼钢学》《炼钢三百问》《电炉炼钢》《炼钢工艺》等一大堆书，上班挥铁锹推人力车，下班啃书本，星期天加班加点不休息（郭英杰在本钢工作23年，休息日全部献工）。入厂没几天，郭英杰就同一个青年点的同学王和平自动发起劳动竞赛，比着干。你干得好，我比你干得更好。两个人星期天谁也不休息的冲天干劲，带动了很多青年工人。一下子掀起了积极献工，比学赶帮超的热潮。

当时炼钢没有现在的数字化和智能化，完全靠一双眼睛看成色。吹氧时间长短，温度的控制，都要靠经验和目测。舀出一勺子钢水，大家围过来看，当场说出含碳量百分比，50%、60%还是70%？看谁的眼力好、水平高。钢花飞起多高，则是主要目测参照。高碳钢花迸得高，像绽放的礼花。如果钢花稀稀拉拉的，欠活跃，则是低碳钢。根据这些目测判断决定调整参数和原料配比。熔化期、氧化期和还原期各不相同。

目测和判断准确与否，直接左右产量和质量。我这样简要地概括性叙述，只是点到为止，说个皮毛。因为，每个钢种的特性都不一样，各有各的指标各有各的参数，不能用以往的经验套公式。当时郭英杰所在的一钢厂，经济效益的主要增长点在于新品种的试制，郭英杰所在炉则承担了全部的试制项目。钢种百花齐放，结构钢、合金结构钢、轴承钢、齿轮钢、曲轴钢、军工钢等八大类100多个品种都要试制，每一次试制都是新的，都面临全新的挑战，郭英杰带领他的工友们始终紧绷神经，一次又一次迎难而上，边摸索边干，只许成功不许失败。

齿轮钢为特钢的主要产品，市场份额占国内30%以上。试制齿轮钢涉及多种系列、70多个技术条件。为了提高产品的合格率，郭英杰对化学成分与技术要求进行了"回归"，实行成分动态控制和内控范围控制相结合的先进技术，保证末端淬透性达到标准要求。所产汽车齿轮用钢 20Cr2Ni4A，18-20CrMnTi 荣获国家金奖，实物质量达到国内领先水平。本钢齿轮钢获得的"辽宁省名牌产品"等一系列荣誉，大幅度提升了产品知名度和市场竞争力。

试制新品种，难就难在总变。本钢自己的新产品在变，不同客户要求的产品指标也各不相同。最怕这炉炼这种钢，那炉炼那种钢，时间紧任务重，哪儿差了都不行。郭英杰就是在这样的环境中如履薄冰干了几十年，从未炼过一炉废钢。

为了不出现差错，每试制一个钢种郭英杰都要查阅大量资料，研究钢种的特性，精确计算相关参数，和工程技术人员一起研究，制定合理工艺。

试制多种不锈钢操作很难很难，普通品种含碳在40%左右，AH403碳含量只有百分之几。碳含量越低越不好炼，改变了钢水的黏稠度。要加英石，加吸铁粉，还原钢中的铬成分。每炉加铬铁35吨，要甩起大板锹，哗啦哗啦手工加料。炉里温度 1600~1700℃，火花呼呼往外蹿。郭英杰迎着钢花冲在最前面，回回是一号力工。进入氧化期和还原期，一个半小时就要上炉顶换电极。炉顶更热，烤得皮疼肉跳，这活由郭英杰包揽。

脖子、肩膀、胸腹和下肢处处都是烫伤，"铁人"郭英杰简单地包扎一下，忍着剧痛再上战场，从未休过病假。

多少个连轴转的日子，郭英杰连续两天两夜不休息，指挥48小时。一批钢生产出来，体重掉了好几斤。洗完澡都迈不动步了，恨不能连睡几天几夜。闻知班上有事，穿上工作服立刻精神起来，这是责任，也是他的兴奋点。因为他心中有把尺子，先量人心，再量干劲、量技术、量产品，每个新产品试制，只能成功，不能失败！

不能因为试制新产品而放慢生产节奏，每班日产定量36吨，郭英杰的班日产40吨。先进班组的流动红旗一直挂在郭英杰所在班。1982年郭英杰当班长，实行快节奏的四班倒制度，质量和产量双翼振翅、遥遥领先。1990年，工人月薪40.47元，郭英杰的班每月奖金高达五六十元。

郭英杰清楚，工作靠少数人是不行的。群策群力，调动起所有工友的劳动干劲，才能事半功倍。所有的工友都是兄弟，郭英杰真诚、热情，以帮助工友为乐。老师傅家里盖房子，下夜班组织工友去帮忙，郭英杰当知青时的手艺派上用场，成了砌墙大工。帮助青年工人传手艺，更要关心他们的生活。谁家有事，郭英杰第一时间到场。

头戴全国劳动模范的桂冠，郭英杰毫无变化，认为活全是工友们干的，待遇也应该还给工友。当劳模23年，他把给自己的奖品自行车、毛毯等全部送给工友。奖金用作旅游，休班的时候，带领工友们去千山、丹东、大连、凤凰山游玩。如果郭英杰的奖金不够用，工友们少凑点。

郭英杰说："谁都知道钱好花，但钱不如人心可贵。"

郭英杰当班长12年，从来没比工人多拿过一分钱奖金。按规定，工人拿系数1.0，郭英杰可拿1.2、1.3，但他从未这样做。

郭英杰喜爱照相，回回出去他都带上相机给大家拍照，再把照片送给工友。郭英杰自己买了放大机、暗箱等设备。回家把窗户一挡，自己洗相片。不会就问照相馆的师傅,向书本学习。先显影,再定影。把洗好的照片发给工友,分文不取。刚开始手艺差,曝光强了照片发白,曝光弱了照片发黑。显影和定影时间掌握不好出废片。这时,郭英杰会抱歉地告诉大家,并爽快地答应:"这次冲坏了,哪天咱们重玩、重照。"

郭英杰退休后,肩扛录像机,经常出现在红白事上。跟从前一样,分文不取。

郭英杰跟工友们很近,他当车间主任时,全车间千余人,他个个能叫出名字。郭英杰始终把自己当成一个普通工人,工人们也从没拿他当干部,大家兄弟相称,其乐融融。

谁家老人去世了,郭杰英帮忙穿装老衣裳。当时本溪没有殡仪馆,郭英杰几乎包揽了所有工人家的白事,谢绝报酬,连支烟都不抽。冬天尸体冻硬了,衣服穿不上;夏天尸体腐败"发了",味道刺鼻,郭英杰都要想各种办法,让家属满意。工厂老人去世,经郭英杰亲手穿衣、整理容貌的有上百名。

2000年夏天,郭英杰正在沈阳开省人大会议,厂工会主席打来电话:"郭师傅,实在没招了,你回来一趟行不?"

厂里的一个小伙早上6点被火车撞死了,一直到下午2点,尸体还在火车道上放着,没人管。家人哭蒙了,花钱也雇不到人。张罗事的人一再涨价,闻知尸体破碎,连殡仪馆的人都拒绝,给多少钱也不干。

郭英杰连忙请了假,赶回本溪。

到现场一看,郭英杰也很吃惊。小伙脑袋撞个大窟窿,肠子淌出来,没办法送进去。郭英杰找来竹皮子,把肠子包上、送进去,再用铁丝线勒紧。脑袋里塞进十几个口罩,反复调整造型,看出模样了,再放殡仪馆的冰柜冻上。

每一条道路都寄生在一个人身上,一一对应,不可重复。我们一出生就带来自己的道路,它承载着主人不断的抵达和前行。

郭英杰当年才20多岁,半夜接到工友的求援电话:"郭师傅,我父亲去世了，我不知道怎么办了。大半夜的找不到人穿装老衣裳啊！"

"别着急，"郭英杰说，"我马上过去。"

郭英杰飞快地骑上自行车，火速赶往工友家。郭英杰哪为死人穿过衣裳啊，一碰尸体毛发倒立，手哆嗦。夸着胆子上手，先穿衬衣衬裤，再穿外衣外裤，又穿上大衣，把准备的五套衣裳一层一层穿上。

郭英杰说："其实这也是工作的组成部分，帮过这样的忙，感情一下就近了。"

有时候之所以会觉得梦想特别高远，那是因为我们在接近它的路上还走得太短。

郭英杰退休后，他的事业还在延续。工厂技术突飞猛进，智能化了，可一些常规性的东西还没有变，徒弟们时常向他请教工作。

郭英杰虽然不在工厂了，可助人为乐从未停止。得知一位患尿毒症的邻居生活艰难，每周去医院透析两次，郭英杰主动提出开车送他。这一送就送了一年多。郭英杰开自己的汽车，加自己的油，把他送到医院透析，自己开车回家。透析结束后，郭英杰再开车将他从医院接出来送回家。一周往返接送四个来回。

原单位的工人李富杰身患尿毒症，没人照顾，洗澡成了问题。郭英杰主动揽下这活，每周开车接李富杰洗一次澡，再送回去。洗澡钱郭英杰拿。李富杰离世前，拉着郭英杰的手热泪滚滚："英杰啊，我欠你一辈子，下辈子还吧！"

郭英杰的正能量透过阳光照射出来："人生就是一场向善向美的奔跑，你跑得慢，听到的是骂声，你跑得快，听到的只有风声。"

罗佳全："绝活技师"逸闻

罗佳全向英国专家布莱特要那把漂亮的瑞士电工刀，被冷眼拒绝。谁料，罗佳全当场卷了英国专家的面子，那把刀悄悄地装进罗佳全的衣兜里。

有时我们以他人做镜子,来界定自我认识自我,每个反影都令人警醒。

这天,向来瞧不起中国技师的英国专家布莱特,破例邀请罗佳全去本溪最好的金鼎酒店吃饭。不料,一向礼貌至上的罗佳全当即谢绝:"我不去!"当场撅了人家还不够,罗佳全又伸出右手大拇指高高举着:"我们中国是大拇指。"

谁都知道,本钢机电安装工程有限公司电调队电气调试班班长罗佳全向来见人先咧嘴笑,为人谦和,他居然一反常态地对待英国专家,一定有什么特殊原因。

265m² 烧结机、主抽风机,都是从英国进口的。英国专家布莱特从遥远的欧洲雾都来到中国东北本钢,负责设备的安装和调试。

罗佳全带领全班工人打下手,工作干得很顺手,布莱特虽然总是居高临下、牛烘烘的样子,却也相处融洽。因此,罗佳全看到布莱特携带的那把瑞士刀不错,特意买了把品质上乘的中国刀,外加两条烟,要跟他换。"NO!NO!"布莱特像被烫了一下,"这刀跟了我30多年,不能换!"

不能以理性预判和友谊解决的存在,就让它以幽微难言的方式存活。

罗佳全轻松笑笑,打消了换刀的念头。

2000年,本钢板材炼铁厂冷烧工程施工时,由英国公司总包的烧结机主抽风机10kV高压变频电机系统出了问题,负责跟踪安装和调试的人便是布莱特。

罗佳全在电气设备安装的时候,发现英国带来的10kV电缆接头附件受过潮,上面结不少斑点,就通过翻译告诉布莱特:"这个电缆附件受潮霉变了,不能用。"

"不可能的!"布莱特抽筋一样跳起来,嗷嗷叫喊,还高高地竖起大拇指,赞扬他们英国的设备"非常好"。

罗佳全再三跟布莱特说明危险性,如果不更换零件,将会损坏设备,会造成损失的。布莱特还是挺着胸脯,跺着脚嗷嗷叫,为英国的产品竖大拇指,根本不听,也没把罗佳全看在眼里。

但是,困难跟坏天气一样难以预料,却也跟坏天气一样无可避免。

罗佳全找工程总指挥冯建民反映情况:"电压上升到额定时,肯定出问题的。可是,老外还说没问题,怎么办?"

"该试验试验,"冯建民也生气了,"别管他!这是他的设备!"

果然如罗佳全所料,进入系统调试阶段,当电压升到 6kV 时,电缆接头砰一声,放炮了!

"电缆接头坏了!"

布莱特瞪大惊恐的眼睛,脸抽抽成皱纹成堆的抹布,束手无策。

假话如同台词,常常是背熟了再说;真话如同咳嗽,因为压抑不住才喷涌而出。

罗佳全憋了一肚子的气一下子爆发出来,向布莱特说:"你们的产品有问题!"

布莱特突然张大嘴巴,似乎把比馒头还大的一团话咽了下去,眼见舌头上下跳,却蒙了,一句话都说不出来。

眼见影响生产,罗佳全急了,要自己干。布莱特的蓝眼睛鬼火一样闪了闪,嘴唇像两块小木头条受潮变形,傲慢地说:"中国人,不行的!"

"你说我,可以,"罗佳全当即火了,"但是,请你把'中国'两个字去掉。这活,我们自己干!"

"你肯定干不了,"布莱特说,"唯一的办法,就是从英国运来同样的材料,重新安装。"

"那可麻烦了!要报关,走审批手续,再绕半个地球从英国运来,工期要延长两个月,这个损失无法估算。"冯建民气愤地说。

事实上,它影响了整个工程。这个设备启动不了会影响生产,高炉也要停,损失太大了!

布莱特摊开两手:"没有别的办法,只能这样。"

冯建民要求罗佳全必须完成这个任务，赶紧坐飞机走，找到国产的替代产品。布莱特还是坚持从英国运货，冯建民向罗佳全挥了挥手："赶紧去找！"

可是，罗佳全打了多个电话都碰了钉子，大家像约好似的，齐刷刷地回答了"没有"二字。

"我们自己想办法！"小个子罗佳全的话掷地有声。

"能行吗？"冯建民问。

"能行！"罗佳全回答。

一石激起千重浪。所有调试班，不，整个工厂都将焦点对准了罗佳全。有的信任，有的怀疑，有的半信半疑。国内那么多大厂都找不到的替代产品，罗佳全能做出来吗？有人建议冯建民："听英国专家的，损失也是单位的。如果罗佳全做不出来，你作为总指挥，要个人担责。"

压力像抢购紧俏物品排队一样密集，罗佳全暗暗激励自己，不要碰上麻烦就焦虑，因为焦虑不能解决任何问题，只会令现状变得更糟糕。真正的强大，不是拒绝，而是接纳。别犹豫，把负能量统统收起来，把目光和精力专注在准星里，套牢目标……

晚上9点，罗佳全一头钻进深井似的夜幕，钻进他的工作间。

其实，罗佳全说出"能行"两个字看似很牛，却牛得很有底气。

罗佳全亲身经历，新加坡人把他们制作的瓷套式66kV高压电缆终端接头当作核心技术，不让中国人看。安装时，要用警戒绳围起来，隔开中国人。有一次，新加坡的设备运到中国，由于途中纸封铅抹布受潮，怎么也封不上。

罗佳全说："你让我进去，你指导我制作一个电缆接头，你的封铅问题我来解决。"

愁眉不展的新加坡专家喜出望外。罗佳全用牛油煮了横纹布替代新加坡的纸封铅抹布，效果当然比他们的好。尽管新加坡专家制作一个电缆接头好几万，还是兑现了承诺。二人成为好朋友。

吸取了新加坡产品的长处，罗佳全又进行了升级改造，很快青出于

231

蓝而胜于蓝。

罗佳全还有足够的理论支撑。

路，走对了，就不怕遥远。虽然初中文化打底，可他从1983年开始，先后参加了成人高中、辽宁科技大学电气自动化技术函授班、本钢技校电工班、计算机班、本钢集团设备部高压电缆接头班学习。罗佳全还多次自费到南方的厂家学习电缆接头制作新工艺，掌握前沿技术。

罗佳全买了太多专业书，白天到现场施工干活，遇到难题便及时记录下来，晚上回家看书研究，逐个攻破。

电调队党支部书记郭志义说："罗佳全把别人玩的时间、休息的时间，都用来读书学习，他平时有个朋友圈，都是搞电气调试及试验的专家。罗佳全对新技术的追求就像着了魔，一旦发现新技术就兴奋，一定要学会。"

十多年以前，罗佳全得知本钢雇请外人制作一根光纤电缆接头，要付人家100多元。凭敏锐的嗅觉，罗佳全觉察到这项技术的市场价值，更知道本单位的需求。

罗佳全立刻行动，在冬季挤出空闲时间，自费去上海学习这项技术。单位也很支持他，专门上了台光纤熔接机，罗佳全一天就为工厂制作光纤接头200多个，为本钢节约了大笔费用。

时间过得太快了，5个小时过去了，罗佳全刚刚理出思路。

时间过得太慢了，5个小时，比5个月都漫长，冯建民心急如焚。

第二天早上9点钟，英国专家布莱特又催促冯建民："不要白白浪费时间了，我们英国做的东西，他罗佳全怎么做得出来？"

在别人看来，胜利的希望被黑夜层层包围，非常渺茫。罗佳全却要全力闪耀，拼力点亮幽黑，扩大光能。

蹚过质疑的河，将埋怨踩在脚下，把冷水引进暗沟，再翻山越岭，从荆棘丛生的荒野杀出一条路来……

时间又匆匆过去一小时，上午10点，罗佳全连续干了12小时，用平时施工剩余的国产电缆接头附件东拼西凑进行了国产化替代，再加上自己的"牛"招，电缆接头制作出来了。

试验产品的时候，大家紧张得近乎停止了呼吸，时间已经过去一晚上加一上午，再砰砰砰放炮怎么办？

紧张的试验终于完成，冯建民高兴得差点跳起来："成功了！罗佳全成功了！"

有人仍然怀疑："不一定能用住呢。"

我采访时，这个附件已经用了20多年，仍在用。

小个子罗佳全被英国专家看成了技术巨人，他真诚地邀请罗佳全上本溪最好的饭店。尽管罗佳全谢绝了布莱特的宴请，他们的友情却更近了——也不知什么时候，布莱特把自己视若珍宝的瑞士刀，悄悄放进罗佳全的衣兜里。

坚持做一件事情，不一定因为这样做会有惊天动地的成果，而是证明这样做是对的。即使身处困顿，也不忘抬头看看柳梢的月，檐角的星。

2011年6月18日，本钢建在丹东东港的不锈钢厂正热火朝天地施工，紧张忙碌的6000多人的大工地，突然停电了！

刹那间，所有机电设备停止了运转、轰鸣，施工被迫停止。工地所在区片普通用电也停了电，正常生活受到干扰。工地上的人吃不上饭，洗不上澡，当地电业专家忙碌了一天一夜，怎么也找不出毛病，便请来丹东市电业专家。又一个昼夜过去，还是找不出毛病来。

早上，天刚亮，罗佳全被一阵急促的电话铃声惊醒。

昨晚又有个救场活，天快亮才回来。现在，又要出发。电调队队长仲聪林说："佳全啊，知道你太累了，昨天夜里加班抢修，可集团领导点名让你去一趟东港，那里都停工两天两夜了。"

罗佳全赶紧去班里交代一下工作，带上工具，匆忙驾车赶往东港。到工地后，见东港电业局的师傅拿着很先进的脉冲检测仪，仍在查找故障，罗佳全自我介绍："师傅，我是本钢过来的。领导责成我也来做电缆故障查找，咱们一起合作，请您说说停电的情况。"

检修人员介绍完情况，判定故障点可能在靠近供电区域的地方。但，反复查找，怎么也找不到具体位置。

师傅介绍完，罗佳全根据自己多年的经验，决定从电缆的另一端入手。他向前方一指："你拿这个检测设备跟我上那头看看。"

为了尽快恢复供电，东港供电局的抢修人员，已经仔细查看了千余米电缆。罗佳全手指的地方，他们已经查过多次。

带上脉冲检测仪，二人开车向前走，罗佳全说："我们现在往前走，我让你停车你就停车。"检测屏幕上显示到400米处，刚好在不锈钢厂厂区内，罗佳全预测可能此处的电缆坏了。罗佳全让停车，"大概在这个地方。"

"不可能在这儿，我们都找完了。"

本钢的同志也在这里查找过，异口同声地说："故障不可能在这里。"

罗佳全想，故障很复杂，电缆线芯一根断了、两根断了，还是三根断了？是一相接地、两相接地，还是三相接地？两相短路了还是三相都短路了？故障类型不一样，寻找的办法也不一样。具体确定某个寻找方法，要有多年查找经验。到底哪个类型，原因很复杂。如同中医诊脉，如何在复杂的外因纷纷扑来时，仍然排除干扰，找到病因，不那么容易。

罗佳全不好直言，便委婉而礼貌地说："你们连续干了好几天，太累了。我刚来，我干一会儿吧。"

下车后，设备已经接收不到信号。

因为停电，罗佳全的身后，本该热闹沸腾的数千人的工地此时一片寂静，他眼前的一片芦苇荡却绿浪翻涌。罗佳全将目光锁定那片苇叶荡漾的地方，对搭档说："请指挥部调个抓钩机来，带斗的。"

两个人爬上抓钩机，轰隆隆开进芦苇荡。

罗佳全仍然固执己见，指挥抓钩机钩头伸进芦苇荡边的水沟里，向下挖。

人越聚越多，他们都是几天来昼夜查找电缆故障的电力专家和技师。这个摇头，那个叹息。有人甚至背过身去，要另寻出路……

在场的所有人，只有罗佳全一个人"固执己见"。

罗佳全常常不按套路出牌，敢打冷张。

他听得懂这些钢铁器官的话，从机件嘶鸣里剥离出微弱的呼救声，在机器落难时出手搭救。他深入一道道机件的内部，跟它们对话，跟它们交朋友，成为它们的一部分。

本钢板材原料厂变电所要进行 10kV 和 6kV 高压系统改造，提高产能。由于不能确定停产时间，变电所的配电室空间狭窄，给施工出了难题。那么，怎样才能在空间狭小、又不影响正常生产的条件下，安全、高效、可靠地进行系统改造呢？

原变电所两个屋，有两排高压柜。AB 皮带在高压系统下应该分段却没有分，现在改造因为空间太狭小，做不了。请来设计院专家，也无计可施。除非另建。如果那样，场地、厂房、设备全上新的，费用太大了！

领导合计来合计去，决定将这项重大课题交给罗佳全。

罗佳全调研后，提出了不停产过渡方案。

这个方案难度太大了，这几乎是不可能的事！

罗佳全设计好具体细致的施工方案，指挥工友们行动。

新高压柜安装，系统逐一过渡，旧高压柜拆除，带电平移，不能停产。要将 28 面高压柜整体平移，要求精度很高，难度太大了！

高压母线、间隔套管、高压瓷瓶、高压柜底座、动态应力变化，都在整体平移中经受了考验，一次性平移成功！

这个方案的成功实施，为本钢节约资金 800 万元，为今后类似工程改造提供了范本。

2014 年，罗佳全的"有限空间高压柜不停电整体平移施工工法"被评定为辽宁省工程建设工法，在更大的空间、更广泛的领域推广应用。

在东港工地，抓钩机若谦谦君子，在芦苇荡前深施一礼，将罗佳全二人从斗里吐出来。人们的眼球随着挖钩机斗而忽上忽下，铲斗每低一次头，都有巨大的悬念：人们的心态很矛盾，既盼望一把捞出短路处，恢复生产，又觉得不大可能，毕竟大家在此巡查了多次一无所获。

抓钩机斗牙向下，拱嘴钻入泥土将腮装满抬起头，将口中渣物吐在一边。低头又抬头，吐了一口又一口。旁边的人各具神态，有的表示轻蔑，有的熟视无睹，有人干脆别过脸去。他们都来这里检查过，也怀揣同样的否定心理。有位电业负责人甚至目视远方指指点点，号召身边人去查查他指点的地方。

抓钩机也似乎在配合他们，挖一下，没有，再挖一下，还没有。也不知挖了多少下，抓钩机斗再次例行公事地又抬起头，罗佳全兴奋起来，指着沟底喊道："毛病在这儿！"

人们惊奇地盯着挖沟机刚刚抬头的地方，似乎有导演事先安排了彩排，大家注目处，受伤缆线豁然呈现！

在众目睽睽之下，罗佳全再一次露脸——短路处找到了！

"老罗太厉害了！"

"神啦！"

"我们一个军团，赶不上人家单兵作战。"

人们欢呼起来，赞不绝口，把罗佳全团团围住。

工地上的领导兴奋了，举着大拇指赞扬罗佳全："急难险重冲得上去，关键时刻能解决大问题！"

"我所掌握的技术，是企业培养出来的，不是我个人的。这些技术不能失传，也不能从我这里断代了。我就是要毫不保留地把自己所有技术、经验，传授给年轻人。"

人说"教会徒弟饿死师傅"，罗佳全对此不屑一顾。

电调队队长仲聪林告诉我："罗佳全给这些年轻人传授技术，真的是毫无保留。新来的大学生问什么，他都会认真教他们。咱们单位一线的职工，百分之百都得到过他的技术指导，他带出的徒弟个个出类拔萃，现在他的徒弟，不少到了领导岗位和技术管理岗位挑大梁了。"

罗家全说："苗子再好，没有5年以上时间，培养不出一个好的调试工。"对此，徒弟李天会深有感触："师傅手把手教我，边干边讲解，然后才指导我上手干。一有空闲时间，师傅就结合现场实际，耐心细致给我讲解电气调试的每一个细节。"

现在，徒弟李天会、焦春华已经独当一面，他们双双考取了电气专业国家一级建造师。许多徒弟都在技能上有了质的飞跃，挤上电气工程师的专车，成为电气调试能手。

电气调试技术更新很快，许多大学生刚来时发蒙，原来书本上的知识跟现实差距这么大，门都摸不着。

罗佳全也曾经深受其害。

罗佳全刚从部队分到本钢，带他的刘师傅专门制作电缆接头，绰号"接头大王"。师傅把持这个绝活，谁也不教。师傅有个秘方，记在本子上，锁在办公桌的抽屉里，谁也不让看。罗佳全商量多次要求学习，门都没有！

一天师傅病了打点滴，主管领导指派罗佳全去制作电缆接头，罗佳全当场回绝："我做不了啊！""你必须做！""等我师傅病好再做吧？""不行！你必须干！"

原来师傅跟管事的杠上了，不同意做。管事的跟师傅二人较劲，罗佳全谁也惹不起，只能受夹板气。

罗佳全当兵多年，已经习惯以服从命令为天职。在保证生产和力挺师傅上，罗佳全深思熟虑后，觉得还是应该以工作为重。他豁出去了，决定铤而走险。

晚上，罗佳全拿了把被他磨短的螺丝刀，把师傅办公桌抽屉上紧紧压贴着的锁鼻子撬开，一点一点将下边的螺丝拧松，别开锁，把师傅的秘方本子拿出来，把秘方抄在自己的本子上，再把师傅的秘方本放回原处。

罗佳全按照要求制作出了合格的电缆接头。

师傅回来后，罗佳全的脸腾地红了。幸亏师傅没有注意，惊讶地问罗佳全："你这电缆接头是怎么制作出来的？"

"师傅教我的啊。"

"这小子真聪明！"

多年以后，罗佳全带徒弟的头一件事，就是交出当年从师傅抽屉里偷抄的秘方，让徒弟们抄在自己的本子上。

其实，罗佳全的底子很薄。

1981年5月1日，以往的成绩一下子翻篇，曾经给首长当警卫员、以5发子弹打48环取得第一名成绩的罗佳全，因所在部队集体转业，转业到地方工作。

战友纷纷选择到机关工作，罗佳全却分哪儿哪儿不去，先后放弃了本溪市公安局、本钢公安处和本溪市民政局。

部队领导问他："你到底要干啥？"

"学技术。"

安排罗佳全学开大卡车，罗佳全试了几天就不干了。罗佳全的个子矮，坐进驾驶楼里露不出脑袋，像无人驾驶。

安排他在团委工作，整天写材料，收团费收党费，他不愿意干。

"这工作还不好？"领导问他。

"我想学技术。人生还是有门手艺吃香。"

"你是个傻子，当工人哪有提拔机会啊？"领导开导他，"机关就不一样了，别看今年是干事，明年很可能就提拔你了。"

领导嘴都说出白沫子了，罗佳全就一句话："我要学门手艺。"

干了8年电气设备安装电工，罗佳全就要求去学电气调试，队长不同意："学调试至少是高中文化，你是初中文化，不够条件。"安排罗佳全去安装班当班长。罗佳全硬是不去。领导火了："你要不干，就让你打更。"

"宁可打更，我也不当安装班班长。"

别人听了觉得好笑，不当班长却干打更，太奇怪了！脑子进水了吧？

风能摘落枯叶，却摘不掉夜幕。但，罗佳全相信，决心一定能穿透黑夜抵达黎明。

罗佳全干了大半年打更，主管领导无可奈何地说："看出来了，你还挺犟。"

"我要学技术，你不让我学。"

"你文化低。"

"谁天生就会？学呗。"

领导心软了，把罗佳全调到了调试班。

跟本钢劳动模范、本溪市劳动模范王忠元学徒，头一次见面，罗佳全说："我什么也不会，王师傅你好好教我。"

机器出毛病了，罗佳全跟王师傅一块拆开大线包，看着那么多铜线，这儿鼓捣鼓捣，那儿鼓捣鼓捣，怎么也弄不好。连师傅都着急了，罗佳全反倒安慰道："师傅别急，再琢磨琢磨。"师傅说："小罗，把这线拆了。"罗佳全一圈儿一圈儿拆了铜线，发现短路一点点，没有完全短路，处理好缠紧了安上，毛病解决了。

这次在师傅指导下完成了工作，罗佳全很兴奋。

罗佳全虚心向师傅请教，赢得了各位师傅的好评，大家都愿意毫无保留地把技术传授给他。当别人休息娱乐时，他却在认真捧读学习资料。坚持在干中学，学中干。单位的大小活，他抢在先，干在前，从不讲条件、不计代价。每每遇到施工难题，他宁可几夜不睡觉、几顿不吃饭也要攻下来，不胜利绝不罢休。

我们无法想象，罗佳全刻苦钻研时下了多少功夫，我们却看到，他的左手小手指，因为常年拧螺丝刀，已经残疾，永远弯着。

罗佳全不懈努力，很快就独立工作，安装、调试一次性成功，再加上持续不断地起早贪黑研习，边工作边摸索，很快脱颖而出——丑小鸭变成了白天鹅。

罗佳全创造了人生奇迹，以初中文化的薄底子，被破格评为高级技师，还荣获全国五一劳动奖章、全国技术能手、新时代本钢道德模范等数十项荣誉。

罗佳全手把硬、名气大了，却一直不忘初心，心系本钢。

早在1997年，单位派他去泰国调试援建项目的电气系统，办护照给他签字的领导说："咱俩都是当兵的出身，你办护照我给签了字，你可别不回来。你不回来，就把我坑了。"罗佳全回答："放心吧，我的心在本钢，怎么可能不回来？"在泰国，一位台湾地区老板见罗佳全人好、技术精，让他留下，月薪千元美金。这是他在国内工资的十倍。罗佳全毫不犹豫地谢绝。台湾地区老板再次大幅度加钱，罗佳全仍然没去。台湾地区老板的朋友在菲律宾开炼钢厂，给罗佳全开出更高月薪，罗佳全仍然不为所动。此后挖罗佳全的越来越多。"我哪儿也不去，"罗佳全强调道，"本钢培养了我，我要永远扎根在本钢。"

2019年8月16日上午，我去罗佳全工作的地方采访，迎面墙上两条标语，一条写：勤学苦练，争做工匠。另一条写：追求卓越，勇立潮头。由罗佳全主导筹建的电气培训室先后被本溪市和辽宁省授予"罗佳全技能大师工作站和劳模创新工作室"，2017年通过国家和省市专家的审核验收，2018年晋升为国家级"罗佳全技能大师工作室"。"罗佳全技能大师工作室"进站大师13人，其中高级技师4人、技师6人、工程师3人，会聚了全国技术能手、高级技师罗佳全，本溪市五一劳动奖章获得者、一级建造师、高级技师、工程师焦春华，本钢集团三八红旗标兵、一级建造师、工程师李天会，本钢集团优秀共产党员、一级建造师、工程师徐永青，一级建造师、工程师、技师李翀，本钢集团先进生产者、高级技师贾福生，本钢机电安装公司技术能手技师田野等一大批高技能人才。罗佳全麾下40多人，形成一个拳头，打造"大国工匠"，向培养人才的新目标冲刺！

大师工作室积极探索"师带徒"机制，举行拜师会，签订师徒协议，通过仪式感让徒弟从心里加深对师傅的情感认同，增进徒弟学习技术的信心决心。大师工作室举办了3期大型拜师会，促成了34对师徒对子，同时，大师工作室还举办多期作业区级和厂级职工技术比武，并承办本溪市2019年职工职业技术比武，他的徒弟在这次比赛中包揽了前三名。

现在，罗佳全带领这支威武的技术团队，传承工匠精神，履行社会责任，正在向更高的目标发力，以创新为突破口，走出本钢，走出中国，走向世界。

刘宏亮：80后博士的"现代磁盘"

A面：家乡山坡的树林

80后博士刘宏亮清瘦、洁雅，白净脸，戴银丝边框的眼镜。初次见面，我以为他是弹琴的、跳舞的，或者是画画的，总之，他像个地地道道的文艺青年。

我的猜测完全不搭边，这位中等个头、身材偏瘦的青年，整天跟大钢大铁大设备大机件打交道。论机器个头，几十米上百米高；论产品重量，几百吨上千吨；论钢片长度，数百米上千米长……

我看了他施展新技术的主攻阵地，那条完全智能化的卷板生产线躺卧在车间，足有七八百米长。蓦地，一个通红耀眼的"方块太阳"腾地蹦上起点，顺沿预设旋转带光芒四射地前进，越走越薄，越走越薄。"方块太阳"按照它心里腹稿打样，边走边在生产线上刷一道规规矩矩的长条彩霞，彩霞越来越长，在某处被冷水激一下，白雾弥漫，彩霞像开怀大笑时突然板紧面孔、褪去红颜色，变成一条数百米长的青色宽腰带，缠在巨大车间的腰上——故事还没有讲完，下一道工序"宽腰带"已经卷成卷，威武列队，成为全世界数十个国家主动登门求购的先进高强钢……

我这样描述明显偷工减料，钢板并非什么新鲜产品，早就有。刘宏亮也只是众多参与制造冷轧板的一员。但我要重点强调工业生产中常说的话：人无我有，人有我强，人强我优，人优我精。颇有文艺范儿的刘宏亮，不仅把功夫下在优和精上，还创新了多种符合市场需求的热门产品……

中国的先进高强钢曾经落后好几代，被一些老外瞧不起。

这天，德国专家向刘宏亮发火了："明明是你们的生产有问题嘛，你们为什么说我们的工艺有问题？"

按照德国专家的配方，刘宏亮和伙伴们多次调试钢种，怎么也调不出来。客户点名要货，预付款都打来了，却交不上货，能不急？德国专家也在调试，一次两次不行，一天两天不行，两个月匆匆而逝，还是不行。按照他们所调试的配方，生产的热轧板卷曲，温度控制不均匀。刘宏亮指出德国专家的问题所在，德国专家非常傲慢，咧嘴、翻眼、瞧不起中国人，坚称他们的配方没有错。

生活不曾取悦于你，所以你创造了自己的生活。与其在意别人的背弃和不善，不如经营自己的尊严和美好。

当时从国外进口的 780MPa 生产线，实际具备 980MPa 的生产能力，但需要进行钢种调试。邀请来的外国专家几经调试，780MPa 产品都没有成功。

刘宏亮的团队认为肯定有问题，但又不知道问题在哪儿。

刘宏亮在实验室模拟试验多次，根本不行，便与德国专家沟通，这才出现上述一幕。

刘宏亮决定带领自己的团队干，德国专家却不同意。

刘宏亮心想：你们做不出来，却把责任推给中国人。中国人要自己干，你们又不同意，这是什么逻辑？

能随风飞到天上去的，一定没有什么分量。着眼大局，见多识广的刘宏亮没有恼火，也不跟德国专家正面交锋，而是带领他的团队暗中探索。语言沟通受阻，那就拿出硬通货来。趁德国专家周末休息，刘宏亮和搭档们刻苦钻研。每天下班后，德国专家不在工厂，大家加班工作。

刘宏亮像小时候种树一样，怀着对参天大树和种出成片树林的美好向往，严格依循科学程序，认真对待每个细节，耳畔回响着爸爸的叮嘱："既然栽树，就要种一棵活一棵。你好好看，要这样栽……"

春天，东北的冻土揉着半闭半睁的睡眼，久别而归的湿气和温度，重新投入大地的怀抱，冬眠的土壤一颗一颗解开衣襟纽扣、敞开怀，欢迎复苏的生命，一大群师生欢快地扛上劳动家什，到山坡上去植树。

身为中学教师的爸爸给小宏亮做着示范：他先挖好一尺多深的树坑，把坑里的石头捡出来，把挖出的土回填一部分，"这个程序很重要，不要直接让树根扎在石头上。这么小的树，根不扎在暄土上，吸收营养差，不爱活"，把树栽进去后，把土完全回填进去，"用脚把土踩实了，如果透风，树根干枯，会死的"。

爸爸再踩着树下的土，扯紧树干，向上提了提，防止树根蜷窝在土里影响生长。

"看到没？"爸爸直起腰来，指着不远处的一片树告诉儿子，"那是我小时候栽的树，当时树苗很小很矮，现在，成了一大片林子。"

"太神奇了！"刘宏亮惊讶地问，"栽的时候，树苗也这么小吗？"

"比这还矮呢，才一尺高。"

刘宏亮心里好似有温暖流过，有热风吹过，有翅膀飞过，什么感觉，他说不出来。

刘宏亮出生在辽宁省开原市农村。他考上大学后，每年寒假和暑假回家，都要去山坡上看一看，小时候他和同学们栽的树长得又高又壮，早就成为一片大树林了！

他工作后，每次回家都要看看那片林子，远看郁郁葱葱，近听林涛阵阵。

每回他都要感慨："又长高了，越来越壮观了！"

这已经不是普通的树林，而是刘宏亮长大的憧憬！

这么多年来，学习和工作上每每碰到困难，一想起那片树木，刘宏亮就像拧足了发条的机器，浑身充满了力量……

"要像小时候栽树那样，要么不做，做就要做好。"

人心，一般不会死在大事上，而那些一次一次的小失望，成了致命的伤。如果你不知道下一步往哪儿走，那就把手头的事情做好。所有你现在所承受的，都是过去你起心动念所造；所有你将来所拥有的，都是你当下举手投足所生。

当德国专家还在挑刘宏亮同事的毛病的时候，这个团队研制的新钢种已经成功，并开始接合同供货。当向外国专家展示产品时，他们当即看傻了！

那位德国专家惊讶得脸都抽抽了，翻了几次眼白，突然想起什么，向刘宏亮高高地竖起大拇指："OK！OK！好样的！"

过后，德国专家坦陈，这是他努力了很久、调试了太多次都没有解开的难题，竟然让年轻的中国专家做出来了，他太意外了！

B面："少帅"站在地图前

这世界从来不缺想法，不缺梦想，也不缺计划，而是缺少行动。

当刘宏亮在读博士学位，并负责管线钢产品优化开发，大踏步地向科研领域发起进攻时，中国石油天然气总公司的大单送上门来。

"好啊！"刘宏亮非常高兴，"首都北京的大客户，能把单送到东北，送到群山环抱的本钢，这可是打着灯笼都难找的事！"这既是客户的需求，也是国家的需要。

事是好事，可活很难干。人家提出要求：原来的天然气输送管线承受的压力不够，要大幅度提高管线的抗压性能。刘宏亮根据要求粗略算一下，难度相当大。一、管线钢厚度增加，生产难度自然加大。二、管线钢核心指标是韧性，稳定控制成了最大的问题。

早在2012年，刘宏亮耗费了6年心血，研究了"稀土在管线钢中的应用"这一课题。血气方刚，激情澎湃，豪情万丈，刘宏亮相信此项目一定会有所作为，也会撑起事业的一方天！

刘宏亮先后投奔了国内几家大型钢厂，都碰了软钉子。他们以饱满的热情欢迎刘宏亮来工作，却不同意他研究管线钢。刘宏亮不想放弃这个将来一定有前景的产品，在东北大学老师的推荐下，他毫不犹豫地情定辽宁本钢，扎根本溪。

不为模糊不清的未来过分担忧，只为清清楚楚的现在奋发图强。一花凋零荒芜不了整个春天，一次挫折也荒废不了整个人生。生活总会给你另一个机会，这个机会叫"现在"，也叫"明天"。

刘宏亮一改过去老学究式闷在实验室里研究的习惯，积极深入车间一线现场研究，车间就是试验室，工人师傅就是裁判，故障就是命令，质量和效益就是首席老师，技术创新则是闪光的理想，让知识生根，让理论接地气，他连续29个月与一线工人吃住在一起，活同干，心同频，热气腾腾地工作。在板材热连轧厂，为降成本增效而献计献策，为协助开发新产品昼夜奋战。

成功的大门是虚掩的，只要你勇敢地叩，总有叩开的时候。

一次设备改造后，设备运行不稳定。很多老专家就像老中医一样，蹲点观察设备的运行情况，然后分析设备出现的问题。刘宏亮觉得这样做太耗费时间了，便在一旁用西医取病理的方式，切割下一小块产品样本，通过检测，运用数据计算分析的结果来判定问题所在，很快得出结果，受到领导和同事们的赞扬。

管线钢可没那么简单。

管线钢就是用来制作类似西气东输的气和石油等所用的管道材料钢。这可是刘宏亮扎根本钢带来的"嫁妆"啊！

问题是，实验室中的结论，与具体应用往往很不合拍，差别很大。

刘宏亮凿穿了两个黑夜，反复研究、运算，最后得出结论：现有成分体系无法满足生产需求，只能放弃已有的成分设计，重新设计重头干。

没有"前人"带路，要重新开发这个规格的管线。

刘宏亮决定开山破路，另辟蹊径：开发不出新产品来，人家凭什么从首都北京把活送到东北呢？

刘宏亮采用"快冷"的方式，促使强度达到要求，但还不行。"快冷"产品，还有个韧性指标，达到指标要求才能抵抗管道变形，增强抗断裂能力。

任何的收获都不是巧合,而是每天的努力与坚持得来的。不怕你每天迈一小步,只怕你停滞不前;不怕你每天做一点事,只怕你无所事事。

为了攻克这个韧性指标,刘宏亮四面出击,八方探索。厚规格产品与薄规格产品相比,无非是厚度增加了,那相应地增加冷却强度就可以解决生产控制问题,额外再增加合金添加量,提高材料的淬透性!查阅各种资料和论文后,刘宏亮也接受这个观点,并经过理论计算,完成设计和数字化验证。他非常高兴,终于找到了突破口。

赶紧行动!他兴冲冲地做了试验,不行!

影子是不真实的,它不是在夸张,就在缩小。刘宏亮苦思冥想,决定采用"快冷"的方式,反复校正步骤程序,反复运算各项成分指标,轧钢工艺调整了,坯子也调整了,确认没有问题,又兴奋地进行第二次试验,频频闪着期待的目光,结果却令人沮丧,还是行不通。

碰了"两个钉子",刘宏亮没有认输,向顽固的堡垒发起第三次进攻!

如果生命是一曲动人乐章,我们没法控制如何开始,也很难预测怎么结束,不如把今天的每个音符都弹得漂亮。

刘宏亮从哲学方面深入分析,外因是变化的条件,内因是变化的根据,外因通过内因而起作用。显然,外因好是决定不了内因的。那么,内因到底怎么样?刘宏亮又从西医的角度切入,检验内在成分。他干脆把钢料打断了,看它的断口,取样后仔细研究、分析,发现表里不一,钢板皮虽硬,中间却是软的。这种外强中干的情形,好比是夹心巧克力,外表坚硬、中间软弱,造成变形不连续、不均匀。新的热切期待在刘宏亮的思维里噼啪噼啪"打火":如果想出让边和中间、外因和内因一致的办法,或许会行吧?

刘宏亮反复琢磨,采用"间断喷水"制作工艺。制作时多次向热板上喷水,喷一会儿,停下,再喷一会儿,再停下,使里外温度均衡,终于攻下这个久攻不下的堡垒。

这项相变控制间歇式冷却技术，获得辽宁省科技大奖。

刘宏亮从小生长在辽宁省铁岭开原农村，小学和初中学习较差，回回考试在排尾。读高中像庄稼咔嚓咔嚓拔节一样向上伸腰，跟宿舍的同学们比着学，为能做出一道难题而自豪。刘宏亮持续发力，因为自豪次数最多，常常受到同学的赞扬。那个条件很差的学生宿舍，成了刘宏亮的善于挑战、敢于战斗、勇于胜利的福地。熄灯时间到了，难题还没有解出来，刘宏亮就缩进被窝，打起手电筒，继续攻坚……

高考时，老师向他推荐说新科技、新材料是热门专业，将来会大展宏图，刘宏亮却一头雾水，不知道学习这专业将来有什么用。在山东从事科技研究的舅舅推荐他报考山东大学的理工专业，刘宏亮竟对材料科学与工程专业上了瘾，又在东北大学攻读了硕士、博士并做博士后。

生产高强度钢可谓一步一棒，在冶炼、热轧等数十个工序中，问题涨潮一样前拥后推，往往前一个问题如鲠在喉，后一个问题又劈头打来。

在探索的路上，纵然跌倒，也胜过无谓的徘徊。

刘宏亮带领伙伴们没有退路，只能迎着陡坡上，摸着悬崖攀爬。滑下来，上去。再滑下来，再上去。哪怕悬吊崖边，哪怕深陷泥塘，哪怕险浪凶猛扑来，也要咬牙挺住，你拉我一把，我拽他一下。这是前所未有的探索，别指望"外援"，大家只能"自救"。浓雾弥漫，能见度很低，不能停止前进；沙尘暴连续进攻，躲避一下，不能打退堂鼓；疲惫疯魔般持续击打这些年轻的筋骨，全当是健身训练项目……

经历九九八十一难，他们笑了——热成型钢的强度一跃而起。

年轻人欢欣鼓舞，跳啊蹦啊。

有人啪啪啪拍着胸脯，豁上半个月工资，要请一顿馆子。

有人说大半年没唱歌了，去歌厅号几嗓子！

也有低调的，回家睡上一大觉，睡到自然醒。

是啊，这个团队17人，平均年龄才30多岁，最小的才出大学校门。风华正茂、青春蓬勃，冲动与激情无时无刻不在身体里激情燃烧……

但是，闻听钢剪刀崩坏的消息，他们知道，上述所有的计划，也随之烟消云散。

剪刀坏了，说明热成型钢强度很出色。可生产效率极为低下，这怎么行？

在工厂，效益就是时间、产量和质量"三手联弹"的产物。在规定时间内的产量达不到客户需求，致使订单萎缩，效益无疑会断崖式坍塌……

年轻是本钱，但没有作为就不值钱。

刘宏亮和伙伴们再次一个猛子扎进阵地战的汪洋大海，不知道什么时候抬头，也不知道什么时候钻出来，他们像一群只买了单程机票的旅行者，切断退路，一往无前……

终于迎来曙光灿烂的早晨，高强度钢和剪刀修复前嫌、和睦相处，质量和产量双翅齐飞，刘宏亮和伙伴们又主动迎接新的挑战——创新项目无止境，紧张的战斗永不停歇……

顶住压力持续打拼，才能后来居上。我在前边说过，刘宏亮小时候的学习排名要从后数。考上山东大学，他的成绩在班里倒数第六。"自信人生二百年，会当水击三千里！"刘宏亮自信有能力调个过儿，把排尾变排头，每个平平常常的日子，都是大考、冲刺的日子。手不离书，口不离曲，知识争先恐后，螺丝一样拧进记忆。手拿一本书从山顶走到山下，基本能背诵下来。

还是刘宏亮，还是那个久了会想家的东北男孩子，突然有一天，头上闪耀着学霸光环，一路逆势前行，越走越快……

刘宏亮现任本钢技术研究院汽车板研究所首席工程师，享受国务院政府特殊津贴，是中国稀土学会第六届稀土钢专业委员会委员、中国汽车工程学会青年委员会委员、汽车轻量化技术联盟专家委员会委员，获得"全国钢铁工业劳动模范""中国钢铁工业先进科技工作者""辽宁省优秀科技工作者""辽宁省创新标兵""本溪市特等劳动模范"等诸多荣誉。撰写论文40多篇,被SCI、EI收录12篇,参与制定热轧成型钢标准1项,编写专著3部,主持4项省级基金项目。研究的科技成果3次荣获省部级科技进步大奖。

安全诚可贵,生命价更高。刘宏亮和他的团队,在前不见古人的"无人区",在荆棘丛生的地方,全力主攻汽车安全材料。

我在前文讲述过华晨集团赵晓亮的故事,他和刘宏亮都是80后科研新秀。所不同的是前者研究汽车安全性能前卫技术,后者为上游,研发新型材料。相同的是,他们都是中国科研的年轻主力,都是中国科技工业的新一代领跑英杰。

汽车的主动安全性之一,在于结实的钢框架。这取决于汽车的A柱B柱等框架钢的强度。强度越高,它的抗压性就越好,安全系数也就越高。那么,怎样在实现高强度的同时,又不增加车身整体的重量呢?

人生就像舞台,不到谢幕,永远不会知道自己有多精彩。

2017年,刘宏亮的团队与东北大学联合研究开发了2000MPa超高强度热成型钢。这不仅是本钢集团在新产品研发上取得的重大突破,更标志着本钢集团在抢占汽车轻量化研发制高点上,取得了重大成果。换言之,中国本钢生产的汽车材料在确保人身安全方面,为人类做出重大贡献,引领世界汽车行业材料变革的新潮流。

中央电视台、新华社、《人民日报》等媒体曝出的热点新闻引爆了国际媒体,美洲、欧洲等媒体迅速跟进。刘宏亮团队开发的热成型钢PHS2000,首次在车身用钢强度领域突破2000MPa,实现了超强热成型钢全球首发。

2017年《世界金属导报》评选全球"影响世界的钢铁技术",此产品排在第一位。

美国通用汽车非常重视这项研究,邀请刘宏亮的设计团队赴美国通用研究院进行技术交流。

该产品在成分设计上突破了原热成型钢涂层板国外钢铁巨头的技术垄断,将为国家和企业节省巨额成本。

刘宏亮带领团队利用优化的合金设计、全新的轧制模型、独创的相变控制间歇式冷却技术，在本钢实现稳定生产最宽1750毫米，最厚22毫米，X80管线钢生产技术，并推广到其他厚规格产品的生产中，这项技术经鉴定跃升至国际先进水平。

刘宏亮在办公室上挂了一张中国地图，上班头一件事，便是站在中国地图前深思、指指点点。每研发一个新品种，开拓一个客户，他就在地图上做一个标志。在他看来，这是一片辽阔的原野，刘宏亮像小时候一样，满怀期待和憧憬，在上边栽很多树，让它们茁壮成长，再现林涛怒吼、百鸟群欢。

刘宏亮和他的汽车研发团队正在提速前进，要把本钢麾下的新产品和开发的新客户铺满整个地图，在不远的将来，再把中国地图换成世界地图，建成世界级的"森林公园"。

第六章　蓝色交响曲

在中国，辽渔集团是浩瀚的蓝色大海上唯一的"国字号"企业，当年全国那么多国企渔业大公司，经过转制、合并、出售，现在只剩下这一棵"国字号"独苗。

在中国远洋企业，辽渔集团出海次数不算多，但在技术层面、管理层面和产业链层面上水准很高，为中国渔业的副会长单位，影响力则是中国渔业的"大拇指"。

看报表，辽渔的产量"最可怕"，令同行惊骇。

2019年，辽渔集团实现赢利50亿元，利润5亿元。董事长孙厚昌正着手引进合作伙伴，实施国企混改，开拓发展，续写新华章。未来三到五年，辽渔集团收入要达到100亿元，利润10亿元。

在蓝色牧场上，辽渔人被下饺子般的民营企业包围，在灵活的人才竞争上处下风。奇怪的是，"辽渔精神"仍占上风，最好的人才仍然在坚守，多数人才仍然不离不弃，生龙活虎地战斗、拼搏，宁可挣得少，也留在辽渔。

老辈人说，下海捕鱼是七十二行不在行，好汉不愿意干，赖汉干不起的行当。

船员出海一次，要连续在海上漂两到三年才回来一趟。中间修船上岸见见土，买点生活用品，就得赶紧回到船上。听海涛轰鸣，与海鸟为伴。

老婆生孩子，孩子上学，老人病重或去世，都不敢通知出海人。原因很简单，告诉了也回不来，不是干着急吗？

独奏：战台风

"我看见一根像桅杆的东西矗出水面，等我开过去，那些鸟都飞到空中，围着我不走。水面很清澈，露出一根桅杆般的东西。我走近一看，水里黑乎乎一团，像有个长长的黑影，我开过去，水里原来有一艘大客轮；就躺在水底下，大得不得了。我这条船就在它上面漂流而过。大客轮侧卧着，船尾深深朝下。舷窗全都紧闭，我看得见窗玻璃在水底闪闪发光，还有整个船身；我这辈子见到过最大的一艘船就躺在那儿……"

这是海明威小说《暴风劫》中的一段话，我们看了会倒吸一口凉气。仿佛每个字都是一把向前移的尖刀，一点一点靠近我们的身体。

对于辽渔人，这已经司空见惯。他们在海上漂泊75年，生活本身就是小说。有过跌身落海、死里逃生，有过船毁人伤，也有过全船沉没……

他们的欢乐藏在炮仗里，甘愿粉身碎骨，为欢乐送葬。

无论多难多险，他们仍然前赴后继、续火传薪，让鲜艳的五星红旗迎风斗浪、挺身而立，威武地飘扬在蓝色的大海上。

1945年成立的辽渔公司，一茬茬老人退了，新人再上；一条条船沉没了，新船再来；一个个事故消逝了，新事故仍在威胁。辽渔人前赴后继，仍在与台风搏斗，与恶浪搏斗，与洋流搏斗，与野蛮的鲨鱼、鲸鱼搏斗，与各种各样突发的潜在危险搏斗……

辽渔集团原董事长张毅先生，曾创作一部自传风格的作品《男人与海》。经过减缩和改写，我节录部分故事——

1979年8月14日，是我一生都后怕而无法从记忆中抹掉的一天，那一天充满着黑色。我和传贵船长两个人手挽着手，带领着弟兄们一步一步地从一个世界开始走向另一个世界，面对着死亡，绝望而悲壮。

早上，天刚刚放亮，我便一头倒在铺里昏昏沉沉地睡着了，不知过了多长时间。"怎么样，队长，这一网足足能有一千多箱大带鱼，现在已经卡了九包了，还能卡两包！你真是好样的！"

我急忙起来，跑到驾驶室里往外一看，嚯，好家伙！整个船甲板全是银色的大带鱼，足足有十五六吨。

大家商议着见好就收。

我摆了摆手："不行！产量挺好又是旺汛，我们还是海上指挥船，不能带头回去。再说了，还有台风。"

"我们产量这么好，你还不让我们大家回去一次啊？"传贵船长说。

我一再坚持再打些鱼，船员们只好沉默。

这时，大海在慢慢地摇晃，我发现远处黑云密布，从上到下像黑黑的一堵墙，看不到海平面："传贵船长，你快上来一趟，快点！"

"快、快！赶紧叫对船往南跑一跑，垫垫趟子（让船航行到原来下网的地方继续下网）。"

我大声提醒道："传贵船长，我看这浪涌越来越长，而且越来越大，这说明台风离我们不远了，情况不好啊，还干吗？"

他很快扫了海面一眼，像红了眼睛的赌徒一样，喊着："没事，叫对船拉一网，再跑也来得及。"说着，他跑上驾驶室拿起对讲机就向对船喊："姜船长，别磨蹭了，不要垫趟子啦，赶紧把网下了，直接往西北拖！"

这一切我已经无法阻止了，网下去之后，两条船开始在越来越大的浪潮中，来回摇晃着慢慢地向前艰难地拖着网。

两个半小时过去了，船还在艰难地拖着。风势越来越大，雨点把驾驶室的玻璃敲得噼里啪啦响。

"传贵船长，你看，这浪涌比头会儿更大了，现在已出现开花浪，不能再拖了。而且东北风越来越大，还夹着一些大雨点，我看，我们已经处在台风边缘，弄不好，我们就在台风半径以内了。"我焦虑地说。

"台风能这么快吗？没事，再拖一会儿。"他满不在乎。

半个小时又过去了。

浪涌越来越大，涌高已达六七米，而且开花浪越来越多，不时砸在船舷上，船体不断地颤抖着。

黑云越来越浓，越来越低，像一块厚铁压在头上。密集的大雨点像一朵被炸开的水花喷射在玻璃上，很快又形成一股股小水流冲了下去。整个空中回荡着一阵阵低沉、浓重、惊悸的呼喊声，我开始忐忑不安起来。

"不好啊，队长，台风来了，怎么这么快呢？"传贵突然清醒过来。

"不能再犹豫了！赶快通知对船起网，返航避风！"我没等船长说话，赶紧抓起对讲机向910号船喊："姜船长，立即起网避风，一定要注意安全！"

又有几个开花浪砸到甲板上，船体抖动着上下大幅度起伏着，摇晃着。

"队长，不能起网了，太危险！起网需要20分钟的时间，已经来不及了。赶紧把网绠剁掉！"传贵船长瞪大眼睛说。

"行，快、快点！快叫910号也把他们的大绠剁掉！"我焦急地喊。

"姜船长，快一点，叫手头麻溜的船员赶紧把大绠剁掉！

快一点，听见了没有！"他嘶哑地用对讲机大声喊着。

910号船姜船长在对讲机里都喊了些什么，风浪声干扰太大，我已经听不清了。

这时，胃里早已翻江倒海了，特别难受，我尽量控制着，实在不行了，赶紧把头伸向窗外，胃里的东西全喷了出来。

哇的一声，我回过头来，看见传贵船长还没来得及把头伸出窗外，就把胃里东西吐在车钟上，一股令人恶心的呛人味道扑面而来，我憋着一口气，马上转过头来又朝窗外干吐了几口。

往日平静的海面像一锅翻滚的开水，开始猛烈地沸腾着。我大声喊："大家抓紧栏杆，小心小心点！"

又一个开花浪扑到了后甲板上，整个后甲板全被浪封住了，我屏住气，跑出驾驶室紧紧抓住栏杆往后甲板望，海水慢慢地从后甲板退了去。这时，才看到宋福来紧紧抱住起网机下面的铁柱子，从水中露了出来，挣扎地拖着大斧子，瞅准浪峰，飞快地跑了几步，在甲板的尾部，眼看着他被浪再一次晃倒了。接着，一个巨浪把整个船尾压到水里，很快，船尾又被浪高高地抬起来，海水快速地倾泻下去。

"我的天，完了，完了，这一下，宋福来可完了。"我的心一惊，沉甸甸地直往下坠。不一会儿，看到宋福来从船甲板的海水里爬了出来，顺着浪势滚了几下，吃力地站了起来，一只手抓住吊杆下面的钢丝绳子，另一只手拎起太平斧子朝网绠狠狠剁了下去。好样的，一下、两下、三下……我拉长声音大声喊着："利索点！注意看着浪头、看着浪头！"终于，网绠被剁断了。他扔下大斧子，就着浪势连滚带爬地靠在了大舱盖边上，两只手牢牢地抓住铁把手，整个身体被浪冲得漂来滚去的。

宋福来又坚持着去封舱盖。

255

吃力地拧完舱盖最后一个大螺丝，宋福来跑了上来，紧紧抱住我："我的天啊，可把大缆给刹断了，险些被大浪冲走了，仗着我命大，两个舱盖有16个大螺丝，全都叫我固定住了！这回放心吧。"

我拍着他的肩膀说："过来操舵！"

驾驶室里只有我和传贵、大副唐继东和宋福来，宋福来聚精会神在舵机上操舵。

网缆剎掉之后，船体开始大幅度摇晃着，我忙说："船长，我看，向西跨浪航行太危险，还是慢车顶着东北风迎风抗浪吧。"

船长看了看海面，虎着脸对宋福来说："二猫子，听队长的，你只能按照45度方向扶舵，看住浪头。我告诉你，打花（罗盘针路来回摆动，偏离航向）超过20度，一个大浪掀过来，咱们就都没命了。"

另一个危机潜伏着，如果"死车"，大家就完蛋了。

"哎，十多分钟前，910号被浪尖抬高时，我还能看见。现在怎么不见啦？会不会出什么问题呢？"

"就看命大不大吧！"传贵说。

突然，一个大浪扑过来，发出天崩地裂般的撞击声，船体很快向一边大角度倾斜，我仰脸摔在雷达的护板上："不好！二猫子，危险，赶紧向右回舵！"我喊了一声，船长一个箭步过来把宋福来推在一边，抢过舵把骂着："滚一边去！"接着，船长沉着地压住了舵把，船才开始慢慢地指向45度方位，惊恐不定的我才稍稍松口气。

风越来越大，浪越来越高，暴雨倾盆而泻，十几米高的恶浪翻滚着，排山倒海地扑过来。船头不断地扎进巨浪里，又很快地被抬起来。接着浪头盖过甲板，凶猛地扑向驾驶室，船体剧烈摇晃着、抖动着。被船体撞破的大浪变成细碎的浪花漫天飞溅着，弥漫的空间几乎什么也看不见，天昏地暗。

黑云越积越多，越积越厚，空气中好像膨胀了许多惶恐不安。

"船长，得赶紧想个办法把锚扔下去放捞子（注：放捞子，是用麻袋把锚包起来扔到海里，是闯海人抵抗大风浪的一种迫不得已的办法。有时海底底质松软，船锚不用麻袋包起来也可以，叫作干放捞子，这样安全性就差一些。不过在海底底质不明的情况下，干放捞子是危险的，很容易使船锚锚链断裂），拖着锚，再慢车顶风抗浪，我看能好点！"我朝船长大声喊着。

"不行不行，这个浪谁敢去下锚放捞子，这不明摆着找死吗？"船长朝我摆了摆手。

"不行也得行！干放捞子也得放！死也得下锚放捞子顶着！不然的话，稍微横点浪，船一下子就扣过来了，我们都得死，快点！"我大吼着。

传贵船长迟疑了一下，然后指着唐继东大声说："你是大副，你去下锚！"

唐继东紧张地盯着海面，还没等缓过神来，船长一脚把他踹倒："磨蹭什么？快给我滚下去！"

"我去！"宋福来麻利地脱下救生衣。

"不行，我是大副，我去下锚！"唐继东爬起来，赶快把宋福来推到一边。

"有什么好抢的？叫二猫子下！"接着，我又大声朝宋福来喊着，"找死啊？把救生衣穿上！"

"救生衣浮力太大，头会儿我去剁大缆就差点吃了大亏！"

"穿上！"我抓起一件救生衣朝他摔过去。

"穿着它就拽不住东西，一下子就会被大浪冲得没有影了！"宋福来喊着，使劲推开唐继东，头也不回地跌跌撞撞下去了。

　　我赶紧扒在窗上，模模糊糊地看见一个人影，拽住甲板上的一根水管艰难地往前爬行，整个身体好几次被抛了起来，接着又被大浪盖了下去，好像是在空中打着秋千，顶着不断迎面冲过来的急流，一点点往前挪动着。最后，他好不容易趴在了船头的挡浪板下，等了一会儿，他趁着船头扎进浪里的一瞬间，身体往前一跃，一滚，一扑，几个连续利索的动作，正好抓住锚机把手，又一个巨浪压了下来，我们几个人都在大声喊着叫着，等船头被浪掀起来时，他才露出来，被倾泻而下的海水冲得漂在水面上，这时，我看见他的双手死死地钩住锚机把手，没有被海水冲跑。

　　"快点！把锚链全部放下！"船长沙哑地喊着。

　　他摇晃了几下站起来，试图去摇动锚机把手。轰的一声，船头又一次和巨浪剧烈地撞击着，炸起数丈高的浪花和水沫，散射向半空。当浪花和水沫还在纷纷扬扬向下散落的时候，那紧接而来的巨浪再一次和船头轰然相撞，又炸起一个更高更大的散花飞沫。船头一下子又钻进浪里，然后又冲了出来，船头高高地撅起，把压在船头上的海水呼的一下掀过来，我赶紧蹲下，闭上眼睛刚把头顶在舵机下面，只听到一声巨响，驾驶室的瞭望窗几块玻璃被同时砸碎，海水夹杂着玻璃碎片向四处飞着，几乎灌满了整个驾驶室。接着，海水顺着被砸开的后驾驶门，咆哮着冲进后房间，我们几个人全被抛在驾驶室的一侧，船倾斜已达50多度。我被呛了几口苦涩的海水，猛地爬起来，拼命地抱住操舵台，盯住罗盘，使劲按了按舵把，罗盘的指针才慢慢地指向45度，船又稳了一会儿。

　　我赶紧打开通往机舱里传话筒的盖子，大声喊着："大油鬼，赶紧排水，排水！听见了没有？听见没有！"机舱里传来机器急速刺耳的声音。我知道,这是在打空摆(注:船体尾部被浪高高地掀起,螺旋桨露出了水面,在空间快速空转)。我又大声地喊:"你们都哑巴了!"接着,咣当一声,我把传话筒的盖子使劲地拽了下来,猛地摔在驾驶室的墙上。

"队长啊,我怕是不行了。我,我没有给你出、出个好点、点子,现在,就靠、靠你了,弟兄们都、都有家口啊……"船长吃力地说了几句,就闭上眼睛,任凭唐继东拖着。

"大副,你快一点,听见没有!"我头也没回地大喊了一声,仍在紧张地操着舵。

呼隆隆,呼隆隆,连续地响了几声,我往船头一看,心头一喜,宋福来居然还活着!他飞快地转动着锚机把手,把十节锚链全部都放到了海里。突然又一个大浪在船头爆开了花,船一头拱进海里,当船头再次被掀起时,宋福来不见了。一种不祥的预感袭来,我马上想到了他的母亲和妹妹,心里像被什么东西猛地蜇了一下,惶惑的负罪感立时使我浑身麻醉酸软。

我大喊了几声,全被风浪的咆哮声、船体和巨浪剧烈的撞击声吞没了。

我也顾不上宋福来和传贵船长了,一只手紧紧抱住操作台,一只手在紧张地操舵。在这种情况下,不能有半点操作上的失误,否则,即刻船覆人亡!

船体更加剧烈地摇晃着,忽地蹿上高高的浪峰,忽地掉入深深的浪谷,一排排浪峰像山一样错落有致地动着,轰鸣着,不断地猛扑过来,下面船员的房间里不断传出叫骂声、呕吐声、呻吟声夹杂着船上那些没固定的东西的碰撞声,电器短路闪爆声,加上一股股蓝色呛人的烟雾,空气里的一切都充斥着恐怖与绝望,一切都在将要凝固中拼死地挣扎。大概,这就是死亡前的悲壮。

此时,我感到,闯海人和死亡常常是捆在一起的。

嘭的一声，驾驶室突然撞进一个人，被浪甩倒后又爬起来，跟跟跄跄扑向了舵机操作台，我一看，是宋福来！

我赶紧回过头来操舵："你、你还活着？！"然后，惊喜而惶恐地朝他招了一下手，"快过来操舵，快点！我盯着浪头。"

他一只手拽住操作台的把手，一只手使劲地搂着我，几乎跪在了地上号啕着："队长啊，队长！我没有死，我们不能死，不能死啊队长。天啊，我的老娘，还有我那苦命的妹妹可怎么办啊，啊？队长啊！"

"看你那个熊样！哭什么？死不了！别搂着我，你给我好好往上看着浪头操舵！"我掰开他的手吼着。

滔天的卷涌像无数起伏的恶魔，叠起的浪尖像千万凶腥的舌头。

"二猫子，大副哪儿去啦，赶快把他叫过来！"我一边紧紧地盯着浪峰，操着舵把，一边对宋福来喊着。

宋福来抓了一件救生衣想套在我的身上，我一把拽下扔了出去，一只手抓住他，深情地看着他，慢慢地摇了摇头，沉重地说："好兄弟，我、我看已经用不着它了，留着尸体有什么用，干吗叫活人难受？"

他转过头来，使劲甩了甩头上的海水，瞪大眼睛傻乎乎地望着我："你说什么？"我盯着浪头，一边操舵，一边断断续续对他悲切地说："福来，看来，我们活着的希望不大了，我知道，你最牵挂的就是你的老母亲还有你妹妹！"

刚说完，他哇的一声大哭起来。看来，无论怎样刚强的汉子，面对着死亡，都有他脆弱的一面，都有一种本能的恐惧。

"大副，赶紧叫报务员发SOS遇难求救信号！"我焦急地喊着。

"完了完了，队长，报务员晕得不能动了，吐得满地都是！"唐继东有点绝望地说。

在惊涛恶浪之中，船一会儿钻进浪里，一会儿又冲出来，一会儿立了起来，一会儿又栽了下去，一头一个猛子。狂风驾着咆哮奔腾的恶浪，大海兜底地荡动着，铺天盖地的巨浪不断地把船吞进去，又吐了出来，时而轻轻地把船抛在高高的浪峰上，时而又狠狠地把船碾在浪谷里。我那颗吊在半空里的心也随着忽而抛了起来，忽而坠了下去，扯肠刮肚十分难受。船在蹦着，跳着，摔着，剧烈地摇晃着，海天翻滚，阴森狰狞，整个空间在疯狂地搅动着，旋转着，飞舞着，好像非要把船撕烂，剁碎，然后再把我们血肉模糊地扔进地狱里不可！

生与死的拉锯战，激烈地进行了五个多小时，势均力敌，谁也没有吃掉谁。渐渐地，包围着我们的狂风巨浪开始退却。我解开捆在舵机上的绳子，拿起望远镜，开始搜索着海面，寻找着910号船的踪影。那里还有20名弟兄不知是否还活着，我想，大概活着的希望已经不是很大了，我不知道怎样才能赎罪，怎样去面对他们的亲人。

东北风慢慢转向东南风，东南风慢慢又转成了西南风。我知道，我们已经完全处于台风可航安全半径以内了。整个阴暗混沌的空间，开始从上到下撕开了一条缝隙，好不容易地挤出了一点点光亮，毫无疑问，这就是生的希望！

我赶紧拿起话机，大声喊着："910号，910号！请回答，请回答！"

这时，我全部的希望都集中在910号船上能够出现活着的声音。

"田队长，整个船上全部短路，你不要喊了，喊也没有什么希望了。"我听到了唐继东那颤呜呜的声音。

"910号，910号！请回答，请回答！你们在什么地方？你们在什么地方！"我还是不停地大声呼叫着。很快，嗓子像火燎一样发热、发痛，接着就喊不出声了。

突然，我抓起对讲机猛地朝地上一摔，又使劲地朝它踩了几脚。我拿起连着一截电线已经破损的话筒，朝那已经被踩扁的对讲机上使劲地抽打了几下，接着，又把它抓了起来，朝着驾驶室那空荡荡的窗口扔了出去。一连串发泄的动作，使我大口地喘着粗气，真想痛痛快快地大骂几句，可是，却无力地倚在了舵机上，不断地用手捶打着它。

我看见，唐继东和宋福来还在全神贯注地瞭望和操舵，他们两个人的脸上都挂满了泪珠。我知道，他们是在为910号全体船员可能出现的不幸而哭泣。

不知过了多长时间，我叹了口气，用手抹了一把脸，浑身酸软地拿着望远镜走到驾驶室后面，看见唐继东靠在排气筒上，顶着淅淅沥沥的小雨，十分用心地搜索那一片白花花的海面，脸上不断滴落和流淌着雨水。

"怎么样，发现910号没有？"我用肩膀碰了他一下。

"哦。"他回过头，"没有。不过影影绰绰好像有一个小黑点，一个浪头盖过去又找不着了。"

顿时，我充满着喜悦："真的吗？"说着，拿起望远镜仔细地搜寻着海面。

"你看，队长，是个小黑点，我敢肯定！"他突然喊了一声。

我一下子把他的望远镜抢了过来："大副，怎么没有啊？"

"队长，你就朝那个方向看！"他用手轻轻地推了推望远镜，又朝东南方向指了指。

"是的，是有一个小黑点。大副，没错，是个小黑点！叫浪晃得忽隐忽现的，你继续观察。"我高兴得几乎跳了起来。

二重奏：斗险情

2013年4月10日下半夜1点——

南极海面像个被不断摇晃的大墨池，波浪哗哗翻涌，像有无数只大盆一齐泼墨，似乎要染黑整个地球！不见了，尖利陡峭的白色冰山；不见了，成群成群的企鹅。

辽渔公司"兴安"号船的徐玉成刚刚回到船舱，猛听大副喊："上海公司让我们公司起网，赶快过去，带上消防设备！"

徐玉成赶紧叫醒船长。

极端的气候和恶劣的地理条件，使这里险象环生，几乎成了禁地。只有设施先进的大船，才敢来这片海域。许多国家都怀揣梦想，来这里作业。辽渔公司的"兴安"号船和上海大船也来南极捕磷虾。

"大墨池"剧烈摇晃，眼前一片漆黑，怀揣阴谋的海浪哼着人类听不懂的恐怖歌谣。徐玉成用对讲机问道："怎么回事？为什么叫我们过去，有什么事吗？"

对方回答："请赶快过来，带上消防设备！"

辽渔大船全速前进，发动机的轰鸣声和船头破浪的哗哗声，把沉睡的海浪惹毛了，一跳一跳的。似乎怪罪惊扰了它休息，它们张开愤怒的翅膀，狠狠拍打着船舷，成排成排的翅膀一齐拍打，似乎要拍沉大船。

黑色的海面不远处，上海船尾已经冒烟。船上的灯火依然明亮，将附近的黑色海面染成橘红，大海像要脱去爬满虫子的衣裳，一抖一抖地哆嗦，却怎么也脱不掉。船尾的烟雾如同向上爬的黑白色的毛毛虫，让人不寒而栗。毛毛虫中间的火苗越来越胖、越来越高，好似跟看见的人发火，它就是毛毛虫的头头，它要改头换面，变成烟和火，从木质材料、塑料材料、油料甚至铁里冲出来，冲上蓝天，任逍遥……

老天也落井下石，风越来越大。天空中像有无数双手向下抓，一把抓起一大群海浪，在夜空中东甩几下西甩几下，再狠狠地摔下来！

辽渔的兴安号船迎风斗浪,全速前进。徐玉成用对讲机向上海船喊:"我们怎么办?"

对方回答:"请组织好船员,准备灭火!"

风更猛烈了!

海浪在六七级的大风怂恿下胆子更大了,竟玩起了大漩涡花样,两人高的浪涛此起彼伏,手拉手互相追赶,比着撒野,忽而向左旋转,忽而向右旋转,忽而狠狠撞在一起,炸起更高、更宽幅度的浪花。高高炸起的大浪狠狠撞击着船舵玻璃窗,模糊了船员的视线。

徐玉成一只手抱紧栏杆,一只手抓紧对讲机,以保持跟遇险船的联络。

船长喊:"兄弟船很危险,要尽快靠上去!"

徐玉成喊:"把船尾掉过来!赶快掉过来!"

"怎么回事?"辽渔船的大副说,"他们的船怎么不配合?"

在灯光的照耀下,谁都看得很明白。辽渔的"兴安"号船迎面靠上去,上海的遇险船将起火的船尾掉过来,这才方便救火。

他们不知道,上海船的转舵失灵了!这条 104 米长的大船像一条昏死的大鱼,完全属于失控状态,任由大风推拥,毫无还手之力,像在漩涡中打转的巨大陀螺!

风真的疯了,巨浪里伸出无数的大手,一把一把狠劲推,上海船像喝多酒头重脚轻的醉汉,在漆黑的夜,在大浪奔腾的大海上东一头、西一撞,一会儿高高昂首,一会儿又狠狠地侧翻身,毫无节制地漂荡……

辽渔尽力靠上去,却只能看到船头,看不见船尾冒烟的地方。

不敢靠得太近。完全失控的上海船完全被大海操纵,大幅度左右摇晃,船头忽东忽西,忽左忽右,太危险了!

近距离看,这些远洋巨轮若庞然大物,非常坚固。但,在大浪奔涌的大海上,力量会呈几何级数放大,两艘巨轮若撞在一起,则像两只鸡蛋碰撞那样脆弱,仅凭自身的重量和惯性,足使它们在瞬间毁灭……

生死攸关的黑夜,人性的善良仍闪耀着刺眼的光芒!

智利的大船来了！

挪威的大船也来了！

船有国籍，救险是没有国界的。

徐玉成见智利船的位置最方便救援，便发出救援请求，请他们抛出缆绳，把上海船拖住。

如果拖船成功，起码会掌控上海船的方向，不会再像陀螺一样在大海上打转，其他救援船靠上去共同灭火，还是有希望的。

但是，智利船明确地拒绝了。

这也无可厚非。在大风怒吼的夜间，已经失控的上海船像疯牛一样不能自我控制，谁靠近它，都很有可能被撞坏。

有救了！

挪威的大船明确表态，他们同意拖船。

挪威的大船在缓慢地靠近，徐玉成和船员们都瞪大双眼，默默地为兄弟船祈祷，期待风小些，期待浪平缓些，期待上海船船尾的火苗矮一些……

事实恰好相反！挪威船怎么也靠不了前。要知道，"船大难掉头"，这些远洋轮船，都是超过百米长的大船啊！在上海船失控的情况下，救援船必须与它保持安全距离。否则，救不了别人还搭上自己！

太危险了！挪威船刚一靠近，上海船的船头就醉牛一样撞过来！挪威船赶紧转舵，缓慢离开，没等掉过头来，在大风的推拥下，上海船的船尾快速迎了上来，那架势，仿佛要与挪威船同归于尽！

挪威船的舵手大幅度转舵，船尾差点刮了上海船，在无数目睹惊险场面的船员恐怖的尖叫声中，总算侥幸"逃离"。

如是三次，风更大，浪更高了，挪威船无法近前，只好放弃拖船。

上海船上更乱了，求生的船员混乱地跑上甲板，跳着叫着喊着骂着，像震动的筛子上的豆粒，伴随筛身整体晃动。

在咆哮的大海面前，人类显得那样渺小。104米长的大船，如同一片鹅毛漂着，一点自控力都没有，那样轻小，那样无助。而船上那些健

265

壮的船员，平时能劈浪游泳、能扛动200斤重物的男子汉，此时像一窝在巢穴上乱爬的小蚂蚁失去主张，蒙头转向……

船长一定在做工作，嘱咐大家听从指挥。可船坏了，失去自主动力，船尾的火越来越大，恐怖张大嘴巴，露出尖利的牙齿，谁还能安然自若？

闻听骂声、号叫声和跳脚蹦跶的声音，徐玉成知道船员们要跳海逃生，焦急地大声喊："千万别弃船！现在船不会下沉，也不会爆炸，如果弃船，跳海的人都会冻死，水太凉啦！"

徐玉成说的是事实。这是南极的大海啊！这是4月初的南极大海啊！

徐玉成知道，呼唤和提醒是没用的，救援才是硬道理。在船长的指挥下，辽渔的大船慢慢靠了上去。船长一再强调，一定要靠在上风头。如果在上海船的下风，就太危险了！有撞船的危险，也有被点燃的危险。

就在上海船船员们望眼欲穿的时刻，一阵狂风猛烈吹来，涌浪把两只船抛上浪峰，又拉进浪谷，失控的上海船差点撞上辽渔大船！黑夜中人们谁也看不见谁的表情，却都暗暗倒抽一口凉气。惊险过去，辽渔"兴安"号赶紧放下救生艇，又将锚放下去！

事件惊动了农业部，上海船上有97个船员啊，北京立刻发来命令：一定要把人救下来！

上海船的通信早就中断了，线路烧坏了，接收不到这个命令。

5点10分左右，天仍然没亮，但风小了些。

"兴安"号船在风浪中英勇搏斗，迎着危险，总算靠上去，将上海船上的船员接了下来。

沐月当哭，火伴霞烧。

血红血红的晨晖染红了冰峰，染红了海面，火焰一样泼在上海船上，与船上的火苗会师，整个大船仿佛置身大炉膛里。燃烧处砰一声响，半截烟筒猛地飞上天空，带着火苗和黑烟，在天空整个滚翻，咣地砸落甲板上。上海船船员齐刷刷站在辽渔大船上，目瞪口呆地看自己的老伙伴殉难却无力帮忙，脸上写满了哀痛。仿佛燃烧的不是船，而是自己的身体。刚才飞上天空又砸下散落的船件，则是自己的残肢啊！我不知道船上究竟有多少他们的故事、财物和眷恋，我却知道，这个巨轮的毁掉，同样毁掉了他们的前程，改写他们的人生。不知谁最先失控号啕起来，顿时，上海船船员一片号啕……

可是，灾难并不因为上海船船员们的悲痛而收手。猛听咣咣咣连声爆炸，大船中部两组铁片和船件带着火苗和浓烟争相蹿飞上天，它们纷纷坠落，又引起连串的爆炸！船体仿佛一下被掏去五脏六腑，疼得猛烈抽搐起来！船体猛地一摇一摆，像被割残鞋帮的大鞋。性急的海浪如红着眼睛抢劫的海盗疯冲上船，残破的船体猛地打个冷战，拼命将海水抖落下去。同时，又一串惊天动地的爆炸响起，储油箱炸了，大船被拦腰截断！没有鞋帮的大船猛地一抽筋，变成两只小鞋。小鞋咣地对撞，两个鞋尖向上一撅，仿佛落水者拼力挣扎着伸出双手，绝望地向老天做最后的一次呼救！在数百个惊恐万状的目光注视下，大海做一次收腹深呼吸，将大船吞入胃中。大海的嗓眼似乎被什么东西塞卡，吞进又吐出，吐出又吞进……

目击者告诉我："太悲壮了！谁也想不到，大船像一颗沙粒抛进大海，眨眼间就无影无踪！"

徐玉成告诉我，船沉后早霞正艳，海面上红得耀眼。不像霞光，倒像似大船倾倒出来的满腔热血！那一刻，我也目瞪口呆。我相信那一定是鲜血，有大船淌的，也有船员们淌的……

海面空空荡荡，波涛似乎也尊重这位逝者，暂停张牙舞爪。"兴安"号甲板上站满了船员，上海船员和辽宁船员齐刷刷静立，向沉船默哀。一位朝夕相伴的战友英年阵亡，上海船员们像被掏空了内脏，万般悲痛。辽宁船员亦感同身受，不禁怀想被险浪惊涛威胁的昨天，被悲伤割痛……

大海愤怒了，它张开巨口，连同浓烟和船身一起吸吞入腹。这艘价值两亿多元的大船，沉没了！

我好奇地打开地图，查看这个地方。图上岛屿林立，礁石唯美，白浪滔滔，鸥鸟自由自在地飞翔。白天像油画，晚上像水墨画。因为人迹罕至，鸟儿不躲人，伸手可抓。蓝汪汪、绿莹莹的海水太清澈了！我真想捧在手心，轻轻、轻轻地喝上几口。

时间迟早要埋没时间，埋没所有的故事。面对这样辽阔唯美、令人向往的地方，又有几人知道，它像吞下一小粒砂糖一样，吞没了上海船？

上海船和辽渔"兴安"号船一样，肩负着国家使命，到条件恶劣的南极工作，一手捕磷虾，一手做科学研究。上海船沉没后，这家公司挥泪告别南极，两个人的任务一人完成，只剩下辽渔"兴安"号船独立在变幻莫测、险情丛生的南极孤身作战。

在远海，在大洋深处，在全世界所有可以捕鱼的公海，都有辽渔人的身影。在神秘莫测的地方，在台风、洋流和海浪的声声吼叫中，危险无处不在。辽渔人已经习惯了，适应了，"这就是我们的生活"。

采访中我才知道，即使在风平浪静的日子，在阳光明丽的时候，在大连湾，在大海与陆地手拉手的港口，那些貌似平常的工作，危险也会不期而至！

2006年夏天，辽渔集团新建的港口码头。

码头上有多艘待装货的船，有的已经装好货整装待发。突然，来了八级大风！码头上的人毫无准备，却见高高的大吊摇晃起来，头几下还只是摇晃，大风狂猛地吹推，吊车越摇晃越厉害。值班处长姜福恩喊了声"不好"，比长颈鹿脖子更长的吊车竟然在轨道上跑了起来。

"吊车上有人啊！"

姜福恩失声大喊！

码头上的人全蒙了！大家愣了愣，突然跑起来，追那越跑越快的大吊车！明明知道跑也没用，人们还是跟着跑着……

姜福恩拍着大腿绝望地喊："完了！完了完了！"

吊车越跑越快，直奔大海而去！

大家心知肚明，只有一个恐怖的结局：数十层楼高的吊车一头扎进大海，吊车上驾驶室里的人也一定会扎进大海深处，救都没法救啊！

彼时，现任辽渔集团董事长孙厚昌任港务公司经理。姜福恩是港务公司安全处处长。

早上，孙厚昌对姜福恩说："六月天孩儿面，说变就变。码头上这么多粮食，你可要管好它，千万别让雨淋了。"

"大晴的天，没事。"姜福恩说。

"晴天带雨伞，有事就晚了！"孙厚昌提醒。

辽渔集团的人从前都是打鱼的，以出海打鱼为主。新时期以来，他们扩大了产业经营，建设港口码头，发展客船运输，进行大市场营销。建设港口竞争很厉害，大连一位副市长曾感慨道："我们应该好好反思一下，这个深水港口辽渔要建，大连市也要建，为什么大连市竞争不过辽渔？"

大连市有着丰富的港口管理经验，而"打鱼的"建港口却是边学边干。

"不安全不生产，生产必须安全。"安全处处长姜福恩经常说在嘴上的话，现在却没有处理好。如果将停着的吊车轮子"掩上"，就不会出现今天的险情！

世界上买不到后悔药，现在，姜福恩和同事们在码头上没命地向前跑着、跑着，他们像被大风吹跑的沙粒，被吹得一仰、一顿，一仰、一顿。明明知道如果吊车扎进大海，也只能眼睁睁地看着，但他们仍然拼命地向前跑、向前跑……

上面，吊车的驾驶室像船帆，风一推，跑得飞快。下面，吊车轮子踩在光滑的轨道上，畅行无阻！很快就把姜福恩和伙伴们甩远……

"完了！彻底完了！"姜福恩边喊边跑……

早上，孙厚昌提醒姜福恩注意天气变化时，说要把客户的货苫上。

姜福恩看了看天，没有太在意。当时阳光普照，烈日当空，白云朵朵飘。面对港口上堆积的大豆，姜福恩就一个念头，加快作业进度，赶紧干，效率出效益啊！

孙厚昌再次强调安全，姜福恩说已经征求货主的意见，他们同意抓紧装船。孙厚昌仍然"不依不饶"："光货主同意不行，你要对人家的货负责任。谁的货都是国家财产，人家把货物交给我们，我们就要保证货物安全。"

孙厚昌刚离开，货主也说："抓紧干吧。"

姜福恩指挥大家正干得起劲，天空中突然咔嚓咔嚓炸雷响，一阵旋风狂猛来袭，豆大的雨点扫了过来……

姜福恩大惊，赶紧张罗人们拿苫布："快！要快！"

人们以最快的速度苫大豆，还是跑不过雨点，一些货物被淋湿。

孙厚昌几乎是和阵雨一块"刮来的"。大家你呼我叫地忙碌，两人抬一卷苫布，几个人扯一大块苫布，默契而忙乱地干着。一个男人飞跑着扛一卷苫布咣地扔在大豆堆最后一块裸露的地方，大家七手八脚把苫布铺开，人们总算吐出一口气。刚才扛苫布的男人一回身，姜福恩愣住了："孙总啊！什么时候来的？"

孙厚昌并不回话，而是当着职工的面，罚了姜福恩800块钱。

在当时，这些钱可不是小数目啊！

货主给姜福恩求情："不要紧的，我同意让他们装货的，别罚姜处长了。"

孙厚昌说："安全是一道'高压线'，谁碰了就电谁！"

大家都知道，孙厚昌与姜福恩个人关系很好，两个人在一块工作多年，班上干活在一起，班后喝酒在一起，好得就差没穿一条裤子。但是，感情是感情工作是工作，绝不能混淆。尤其在安全前面，孙厚昌"六亲不认"。

现在，坐着人的吊车随风而跑！

这里是码头四区，停泊着韩国渔船。在五区，停泊着福建客船。吊车飞快地随风而跑，如果越过韩国渔船，再向前跑，就会一头栽进大海……

吊车装货时，已经起风了。风像衰弱的肺气肿病人咳嗽似的，一股一股的，劲头并不大。敏感的姜福恩脑袋"忽闪"一下，现在要不要停下来？另一"忽闪"旋即而来：刚才是下雨，现在是刮风，二者不是一回事啊！姜福恩甚至往远处看了看，向天空看了看，也向港口的码头看了看，认为不会有什么危险和隐患，这才向大家挥了挥手："装货！"

可谁能想到，吊车竟能被风刮跑！

眼见吊车向四区飞快地跑去，姜福恩闭上了眼睛！结局就在眼前，一个吊车好几百万元，人命关天的大事故即将发生……

"咣——咔嚓嚓！"姜福恩睁开眼睛，发现吊车狠狠撞在韩国渔船上，船上有个小吊，它碰断两根船上的桅杆，奇迹般地停住了！

孙厚昌在分析会上说："第一，你是管生产的，首先要管好安全。所有管业务的，必须管好安全。第二，任何时候都要保持警惕，没有百分之百的把握，不能生产。第三，要看事情的后果。多亏有韩国船挡一下，现在吊车停下了。如果它停不下来，国家财产和职工的生命，谁负得起这个责？"

凡事要有两手准备，好比树叶有两面，对天的那面光滑，对地的那面粗糙。一旦落到地上，很可能就粗面朝上，也很可能光面朝上。

多声部重奏：创未来

声部一：在大洋深腹"钓鱿鱼"

胸有磅礴志，乾坤握掌中。

辽渔集团有六艘大型远洋捕捞船，一年四季漂在辽阔的大洋，在俄罗斯捕秋刀鱼，在印度洋捕鱿鱼，在阿根廷捕鱿鱼，在乌拉圭捕鱿鱼，在北太平洋捕沙丁鱼、鳕鱼、金枪鱼，在秘鲁捕大鱿鱼……

1985年开始，辽渔人探索到毛里求斯和白令公海捕捞鳕鱼。因为近海鱼源越来越少，1994年年末，辽渔彻底放弃近海渔业，专注远洋捕捞。

如果没有亲眼看见，很难理解辽渔人怎样胸怀祖国，放眼世界。一条捕捞船就是一个流动的祖国，船到哪儿国旗到哪儿。每个船员都胸有磅礴志，手一挥，就是半个地球。

我很荣幸认识唐敏先生。他现在辽渔集团的一艘远洋船上捕捞鱿鱼。我刚进屋，他站在世界地图前，张开右巴掌一按。"上半年，我们会在这儿，大西洋西南部，"他的手向下一滑，"在阿根廷渔场。"

我正聚精会神地看，他的手一下子跨越了千山万水，向右一指。"下半年，我们会在南太平洋"，指尖儿灵巧移动，"就这儿，秘鲁渔场。"

对他们来说，路途压缩了，跨越"日月之行，若出其中；星汉灿烂，若出其里"的浩瀚大洋，就像我们去一次家边的菜市场！

时间也被压缩了，出一次海要两到三年才能回国。天啊，这意味着，在两到三年里，一直生活在狭窄的船上，看单调的大海，闻单调的海腥，吃单调的食物；这意味着，在这两到三年里，家里无论发生了什么事，亲人无论遇到什么麻烦，都爱莫能助；这意味着，精神上多么寂寞，心理上怎样难耐，肉体上如何疲惫，纵使世上路千条，也只能挤进一条窄小的胡同——坚持……

情形并非我所想象，这些数十年漂泊在大洋上的辽渔人，有吞食滔天巨浪的坦荡心胸，亦有气定神闲、物我两忘、专心绘制大幅山水画的才华。是的，读者朋友们，你没有看错，他们在绘制山水画，他们是巨型艺术品的缔造者！

请设想一下，在辽阔的大海上，在巨轮的腹部，唐敏和他的伙伴手中没有一点鱼饵，几乎是玩"空手道"，就能将庞大的鱿鱼群山呼海啸般呼来唤去，从遥远的地方来，从深海唤出来，或者，把零散的鱼凝聚成群，游近，再游近……

若将军指挥千军万马，似神仙七十二变，这该是怎样一种神奇？

在我看来，唐敏和他的伙伴个个都是大牌艺术家，在一张白纸上，以兼工带写的方式，描绘辽阔无垠、排山倒海的大幅山水画！

我看了唐敏向我展示的"画具"，钓鱿鱼的电镀钓钩，一节就一尺多长，闪闪发亮。我注意看了，一组鱼钩如小孩半握拳的手指蜷缩着，倒戗刺朝上。捕鱼时，多节钓钩串接在一起，可能几米长，也可能几十米长，鱼钩串上安有五颜六色的荧光棒。灯光一照，这些闪闪发亮的荧光，便像画笔一样，画出好多鱼来。如果说，钓钩、荧光棒和鱼线是一辆摩托车，那么，车前还要有探照灯照亮，这，便是鱼灯。鱼灯有大有小，小的 2000 瓦，大的 4000 瓦。鱼灯有两种，一种放在水面，这是吸引浅水里的鱿鱼。放在水下引出深水鱼的鱼灯瓦数还要大，有 5000 瓦和 1 万瓦两种。一条船至少 8 盘鱼灯。

像画家画画前要酝酿情绪一样，钓鱿鱼前，船员们也要酝酿情绪。先让鱼探机打头阵，显示器上显示哪里有鱼，在多深的水层，准备好了才能"下笔"。

哪怕是白天，人的肉眼是看不到躲在大海深腹的鱼群的。鱼探机发现鱼群，黑白荧光屏上会显示出红点点、绿点点、黄点点等图像。白天夜间、水深水浅、鱼大鱼小，显示屏上的图形完全不同。

渔船在大海上航行，边走边发射电磁波，探波发射到鱼身上再反射回来，如同水下雷达一样精准，情报已经到手——相当于画家打了腹稿。

船的脚生在水中，行进时酷似长袍舞者的步伐。

鱼群足够大，船停下，把水上灯点着，放到船下。这时用电缆把水下灯点着，也放下去，鱼群便浩浩荡荡地奔过来——相当于画家悬腕提笔，即将描绘。

五光十色的灯光像高台跳水的运动员扑腾扑腾跃进大海，像画家笔下艳丽夺目的色彩一滴一滴滴进清水。

鱼儿们非常好奇，怎么回事？什么东西这么亮，这样色彩缤纷，这么好看？生物们会奔光来，灯亮着，在水中发出无数个彩色太阳似的光晕，所有活物向光处找到吃的，浮游生物来了，小鱼也来了。小鱼奔浮游生物来，大鱼奔小鱼来，分散在周围的浮游生物和鱼集中起来，越聚越多。

这真是一幅诱人的画作。一串一串的鱼钩垂直下海，上边安了荧光棒，赤橙黄绿青蓝紫，漂亮极了。集鱼灯一照，整个画面一下子成了色彩大世界。这些彩色的光芒互相映照，你的色彩染了我，我的色彩染了你，互相争夺又互相吸引，更加炫目，更加艳丽。

鱼儿们身上也染上夺目的色彩，你看着我好奇，我看着你好奇，平素普通的鱼，突然穿上花花绿绿的节日盛装，大家一下子兴奋起来、欢实起来，连平素不好动的懒家伙也刹那间兴奋了，撒着欢儿游啊游，一个比一个快。

人们不知道鱼儿们怎样奔走相告，怎样自我炫耀又相互欣赏，相互传递惊喜和兴奋，却见它们越聚越多、越聚越密。远看，就是大写意：像狂放画家拿着彩笔使劲甩，甩出一团一团的彩点子，彩点子云雾一样在水中消解、溶化……

近看，则是功力深厚的工笔画：小米粒大的浮游生物到处都是，像美人脸上的雀斑。一群小鱼欢快地游着，抓"雀斑"吃。嗖地一闪身，吃一个。嗖地一闪身，再吃一个。节奏很快，如同说快板的碎嘴子小打板。小鱼的身后是另一番风景，大鱼们是大竹板，打的节奏很慢，却很有力。它们游得慢，嘴张得也慢，却眼见小鱼们被吸进口腔，一下吸进好几条。

突然，一大群蜘蛛形状的东西来了，越聚越多。不知谁最先放出一股黑烟，墨滴进清水里似的，周边立即乌黑乌黑的。这便是乌贼。这是一群最有文化的群体，每条乌贼的肚里揣着一瓶墨水，一不高兴，就喷吐一口墨水。以墨会友，这是它们祖上传下来的礼节。兴奋了，生气了，恐惧了，受惊吓了，都要吐一口墨出来。

在秘鲁，大乌贼有一二百斤的体重，最大的超过100公斤。这群同类中的巨无霸，招来比它们还厉害的天敌。

现在，唐敏和他的伙伴们，就是奔这群乌贼来的。

手钓鱿鱼也行，把鱼钩垂放进海，鱼咬钩了就往上拽。但太慢。现在，唐敏和伙伴们启动了鱿鱼钓机。钓机上挂了许多鱼线，每根鱼线上拴一串子钓钩。每隔一米远放一个钓钩，钓钩底下放两公斤的铁坠子，放到海里。

我在前边说，每个鱼钩上放有各种颜色的荧光棒，一大串子鱼钩就一大串子荧光棒。船的四周，放了许多串子鱼钩，在密集的集鱼灯照耀下，这些密集的鱼钩同时伸进海里，该是怎样炫目的画面啊！

鱿鱼们哪见过这么多食物？哪见过这么漂亮的食物？如同千军万马奔腾向前，争相抢功，疯狂地冲啊冲啊……

前边的鱿鱼已经挂钩了，后头的鱿鱼还向前冲啊冲，挤啊挤，它们不知道前头的嘴被鱼钩紧紧钩住，疼极了！无法逃脱，也无法说话、报警。鱿鱼爪子胡乱踢蹬，怎么也挣不脱。后头的鱿鱼误解了，以为它们在享受，在兴奋地舞蹈呢。甚至抱怨道：别这么贪啦！吃好了松口，让位啊，后头的弟兄们还一口没尝到呢！

正在鱿鱼争先恐后哄抢时，整个画面动荡起来，很多串鱼钩被提上去，那些没抢到的鱿鱼十分失望，恨刚才没抢上，现在机会没了。那么多五彩缤纷的食物不见了。这期间，还没等它们反应过来，同样的一串子一串子食物又伸进海里，鱿鱼们不知道这是人类预先设计好的圈套，再次一哄而上，拼命抢食起来，再次被提吊到海面……

如是往复。

鱿鱼们被提上船，直接进了生产线。船上有滚轮，鱿鱼们自动脱钩，下来后，滚进预定的水槽里。滚槽里的水一把一把推，鱿鱼们进到加工车间，按照不同的规格装盘子、称重量，再送到冷冻车间。冷冻七八个小时，鱿鱼冻实了，再出库，进入冷藏舱。及至冷藏舱满了，联系运输船，运回中国。这是市场行为，从阿根廷运到中国，需要一个半月时间。

秘鲁的鱿鱼太大，还要动刀分解。把内脏扒出来，扔进大海。再分头、身、片，分门别类。鱼身要分段，分别包装。

运输船能保障一切供给。加油啊，蔬菜啊，生活保障品样样都有。这样，远洋船便长年在海上作业，不用上岸。

捕鱿鱼有时也遇到麻烦。鱿鱼探机明明探出鱿鱼群就在这片海域，却钩不上来。人的肉眼也看不到。因为鱿鱼群潜在大洋的深处，鱼钩也够不着。加长钓线麻烦，向下延伸鱼钩、向上提鱼都很麻烦。

这当然难不住唐敏和伙伴们。

把集鱼灯放进深海，够到鱿鱼群为止。鱿鱼们蜂拥扑上来，集鱼灯再向上提，把鱼群一个层次一个层次逗引上来，认为水层合适，再把一串一串五光十色的串钩放下来，蓦地，上述的繁荣景象再次上演……

我这样讲述，读者朋友以为捕鱿鱼太有意思了，捕鱼者人人都是画家。其实，这是熬体力又熬心血的重活。机器不停，连续在海上作业，每天睡一两个小时的觉，人最多能顶三天。节奏太快、太紧张了。船长和大副要严密而稳重地安排生产，调度船员，把上一船的鱼加工完毕，冷冻车间倒出来，新鱼进来，人才能分班休息。因为，生产机器始终在运转，不能停。

一条鱼，要在船上搬来搬去，搬运5次以上，又累又单调。一条深海鱼到餐桌，颜色、味道都很出色，受到人们的称赞。可这条鱼从西半球运到东半球，承载了无数劳动者的种种辛苦。"大浪滔滔度时光，看不到爹看不到娘。整日伴着风浪睡，生命何时能发光？"便是捕鱼人的真实写照。有人抑郁，有人整天不说一句话，有人上岸后见到人就紧张，有人已经不适应在陆地生活……

每一个强大的人，都曾咬着牙度过一段没人帮忙，没人支持，没人嘘寒问暖的日子。过去了，这就是你的成人礼，过不去，这就是你的无底洞。

产量非常头疼。鱼多时，人累得不行。鱼太少，又急得闹心。近年来，人工成本逐年上涨，收益下滑。船员的收入跟陆地差不多，更没人爱干了。但，对上船的人要求又特别高，要有生产技能，要有快速反应能力，综合素质要好，工作节奏要快……

日本曾是世界上最大的钓鱿鱼大国，但他们早就不干了。这活太苦。

数十年在大海上漂泊，历险和劳累并没有在唐敏身上留下一丝疲惫和倦怠。相反，我感觉他好似刚刚充满电的发动机，底气足，力量大！

唐敏先生小矮个，短短的白发紧贴脑皮，仿佛结着耀眼的霜花。椭圆形的脸上泛着古铜色的光芒。他的眼睛似乎在防着什么，本能地缩进窄缝，瞳孔格外明亮。我知道，这是一双久经考验的眼睛，它能适应艳阳、海浪、狂风，也能适应腥咸的海水。眼睛一眯，便将辽阔的大海尽收眼底，识鱼群，也能辨别各种离奇莫测的风云气象。

我见他急着要走，便问："您有事？"

"上船啊。"

"什么时候走？"

"明天。"

声部二：让辽渔挺直腰杆

远洋捕捞像浪漫的组诗，隔着四海五洲，让深海美味摆上老百姓的餐桌，让快乐和健康恣意绽放。

如何实现近距离对接？

隔海相望的邻国已经打了样：韩国釜山港水产品市场，年经销300万吨，日本本州有全世界最大的水产品批发市场。作为世界上最庞大的水产品消费国家，中国的水产品市场规模远远满足不了老百姓的需求。把非人工养殖的深海优质水产品集中起来，辐射东北乃至全中国，让中国老百姓吃上最好、最放心的海鲜，这是辽渔人又一个画在规划图上的雄心壮志。

2013年11月2日，东北最大的水产品市场从规划图上走下来，英姿勃发地落户大连海滨。

日出未必意味着光明，太阳也无非是一颗晨星而已，只有它们睁开睡眼醒着时，才是真正的破晓。

水产品市场开业至今，辽渔集团换了三任董事长，消防问题一直像达摩克利斯之剑，悬在高空！

　　人生原本并不累，是因为我们不去解决问题，而把问题背起来，所以才压弯了腰，步履艰难。

　　该市场由浙江某设计院设计。在中国长江以南，消火栓放在大市场户外。东北冬季寒冷，消防设施要放在室内。遗憾的是，江南的设计者忽略了东北元素。这个大市场12万平方米，原设计中本应室内取暖的设施居然都在室外！

　　毫无疑问，必须纠错！

　　可这不是表面的修修补补，也不是局部多挖掉几个瘩子，或者，星星点点的加减法，而是牵一发而动全身，外肤内脏都要动，像多米诺骨牌那样有敏感的连锁效应，纠错谈何容易？

　　生命是一部结构精巧、跌宕起伏的传奇，有时一个念头就能改变它的走向。若不是心宽似海，哪来的风平浪静？

　　时任辽渔集团副总经理孙厚昌不埋怨，不翻旧账，一心要调整格局，春风化雨。跨过开专家会、搞调研、法律支援、行政斡旋等多个高门槛，请辽宁武警部队牵头，组织全国消防专家举办"市场性能化设计专家评审会"，按规范整改。

　　四栋大楼在图纸上分四个单体。其中一、二、四号楼，暖气装置挪进室内，分两个防火区，三号楼单独一个防火区。

　　把云集汗水和众多学科智慧的图纸报上去，消防部门却不认可："这样设计不行，不可以改动原来的防火区！"

　　执行单位不容申辩，集团当即组织召开专家会研究，恢复原图纸，防火分区的位置不改变，在一、二、三、四号楼中间开天井，妥善设计取暖设施，把玻璃幕墙去掉。

　　逐条逐个细部整改后，大家总算松了口气。谁知设计院和消防部门的信息不对称，消防部门仍然不同意！

　　大市场的遗留问题在悬崖上吊了6年，上不去也下不来。

　　新官必须理旧账。2018年孙厚昌接任辽渔集团董事长后，再次将此事摆上桌面,谙熟内情的同志的脸差点抽抽成抹布,畏难情绪很大。孙厚昌却信心满怀。

比这更难的事都消化了啊——

1999年11月24日,"烟大轮渡"的沉船事故震惊全国,这家船务公司立刻成了烫手的山芋,扔不出手,也没人敢接。许多国企掌门人想一块去了:一旦接了这活,挣钱是公家的,出事却要个人担责。在大家纷纷撤退、唯恐躲之不及的时候,孙厚昌却逆流而上,向辽渔集团提出接过来的建议。

辽渔内部人有意见,觉得这是扬短避长,辽渔的"长",唯有出海打鱼。领导班子也争吵起来:"咱们是打鱼的,干什么轮渡啊?人家山东都不要,我们为什么要?"

孙厚昌是有远见卓识的:"渔资源越来越少,世上有路千万条,我们不能只钻一条小胡同啊!"孙厚昌掰开饽饽唆馅,理据充实,掰着手指头一笔一笔算细账,他的话像眼药水一样滴在患处,在场的多数人如梦方醒,纷纷投了赞成票。

向上打报告一请示,主管领导认为这是天方夜谭:"你们是搞渔业的,怎么要干这东西?"

总算过了主管单位这一关,眼前却又横着一道岭,省交通运输厅主管领导态度坚决:"隔行如隔山,你们怎么可以跨行业搞海运?"坚决不同意。人家大连海运集团不接,中国海运集团不接,你们辽渔集团就更不能接了!

一念起,万水千山。一念灭,沧海桑田。

孙厚昌和集团领导打定主意要接,继续向上找。

他们并非心血来潮。

早在1988年10月1日,孙厚昌就出任港务公司经理。从那时起,辽渔集团就开始跟山东烟台海运公司合作,开始轮渡客运。此后孙厚昌连续干10年港务公司经理,对轮渡业务了如指掌。孙厚昌最先看好发展轮渡业务,向时任辽渔集团董事长张毅汇报,张毅听后当即拍板:

"这是个好项目,很有发展前途。"责成孙厚昌牵头,前往山东烟台洽谈。

树叶遮挡不住果实的体香。

2005年,辽渔集团收购了渤海轮渡公司部分股份,原来两个航班,现在14个航班,原来每月轮渡万八千人,现在轮渡220万人。2010年上市,当年实现利润5亿元,收入15亿元。

孙厚昌主笔再向省里打报告,省政府主管领导得知,辽渔公司参与经营管理轮渡业务这么多年,这才同意收购山东的轮渡公司。

收购后当即进行改制,开发大连至青岛、上海线路,又开发了大连至台湾,大连至越南、韩国、日本等线路,收购了欧洲游轮,制造了亚洲最大的邮轮客舱等11条大船,"中华复兴号"2019年国庆节上线。我采访时,轮渡客滚业务已经成为辽渔集团的支柱产业,成为集团诸多产业中利润第一大户,跃升为亚洲最大的客轮运输企业。

生活是一部多幕剧,在不同的场次里,人们变换着不同的角色。在一步一坎的时候,孙厚昌仍然不服输:难道解决大市场的消防问题,比当年收购渤海轮渡还难?

因为心疼钱,孙厚昌没有采纳大市场消防花七八百万元重新装修的设计,而是采用简洁实用的办法,只花了几十万元。因为设计巧妙合理,消防部门同意了这个方案。

这只是万里长征走完了第一步,细节问题还是一大堆:第一,剪刀梯没有封闭;第二,部分楼梯间不满足2平方米通风要求;第三,管道井层间要封闭;第四,变形缝要封堵;第五,防火分区2米范围内不允许开窗。

这些问题看似简单,其实非常棘手。一变引发多变,每个局部都牵涉整体。12万平方米的大市场,涉及的问题星罗棋布。孙厚昌亲身参战、按图"灭火",总算消灭了遗留隐患,满怀希望上报后,还是不合格!

报专家评审后,应急发电机方面共有两路。一路由市政电源供电,另一路由柴油发电机供电。按照消防局的要求,市政供电满足二级负荷要求即可。

消防部门和电业部门的信息仍然错位,电业不认消防的账,并出具文件:必须满足一级负荷要求。

只能无条件接受整改。

同事闻之气得不行,跳着脚说太憋气,孙厚昌却泰然自若。

辽渔的老人都知道,孙厚昌太爱辽渔了。

小时候,孙厚昌最深的印象是迎接父亲。听说当船长的父亲孙志荣出海回来了,孙厚昌早早就到码头上等。那时,辽渔还没有远洋大船。但父亲经常带着二三百马力的铁壳船,到东海、南海捕鱼,已经够远了!

每次回来,父亲都会带回来挂面、地瓜干和猪肉。在物资贫乏的时代,这些都是小厚昌解馋的好东西。

1981年9月,大连马路边的法国梧桐举起黄灿灿的叶片,亭亭玉立的银杏树怀揣果实,红枫彩云一样在上空飘荡,孙厚昌一个猛子扎进辽渔,再也没有离开。

大海辽阔,打鱼人个个不拘小节,有着大海般宽广的胸怀。这个群体性格率真,说话直来直去,一是一,二是二,脚踏实地干事。活来了一齐上手,一人有事大家帮,船员家属互相帮忙也热心如火,孙厚昌对打鱼人着迷,对这个行业着迷。

爱屋及乌,"凡是辽渔的事,都要办好"!

这是孙厚昌的口头禅。

有容乃大,这说的就是大海吧?

世界上最宽广的是大海,比大海宽广的是人的心灵。那么,辽渔人,算是离宽广"最近"的人吧?

2018年9月14日,消防局验收后,又提出一些意见。

孙厚昌在会上责令负责此事的"四梁八柱":"没什么可说,马上落实!"

同年 12 月 13 日，街上非常热闹，大家都在办年货。春运如火如荼，浪迹在外的游子归家心切，空路陆路水路一票难求，消防局等执法单位联合来大市场验收，又列出一些整改问题。

"差哪儿改哪儿，离目标越来越近，胜利在望。"孙厚昌正带领大家干得热火朝天，一个新闻搅乱了所有人：机构改革强势来袭，2019 年 6 月 30 日，消防局撤销，消防方面的工作，将由住建局接管。

雪上加霜，大家一下子傻了！

忙了这么久，如同手持一大堆过期的旧船票，怎么可能上船？抢工期，实质性整改难度很大，资料和存档文书一汽车都拉不完，怎么整改？怎么整理得完？

墙上和脸上的污点容易去掉，心里的污点却很难清理。

大家的情绪一下跌进谷底。

"我们现在最要紧的，就是调整好方向，"孙厚昌说，"只要把脸迎向阳光，就不会有阴影。"

同志们面面相觑，孙厚昌的表情春风扑面："这是好事啊！"孙厚昌举起右拳晃了晃，"抓紧干就是了，要不，消防验收的事我们还要拖到什么时候？要我看，这样后门堵死倒逼我们加快速度也是好事。从今天起，我们就来个倒计时，大家一起拼！"

人生是一条单行道，只有前进，没有退路；将过去抱得太紧的人，就腾不出手拥抱明天。

挤出时间里的水，合并同类项，把节假日和黑夜都当成有效资源，大家分成若干个小分队，打一场没有硝烟的大会战……

2019 年 6 月 23 日，终于洗净鞋上的泥巴，治愈"软骨病"，抽去档案里的处分页码，多年拉锯战、久困不决的大市场消防问题迎来"刑满释放"的日子。即将解散的消防局站好最后一班岗，数百项、数千页规则认定合格，一款一款签上负责人的名字，一个一个盖上公章，又将文书文件移交给住建局。

而今，辽渔大市场高高地挺起胸膛，笑迎八方来客，别着永不落幕的渔业博览会的勋章，登上农业农村部国家级大连水产（辽渔）市场殿堂，成为东北和中国，深海海产品种类最多、品质好、品牌靓的中国渔业产品市场后起之秀。

声部三：神奇的南极磷虾

地球像块大蛋糕，只有很少的部分没被切分，南极便是。

2006年，国家正式立项，中国要在南极捕捞南极磷虾。这既是科研项目，也是国家海洋战略的重要举措。国家定向号召，国有企业要为国家担当，有义务挑起这个重担。

南极石油、可燃冰、矿产等富饶资源，吸引着全世界的目光。美、日、俄等国家，踊跃前往。南极的保护组织规定，除了南极磷虾，别的不准开发。南极的磷虾资源储藏量巨大，不会破坏南极地区的整体生态平衡。

谁都清楚，南极磷虾犹如一部书的书名，书的内容才是具有巨大吸力的主体。

美国和加拿大明确反对中国奔赴南极，那么，他们为什么不退出？

2008年，农业部唐启生院士郑重发起，15位院士联合署名给国务院写信，提出南极要有中国的身影，中国要参与南极权益。

那么，怎么去？谁有实力去？

大家都没有做的，正是你要做的。

2009年开始，中国实施开发南极战略，辽渔和上海某公司两家国企，担起代表中国去南极捕捞磷虾的重任。

我在前边讲述过，由于上海公司104长米的大船海上起火、沉没，元气大伤，现在，只有辽渔集团的"兴安"号大船孤军作战，独自坚守在气候条件恶劣、险象环生的南极。

南极是世界上最寒冷的地区，好似四面透风的大冰窖。在此海上捕捞，则冷上加冷。南极的冷风一年刮一次，一次12个月。在内陆，我们知道刮北风会冷。在南极，刮南风也干冷干冷。南极的温度下降比跳崖都快，冷风的集结号一吹，寒冷迅速包抄过来，敢死队一样大举进攻。刚才还挺得住，大风跳脚怒吼，一边狂舞一边大把大把抓起浪尖上的水滴扬向天空，被寒冷绑架的水滴纷纷扑上甲板，立刻冻冰。冰雹弹一拨接一拨扑向船员，船员们快要顶不住了！可是，顶不住也要顶，绝不能让冰刀割坏捕虾网……

北风嗷嗷叫，空气湿润，大雾腾空翻滚，瞬间锁住大海，站在船头看不见船尾。辽渔"兴安"号大船如同蒙上双眼，在浓雾弥漫中行走作业，这很危险。南极的冰山太大、太密集，稍有不慎，后果不堪设想。每次大船离冰山近了，吓得雷达乱了心律节奏，频频鸣叫、闪灯报警，大家惊恐万状。如果船速快，如果冰山密集不方便掉头，如果船下有潜隐的冰山，都可能万劫不复！

可是，世上没有如果，只有后果和结果。

连刮两天南风，活蹦乱跳的浪花也会心跳偷停，海面结了一层冰。船员白天要小心而紧张地瞭望，晚上眼睛死死盯住雷达显示屏，时刻不敢疏忽。发现屏幕上白点多，大家就很紧张，因为，白点就是冰块。这也许是冰块的尖刀班，后边跟着大部队。原本船长要下网，看见密集的白点过来，赶紧停下——逃跑，是唯一的办法！

船长紧急下令："向右转舵！要快！"

捕磷虾的网孔15毫米左右，冰块若进网里，会刀一样割坏捕虾网。

在十来海里的范围内有磷虾，船员速战速决，冰来了赶紧跑！如果顺利，一网能拖上来一二百吨。着眼安全，每网要控制在15吨左右，一天捕捞20网。

在颠簸摇晃、结冰的甲板上作业，船员穿着厚棉衣棉鞋，身上还要拴上安全绳，活动极为不便，大家就在这样的条件下坚持捕虾。冷风是个很有心计的家伙，刀子一样割来只是小警告，一直打着把这些不速之客拉下水的主意。在寒冷的逼迫下，每滴水都怀揣"渗透"利器，渗过鞋面，渗过棉毡，渗在脚面。鞋面上的水滴冻成冰，脚上的体温又向上攻，二者"对流"，脚永远是湿的。直到体温被吸食得失去战斗力，不再抵抗，举白旗，脚趾生疼生疼。疼木了，便失去知觉。

脚已经成为大冰疙瘩，每人两个大冰疙瘩，在结冰的船上移来移去，咔嚓咔嚓响。冻得脚太疼，狠命蹦几蹦，冰疙瘩炸裂、小冰块惊恐万状地四处飞射。

冷，冻得直哆嗦，已经是常态。大家早就适应，没什么好说。人人心知肚明，大家不是捕捞普通的鱼，而是南极磷虾啊！

甲板上的冰用恐怖的裂纹和咔咔咔的呻吟警告脚，请止步。可网还在海里苦苦挣扎，他们必须向前航行，继续作业。

一旦进入紧张的捕捞状态，大家什么都顾不上，眼力手力脚力精力，以强大的推拥般的惯性全部倾注于作业。始终敏捷、较力、花费心思地战斗，每个动作都似齿轮咬合、配合默契、节奏明快、环环相扣。

从甲板上回来，这些人又像蝴蝶变回蛹，缩进自己无数次蜷卧的孔洞。人的生存空间越小，备受压抑的精神翅膀越要腾飞。可生活范围只有一条船，如同翅膀被绳索捆绑了，你怎么飞？

心若没有栖息的地方，足不出舱也是流浪。

四周的涛声和风声那样陈旧，像一堆应景的人在酒桌上说些老掉牙的假话，过耳不留。

船员比躺在柜里已经淘汰的旧衣服还要寂寞。

精神压抑，成为船员们挣脱不了的枷锁。疏导和释放，则成了重头戏。

建在船上的党支部，便成为疏导情绪夜空最闪亮的星光。辽渔成立至今，每条远洋船上都有政委，做船员的思想政治工作。船员常年生活在封闭的空间，每天24小时在一起。谁脸上有几个酒刺，哪个酒刺多大，哪个要破了，都清清楚楚。

人一简单就快乐，但快乐的人屈指可数。人一复杂就难过，可难过的人如过江之鲫。何况，船员整天憋闷在狭小的船上！

每个人的精神压抑都到了燃点，引火就着。

船员若夜间畜栏里反刍胃囊中青草的公牛，不停在嚼，像充足了气的轮胎,仍在充。连续苦熬太多时日,需要放松一下。点燃一支烟猛吸一口,身体像雾般获得自由。天天做一样的工作,一直做,一直做,成年累月憋闷在单调而逼仄的船舱,一直憋,一直憋,真的会让人发疯。

船舱像医院里的大型育婴室,船员像蜜蜂缩在微小的孔格。那些嘴角抿着骄傲或谦虚线的年轻个体,很容易被恼怒击中,上演一出大红大绿的感情戏。人人都把暴风骤雨吞进肚腩,上一秒惊骇暴跳下一秒就突然爽声大笑。上下船互相蹭一下,仿佛易燃品擦出火花,原本两个感情很好的船员会剑拔弩张地吵起来!

不同频,每个音符都是噪音。

一个船员洗澡,另一个船员在刷牙。洗澡的动作大了些,水花溅到刷牙人身上,你一言我一语地互相责备,竟然动起手来!拳来拳往,一个成了乌眼青,另一人牙花子出血。

雪崩时,没有一片雪花觉得自己有责任。政委赶来劝说,各不服气,一人罚 500 元。还不服气,每人再加罚 500 元。罚款只是烟幕弹,灰飞烟灭,烟幕弹变成友情的礼花,政委再把罚的钱奖励回来,促二人牵手和好。新船员不会缝衣裳,饮食和身体在船上不适应,谁病了闷了,政委都要管。

不为模糊不清的未来担忧,只为清清楚楚的现在努力。

生活总有不如意,但击垮你的,可能不是你无法承担坏结果,而是始终放不下自己的坏情绪。每个人的一天都只有 24 小时,你在烦恼的事上多耽搁 1 秒,快乐的时间就缩短 1 秒。莫不如少一些多愁善感,多一些坚定坦然,以最美好的姿态去拥抱生活。

辽渔某号船政委吴伟,会五国语言,西班牙语、印度语、印尼语、日语交流自如,船员有疑难,他都得心应手,像枝头舞动叶子,如浪身呼唤浪花。

政委一再敲警钟:优点像杯里的水,喝光就没了。毛病却像一粒种子,能生出更多的毛病。

按下葫芦起来瓢，在南极捕捞磷虾，最难的不是捕捞数量，而是科研水准。只有站上全球制高点，才有希望。

可是，有些事情不是看到了希望才坚持，而是坚持了才看到希望。

20世纪70年代，苏联和美国、日本全球捕捞实力雄强，在南极捕捞磷虾年产达到60万~70万吨。后渐渐萎缩。当时捕捞磷虾只能做饲料，成本太高，效益入不敌出，逐渐放弃了。那么，辽渔"兴安"号海轮去南极，能不能重蹈覆辙，关键在科研水准和产品水准。

希望像一条鱼，频繁出现在同一片水域，却找不到从前的同伴。

难题已经摆在桌面，走低值的老路肯定行不通，必须穿越前人未曾穿越的沼泽地，拿出高科技产品来。

磷虾真是地球上最奇特的物种，它在水中是完全透明的，血液是蓝色的，人称"蓝色精灵"。它的头部稍有点红，这便是大名鼎鼎的虾青素。科研人员就是奔这一点红去的，兴奋地称它为"南极瑰宝"，又叫"南极红宝石"。磷虾在南极寒冷的水温里不死、蓬勃地生存，这本身就是奇迹。换言之，也只有南极这样特殊的原生态环境，才出产南极磷虾这种宝物。磷虾的生物体内非常活跃，活性物质太多，因此极为耐寒，不至于被冻死。

南极磷虾生性特别，捕捞上来，2小时不处理，会化成水，只剩空壳。4小时，连肉也找不到了。因为它体内有自溶酶。美国人提取了酶，做治疗创伤、烧伤、烫伤药物，促进组织活性增长，加快伤口愈合。

首先，捕捞船就是个问题，必须边捕捞边加工，否则捕捞上来的磷虾只能是一汪水。辽渔在日本购买一条捕捞船，人家怕泄密，没给一点技术资料。辽渔科技团队自行研究，历经千辛万苦，终于曙光乍现。

怎么把磷虾捞上来？

用什么网？网眼多大？大家边试边干。

打上来磷虾不容易，开发利用更难。走低值路线肯定死路一条，中国科技部支持，启动了磷虾高值化利用。辽渔请来大连理工大学教授朱薇薇牵头跑科技部立项，研究磷虾的高值化。朱薇薇教授因此项研究极为出色，当选为中国科学院院士，这是后话。

磷虾打上来后，要2小时采样，3小时采样，4小时采样，科研人员要工作在船上，好几年才回来一次。从辽渔港口开到南极要45天，科研人员袁启欣等乘船过去，通过船上搭载的设备，把磷虾加工成粉。磷虾80%是水，把水去掉，如何取虾肉？如何取粉？在什么时间速冻？速冻多少时间？温度多少？都要探索。

日本研究了5年南极磷虾，因为各项科研指标达不到科研要求，成本太高，放弃了。

磷虾的虾青素是宝，蛋白肽也是宝。国际市场有南极磷虾油，没有蛋白肽。

辽渔会同中国海洋大学、上海海事大学、华东理工大学等科学家合力研究蛋白肽。失败了重来，再失败了再重来，历经千难万险终于成功。

提取和生产要求水准太高、节奏很快，5位博士、20多位硕士像工人一样24小时倒班试验，一干就是一年多，普通工人上不了手。

整只磷虾打上来，直接上生产线，清洗、喷磷、低温干燥，制作成南极磷虾油基料。一丸磷虾油，由660只磷虾提取而成。

挪威曾经为世界上萃取磷虾最好的国家，现在，中国辽渔的产品实现了弯道超车、后来居上。中国科技部特别满意，将加大支持力度，推进辽渔的磷虾科研项目大步前行。

我采访时，辽渔研制的磷虾产品光耀全球，已经站在世界同类产品的最高峰，造福人类，由保健功能，向救助生命的医疗功能大步迈进。

在人迹罕至的南极，大海一缩肩，冰山就咔嚓咔嚓碎裂。狂风一发怒，大海就像被皮鞭暴打的身体，疼得直打滚。辽渔的"兴安"号捕虾船，如同拼命扯紧母亲衣襟的孩子，无论被恶劣环境暴打的母亲身体怎样上翻下跳，就是不松手……

在陡峭冰峰和辽阔大海的怀抱，上苍勾勒着世间罕见的瑰丽画面：跳跃畅游的企鹅宛如情绪亢奋的代言人，时而把生物们意会的黑白文字送上冰面，时而又送进大海的口腔，谱写一首又一首优美的歌谣。

　　辽渔人的捕虾船宛如一只大企鹅，四季不歇地书写奇迹：让小小的磷虾托举人类的大健康；让大大的冰川，缩成实现人类健康基因宏伟理想的一滴水珠——你看啊，每一组浪花都是跳跃的音符，每一座冰山都是高高竖起的大拇指；你听啊，那轰鸣碰撞、炸开的巨大冰排和腾空奔蹿的惊涛，正携手演奏壮怀激烈的蓝色交响……

尾　声　而今迈步从头越

工业是社会分工发展的产物,它左右着国民经济现代化的速度、规模和水平,在当今世界各国国民经济中打主力、起主导作用。工业已经是经济的晴雨表,在多数国家,这个单项指标,决定着整个国家经济命脉的二十四节气。

任何一个主权国家,没有强大的工业就没有国际地位,也没有国家的经济繁荣。

高新工业科技的每一次颠覆式创新,都会引起地球痉挛。

现代工业是民族生存和发展的粮草库和油料站,是现代文明的孵化器,是科学的试验田,是人类历史的主河床,是我们栖身和享受的总依赖。

工业化如黄河壶口高速翻卷的大旋涡,强力吸引人口资源的集聚,科技、教育、文化等小跟班紧随其后,催快了城镇化脚步,推进了经济繁荣和社会进步。

世界上最轰轰烈烈的工业运动,英国走了 200 年,德国走了 180 年,日本走了 150 年,跟这些国家相比,中国工业资历很浅……

在当代,世界工业强国的第一梯队是美国、日本和德国,这三个国家的工业综合实力位居世界前三。美国、日本和德国工业门类较为齐全,工业规模较为庞大,技术实力领先全球。

中国制造业增加值以令世界惊骇的增速跨越式前进,已经达到 3.59

万亿美元，位居世界第一，超过美国和日本的制造业增加值总和，中国制造业增加值占全球的30%左右。中国的工业主要以能源工业、钢铁工业、机械工业等基础工业为主，将联合国产业分类中所有的大小工业门类"一网打尽"。换言之，中国的所有工业产品都可以自给自足，一旦外部环境有变，在国内都可以找到替代品。

《中国制造2025规划》提出，到2025年迈入制造强国行列，到2035年中国制造业整体达到世界制造强国阵营中等水平。

改革开放后，中国制造业蓬勃兴起、大步前行，跃升为"世界工厂"，强力拉动了经济发展。2018年中国制造业产值继续上扬，几乎是美国、日本和德国的总和。在总量上，我国已经遥遥领先于其他国家，但是在高端制造业、科技水平和金融实力三个方面，我国和美国仍然有较大差距。

站在新的历史起点上展望未来，中国工业仍然还有很多山要爬，还有很多坎要过，但只要我们坚持新发展理念，以高科技为引领，强力推动制造业高质量发展，中国工业一定会再续新篇，再创奇迹。

中国工业举足轻重，占国民生产总值的半壁江山。

中国东北，则是我国东北边疆地区自然地理单元完整、自然资源丰富、多民族深度融合、开发历史相近、经济联动密切、经济实力雄厚的大经济区域，为全国经济命脉要冲。

东北工业振兴，既是经济振兴的需要，也是战略发展的需要。

辽宁是东北的中心，工业占据东北整个经济的半壁江山。振兴辽宁工业，也是拉动东北区域经济的引擎。

辽宁省位于中国东北地区的南部，与朝鲜一江之隔，区位优势明显，是东北地区通往关内的交通要塞，也是东北地区通向世界、连接欧亚大陆桥的重要门户和前沿地带，毫不夸张地说，连接关内、关外，朝鲜半岛和蒙古高原的辽宁省是整个东北亚地区的心脏地带。

作为共和国工业长子的辽宁，不仅是东北的核心，而且在共和国的历史关键节点上也处于重要地位，发挥了非同寻常的作用。

辽宁工业，在书写新中国壮怀激烈的创业史的同时，也经历改革开放市场经济大潮的冲击和洗礼，在经历了变革阵痛，按照党中央、国务院关于东北地区等老工业基地振兴战略的部署，加快发展步伐，攻坚克难，全面完成国企改革脱困任务，闯出一条科技创新支撑老工业基地发展的新路，交上一份又一份精彩答卷：

国产航空母舰及舰载机、R0110重型燃气轮机、AP1000及CAP1400核主泵、i5智能机床、特高压发电机升压变压器、10万等级空分压缩机组、12英寸集成电路PECVD薄膜设备、水下机器人、汽车柔性装配生产线、凸点封装单片湿法刻蚀设备……

从天空到地面、从水上到水下、从军用到民用、从传统工业到新兴产业，在推进新型工业化的道路上，辽宁把"共和国装备部"的牌子擦得更亮，推进"中国制造"贡献辽宁力量。

习近平总书记在视察辽宁时明确指出："老工业基地很多企业浴火重生的实践说明，无论是区域、产业还是企业，要想创造优势、化危为机，必须敢打市场牌、敢打改革牌、敢打创新牌。"

2019年6月6日，中共中央政治局常委、国务院总理、国务院振兴东北地区等老工业基地领导小组组长李克强主持召开领导小组会议，研究部署进一步推动东北振兴工作。

辽宁省19个高新区，以占全省1.4%的土地面积，贡献出全省约12%的地区生产总值、42%的高新技术企业数量、60%的高技术制造业总收入，蹚出一条具有辽宁特色的高新技术产业发展道路。

东北老工业基地振兴战略呼风唤雨，辽宁工业艰难地爬坡过坎、涅槃重生，老国企再攀新峰，新兴企业站立潮头，后来居上。沈鼓集团立足技术创新，成为我国重大技术装备行业的支柱型、战略型、领军型企业，实现了从核心零部件到整机的100%国产化；东软医疗在全球设5家研发机构，CT和MRI出口台量连续五年位居中国第一；三三工业跻身全球隧道掘进机行业"三巨头"，产品赢得"复杂地质掘进机之王"美誉。

在新一轮东北老工业基地振兴感召下，按照党中央、国务院的战略部署，在2030年实现全面振兴，走进全国现代化建设前列，打造全国重要的经济支撑带。"一带五基地"建设标明东北地区经济、产业和科技的发展方向和未来在全国大格局中的定位，明确了辽宁高质量发展的方向和路径：出路在转型，支撑在科技，关键在创新。

2001年以来，辽宁共有4853项科技成果获得省科技奖，有346项科技成果荣获国家科技奖，高新技术企业超过5000户。金属材料、工业自动化等25个学科和专业研究在全国乃至世界举足轻重。

"标兵渐远、追兵渐近"，辽宁工业而今迈步从头越：立足科技优势和产业基础，向创新优势集中的材料与制造、能源与环境领域发力，以智能制造、新材料、洁净能源作为主攻方向，打造12个创新产业链条，实现重点突破，确保在新一轮竞争中跻身强者行列，政策优先、工匠当先、科技领先、人人争先。

我们必须看到，在如此壮美的工业化进程中，在绚丽多姿的工业经济活动中，人与人、人与自然、人与机器、人与科技之间，有着宏伟而震撼的历史变革和更新交替，也有平凡而生动的多彩情景。

水涨两岸阔，高峡出平湖。面对国际工业风云变幻的新形势、新冲击、新考验，辽宁人再次奋力冲高，一张蓝图绘到底，展现辽宁工业的新风貌、新豪情、新气象。